大地の歌ごえ

たなか　もとじ

新日本出版社

大地の歌ごえ＊目　次

第一章
亀　裂　3
母　28
すれちがい　37
決　意　52
第二章
線引き　69
疎　外　79
首相官邸前　93
父　100
第三章
帰　郷　111
意見陳述　123
光と影　139
真実の証明　155
第四章
希　望　162
冬　萌　177
ひこばえ　193
いわき集会　203

（「しんぶん赤旗」二〇一八年九月一日付〜一九年三月二十一日付連載）

第一章

亀裂

三月上旬としては暖かい朝であった。

阿武隈《あぶくま》山系の山々から吹き下りてきた北西の風が、時折、庭の花壇で花を摘んでいる清水里美の帽子を浮かせた。その度に里美は、鍔《つば》が広く紐《ひも》のない帽子を慌てて手で押さえた。帽子が飛ばされて庭の縁を流れる農業用水路にでも落ちれば面倒なことになる。北西の風といっても肌を刺すほどの勢いはすでになく、まんじりともしないで夜を明かした里美にとっては、却《かえ》って身が引き締まるようで心地よかった。

福島県の富岡町《とみおかまち》に住んでいた里美と夫の洋平、そして生まれたばかりの一歩《いっぽ》が、原発事故後、いわき市の里美の実家に避難して二年が経とうとしていた。

里美の実家は、常磐自動車道のいわき中央インターチェンジから小高い丘を越えて車で十分くらい走った田園地帯の中にあった。黒い日本瓦を葺《ふ》いた二階建ての農家で、広い中庭の前には、車一台が通れるほどの農道が走っていた。

農道と中庭との間には、山麓《さんろく》の貯水池から農業用水路が引かれており、春を迎える頃には、耳をすませばちょろちょろと水の音が聞こえた。水が温み始めると、水中で揺れる水草の隙間からドジョウやメダカ、小鮒などの姿を垣間見ることができた。石垣で両岸を固めた農業用水路は、大人の足で一跳び出来るほどの幅であったが、花壇はその水路に沿って十二、三枚の畳を横に並べた広さを持っていた。

里美の母親の若林早苗の自慢の花園で、四季折々の花が風に揺れ、庭に彩《いろど》りを添えていた。早苗は浪江町《なみえまち》の出身で土いじりが好きだった。冬になると落ち葉を花壇に撒《ま》き土を作った。花壇の奥には大きな柿の木があり、枝は二階の里美たち夫婦の部屋まで伸びていた。実の熟れる頃には窓から手を伸ばし、千切っては丸かじりするのを里美は好んだ。

里美は昨日、背中まで伸びていた髪を切った。今日、二〇一三年三月十日が東日本大震災の津波で亡くなった夏海《なつみ》の三回忌だからというわけではない。かといって、そのことと全く無関係ということでもなかった。

四歳七か月で突然亡くなった娘の死を、里美は未だ受け入れることが出来ないでいた。が、二年という歳月は里美の心に微かな変化を芽生えさせていた。

――いつまでも悲しんでばかりいてはいけない。夏海が亡くなる二日前に生まれた一歩を育てる為にも、きちんと生きていかなければならない。

髪を切ることがそのことと直接結びつくとは思わなかった。しかし里美は、背中まで達していた黒髪を切り、四歳七か月で津波に呑み込まれて亡くなった夏海と同じおかっぱ頭にしたのである。おかっぱといっても、前髪は自然に右に流し、耳が見え隠れするほどに肩先で内側にカールさせた。二十八歳である里美は、多少のおしゃれを味わいたかったのである。すると、細くて艶《つや》やかな黒い髪はさわさわと吹く風に耳元で膨らんだ。乱れる度に頭を軽く振り、また手で整えた。ヘアースタイルに気を使っていた娘の頃が思い出され、里美は心まで軽くなっていくような気がしていた。

今日は午後から二十度を超えて暖かい日になると予報は伝えていた。寒い朝であっても、里美には真澄の空が慰めだった。

里美は水仙の畝《うね》からスノードロップの咲いている場所に移動した。腰を屈《かが》め、花の淡い香をかぎながら根元から一輪ずつ選別した花に向かって、ありがとうとかごめんね、などと声を掛けては鋏《はさみ》を入れた。

「里美」

背中で母の早苗の声がした。

顔を向けると、二歳になったばかりの一歩が葱《ねぎ》を一本腰に差して、野菜を入れた籠《かご》と梅の小枝を持った早苗の後から、庭と農道を結ぶ石橋を渡って来ていた。

石橋は車の出入りがしやすいように幅が広く、堅《けん》牢《ろう》に作られていた。

どうやら早苗は、里美の義父である清水栄太郎に持たせる葱やほうれん草などの野菜を、裏の畑まで一歩を連れて採りに出かけていたようだった。家の裏にはテニスコートを二面並べたほどの野菜畑があり、その先のなだらかな斜面には梅や桃、栗、柿などが栽培されていた。

原発事故によって発生した大量の放射性物質を含んだ原子雲・プルームは、北風に乗って南下した。千葉県の柏《かしわ》市、三郷《みさと》、松戸などに放射性物質をまきちらし、三月十六日には静岡県御前崎《おまえざき》市で、ヨウ素131やセシウム134など五種類の放射性物質が確認された。また、東京都世田谷区でもヨウ素131が検出されていた。

いわき市にも放射性物質は降り注いだ。当然、早苗の野菜畑も汚染された。早苗の夫である若林真一にとってはわずかな畑であったとしても、先祖から引き継いだ土地が汚染されたことは受け入れ難く、元の状態に戻さなければならなかった。

清水里美の父親の若林真一は、高校時代の恩師である江藤勝也の紹介で、京都で公害や放射能の研究をしている安藤郁生教授に土壌の汚染調査を依頼した。まだら汚染の結果が幸いしてか、父の畑の土壌は一キログラム当たり二〇〇〇ベクレル以下であったため胸を撫《な》で下ろしたようだが、以前のように農作物を作ることに不安な表情を見せていた。

今後、野山に付着、堆積している放射性物質が風に舞い、雨に溶け降り注ぐことも考えられ、畑をそのままにしておくことは出来なかった。

真一は、厚生労働省が発表している放射性物質の基準値を信用していなかった。安全とされる基準の数字をその時の都合で変えるからである。大切なことは、汚染された畑の土壌から生産された野菜は、基準値に関係なく、微量であっても全てが放射性物質に汚染された食材となる事実であった。長年にわたる野菜などの摂取による内部被曝《ひばく》や一歩の小児甲状腺がんの危険を避けるためには、汚染されていない元の畑に作り直さなければならなかった。

真一は早苗や里美、そして里美の夫で東邦電力の社員である清水洋平と父親の栄太郎の力を借りて天地返しを行った。二〇センチ位の表層と下層の土を入れ替え、大量に購入した腐葉土を混ぜ、新たに土壊作りから始め、高さ二メートルほどのビニールハウスを建てた。浪江町の自然の恵みの中で育った早苗は、「土作りは家作り」が口癖で、黙々と鍬《くわ》を握った。

　早苗は五十二歳になっていたが、高校時代、バレーボールで鍛えた足腰の強さは健在で、原発事故が起こる前までは春は山菜、秋には茸《きのこ》や木の実、畑に撒く枯葉を採りに野山を跳ねるように駆け回っていた。

「裏山で梅の枝を切ってきた。水仙とスノードロップだけだと、夏海が寂しがると思って」

　早苗が梅の小枝を里美に差し出した。

　里美は立ち上がるとそれを受け取り、深呼吸でもするように香りを嗅いだ。

「白い花が多くてちょっと淋しい気がしていたの。夏海は梅の淡いピンクが好きだったから喜ぶわ」

「ママ」

　一歩が得意げな顔をして里美に葱を突き出した。

「えっ、葱も活けるの？」

　里美は一歩に顔を近づけて冗談を言った。

　しかし二歳の一歩に冗談など通じる筈《はず》はなかった。一歩は里美を見つめながらコクンと肯《うなず》いた。

　里美は一歩と一緒にいる時だけは穏やかに時間を過ごすことができた。無邪気で無垢《むく》な一歩の仕種《しぐさ》にどれほど里美の心は慰められたことだろうか。たまにはいつもと違う機嫌のいい母親の顔を見せておきたかったのだ。

　葱を差し出した一歩は満面の笑みでそれに応えた。

「ありがとう」

　里美は一歩から顔を離し、礼を言い、小さな手を両手で包んだ。

「寒かったね、冷たかったね。ばあばのお手伝いしてくれたんだね」

「大活躍だったんだよね」

　早苗は一歩の尻の周りをポンポンと叩《はた》いた。

「この葱を抜くのに何度も尻餅《しりもち》ついちゃって」

　里美と早苗は顔を見合わせて声を出して笑った。二人の顔を交互に見ていた一歩も笑いに加わった。

「眠れなかったみたいね。少し充血している」

　早苗は里美の目を見て抑えた声で言った。

「うん。でも、昨日は、薬、飲まなかったから」

「そう」

早苗は頷《うなず》き小さくため息をついた。

「そろそろ皆が来るから着替えさせなくちゃね」

そう言うと早苗は、一歩の手を引いて納屋に行き、剪定鋏《せんていばさみ》を所定の場所に置くと長靴からサンダルに履き替え、母屋の台所に通じる裏口へと急いだ。

里美が富岡の海岸で、父の真一に抱きかかえられながら瓦礫《がれき》の下敷きになっている夏海の遺体を発見したのは三月十二日の早朝だった。太腿に裂傷が走り骨がのぞいていた。その部分に、ぽたぽたと瓦礫から落ちる海水の滴が当たっていた。その姿を見た瞬間から里美は、自らの感情をコントロールすることが出来なくなってしまった。気持ちが昂《たかぶ》れば抑えられず、落ち込めばさらに沈んでいった。些細《ささい》なことで不機嫌になり、失念が目立った。

テレビなどで子どもの不幸なニュースが流れると、「かわいそう」と声を上げて泣き、「夏海、ごめんね」と自らを責めた。雨上がりにはぽつぽつと落ちる雫《しずく》に怯《おび》え、笑うことを拒絶し、生きることに罪悪感を持つようになっていたのだった。

早苗が病院に連れていくと、心的外傷後ストレス障害、いわゆるＰＴＳＤと診断され、精神安定剤などが処方された。眠れない日など、里美は安定剤や場合によっては睡眠薬の力を借りた。

スノードロップを片手に取った里美は、太陽に向かって両手を大きく広げ息を吸った。浅い春の冷気が、体内に澱《よど》んでいた古い空気と入れ替わるようで気持ちよかった。裏返した帽子に摘んだ花を並べると鍔を重ね合わせて小脇に抱え、梅の小枝と鋏を持って玄関の引き戸を開けた。

土間を掃除していた夫の洋平が出迎えた。原発事故後、富岡町に住んでいた洋平たちは、里美の実家に避難していたのだった。

「綺麗だな。断っておくけど、花のことだからね」

里美は洋平を睨《にら》んでみせた。

洋平にからかわれることなど夏海を亡くしてからなかったのだが、里美は夫に冗談を言わせるくらい今の自分は穏やかな顔をしているのだろうと思った。

「お父さんは？」

「宝栄寺に早田さんを迎えに行っている」

早田とは楢《なら》葉《は》町《まち》に住む住職のことである。

里美は喪服に着替え、夏海の遺影の前に端座し、蠟燭《ろうそく》を点し、線香を立て、鈴《りん》を打ち、瞑目《めいもく》し、合掌をした。鈴の音は夏海を発見した時の光景を蘇《よみが》えらせるが、逆に、しっかりしなさいと里美の背筋を伸ばした。

遺影の傍らに白い布に包まれた箱が置かれていた。遺骨である。

――夏海、二年過ぎちゃったね。ママは、まだあなたに傍にいてほしい。狭くて、暗くて、冷たい石の中にあなたを閉じ込めたくないの。ごめんね。ママを許してね。怖かったね。苦しかったね。痛かったね。冷たかったね。代わってあげられなくてごめんね。

と、心の中で詫びた。自らを責めることが夏海へのせめてもの贖《あがな》いだった。

里美はハンカチで目頭を押さえた。

「ママ」

セーターとズボンに着替えさせられた一歩がまだおぼつかない足取りで走って来て、里美の膝に乗った。

庭先で車のクラクションが二度鳴った。車で帰宅すると裏の畑にいる早苗にも聞こえるようにクラクションを二度鳴らすのが真一の習慣になっていた。

真一が住職の早田重夫を連れて来た。

玄関を開ける音がして、洋平の住職を出迎える声がした。

里美は一歩の手を引いて奥座敷から中座敷を通り、下座敷の上がり框《かまち》に正座をした。

「遠い所をありがとうございます。夏海の葬儀の時は本当にお世話になりました」

里美は両手を突き挨拶《あいさつ》をした。

住職の早田重夫は、大地震と原発事故で混乱する中で、火入れが出来る火葬場を探し出し、自ら導師を務めたのである。だが、その時の里美は早田の顔すら見ることができなかった。里美が早田と話が出来たのは四十九日の法要の時であった。夏海を慈しむ説法に里美の心は初めて鎮《しず》まり、とめどなく涙を流したことを覚えている。特に、死者は生者の中に生きているという早田の話に里美は感慨を覚えた。里美の中に夏海は生きているという今まで考えたこともない感覚が芽生え、救われた気がしたのだった。その後里美は、宝栄寺に早田の法話を聴きに幾度となく足を運んだ。

　早田はいわき市の高校で教師をしていたのだが、現在は楢葉町で室町時代から続いている六百年以上の歴史を有する古刹《こさつ》・宝栄寺の住職をしている。真一の高校時代の恩師である江藤勝也とは、福島県の高校の教職員組合でともに公害問題や福島第二原発誘致反対の運動で闘った、同志だと聞いていた。

　一九七一（昭和四十六）年三月二十六日、東電福島第一原発の一号機が営業運転を開始した。その夜、広野町《ひろのまち》議会は東電の火力発電所を広野町に誘致することを決議した。当時日本では、熊本県水俣湾の水俣病や新潟県阿賀野川流域の第二水俣病、三重県の四日市ぜんそく、そして富山県神通川流域のイタイイタイ病などの四大公害病が社会問題となっていた。火力発電所による公害に神経を尖らせていた早田と江藤は必要に迫られ、一九七二年二月、「公害から私達の町を守る町民の会」を発足させ、発電所から排出される二酸化炭素や硫黄酸化物、窒素酸化物等による大気汚染や排水に伴う海洋汚染、周辺地域の騒音などについて学んだ。それはやがて原発についての学習会に発展していったと、里美は早田の法話や説法の中で聞いていた。

　庭先に車の入る気配がした。

　早苗が早田を客間に案内するのを見届けてから、里美は一歩を連れて表に出た。

　広野町に住む義父の栄太郎の車が石橋を渡っていた。そのすぐ後ろから里美の高校時代からの友人である篠原オリエの車も続いていて、助手席に横田百合子の顔が見えた。里美と洋平、オリエは三年間同じクラスだったが、隣のクラスの百合子とも仲が良かった。

　車から降りた栄太郎は、里美を見ると立ち止まり、大柄な体を包んだ喪服のボタンを閉じ、丸い顔を綻《ほころ》ばせ慇懃《いんぎん》に頭を下げた。頭の真ん中が以前会った時よりも薄くなっていた。そして、一歩を両手で抱き上げると肩に乗せ、玄関の敷居を屈《かが》んで跨《また》いだ。

栄太郎の妻の杏子は、少し遅れて車の後部座席から四角い風呂敷包みを両手に持ち、大きな尻でドアを閉め、里美と挨拶を交わすと、そそくさと夫の栄太郎の後を追った。どうやら風呂敷包みの中は杏子の手料理のようだった。杏子も一年前の夏海の一周忌に会った時よりふくよかになっていて、重そうな重箱を両手にぶら下げ、腰を振り、喪服の胸元をやや乱して足早に歩く後姿はどことなくユーモラスであった。

「一年ぶりね」

柿の木の下に停めた車から篠原オリエと横田百合子が笑顔で近づいて来た。オリエは洋装だが百合子は飯舘村《いいだてむら》の旧家の横田家に嫁いだためか和服だった。

「ちらっと見えたけど、一歩君大きくなったね」

百合子が目を細めて聞いた。

「そうなのよ。ちょこちょこ動き回って目が離せない。直太朗君ももうすぐ三歳だから可愛い盛りね。今日は連れてこなかったの」

「ちょっと体調崩してね。福島の義母《はは》に看てもらってる。なんだか気怠《けだる》そうで、保育園に行く以外は外に出たがらないの。ちょっと風邪気味みたい」

「そう、検査は受けたんだよね」

「うん、事故が起こった月の三月三十日、県の人に、役場でサーベイメータを直太朗の喉に当てて線量値を計ってもらったけど異常はなかったの。県民健康管理調査は去年の一月受検して、A2の診断で心配ないって通知が届いたの。だから大丈夫みたい」

「そう、それは良かったわ」

「二人とも子どもの話になると夢中になるんだから」

オリエが口を挟んだ。

三人の中ではオリエがリーダー的な存在だった。高校の三年間、オリエは里美とともに演劇部に所属していたが、卒業すると東京の大学に進み大手の出版社に就職した。会社では第二文芸部の所属となり、演劇や民俗芸能を担当していた。

　夏海の三回忌法要がしめやかに終わると、早苗の指図で女性たち五人が慣れた足取りで、膳に乗った料理を中座敷に運んだ。

　縁側を背に、住職の早田が上座に着くとその横に喪主である洋平が正座し、長男の一歩を間にして里美が座った。向かい側には真一と早苗、栄太郎と杏子、そしてオリエと百合子が着座した。

　全員が席に着くと洋平が挨拶に立った。高校時代、野球部のエースとして鳴らした洋平は、長身でがっしりとした体をしていたが、当時の精悍《せいかん》な面影は消えていた。

「夏海が亡くなって今日で二年が経ちます。生きていれば小学校一年生になっていました」

　洋平は夏海への哀悼《あいとう》の言葉に続いて里美のPTSDも回復しつつあること、そして東邦電力の賠償や復興に向けた現状を簡潔に語り、礼を述べて座った。

　洋平の挨拶が終わると会食となり、それぞれが酒を注ぎ、箸を動かした。

　洋平と早田の会話から、東邦電力とか一F《いちえふ》といった言葉が漏《も》れ聞こえた。

　一Fとは東邦電力福島第一原子力発電所のことであり、関係者や地元の町の者は親しみを込めてそう呼んでいた。

　一歩は退屈したのか、斜向《はすむ》かいに座っている早苗の膝をめがけて走り、膳の上の苺《いちご》を催促した。

　里美は立ち上がり、着物の裾を直し栄太郎の前で膝を正した。

「お義父《とう》さん、お義母《かあ》さん、お疲れのところを本当にありがとうございました」

　里美は両手を突き二人に改まって挨拶をすると、栄太郎の膳に乗っている徳利をつまんだ。

　真一より五歳上の栄太郎は、若い嫁の酌に日に焼けた皺《しわ》の深い顔を綻ばせ、穏やかな眼差しを里美に向け盃を差し出した。

「里美」

　洋平の声が里美の背中を突いた。

　振り向くと、洋平はハンドルを回す仕種をした。

「すみません、気が付かなくて」

会食後、栄太郎が隣町の楢葉町まで早田を送ることになっていたのだ。

「一杯ぐらいなら……」

栄太郎は隣で横座りしている杏子をちらりと見た。杏子は太っていて長時間の正座は出来ないようだった。

「やっぱり駄目か」

栄太郎は杏子の顔色を窺《うかが》うと、薄くなった頭を手の平でピシャリと叩き、大仰《おおぎょう》に笑った。

栄太郎はどちらかというと下戸であった。付き合いで二、三杯飲むと顔を赤らめた。

栄太郎が酒を飲めないことは里美も知っていたが、遠くから来てくれた義父への感謝とねぎらいもあって徳利を手にした。だが、栄太郎が住職の早田を楢葉町まで送り届けて、東邦電力の火力発電所から近い広野町の自宅に帰ることを失念していた。

しかし、栄太郎はやさしかった。おそらく盃は受けても酒は飲まないでそっと膳の隅に置いたに違いない。

「私がいただきます」

義母の杏子が栄太郎の手から盃を奪った。

里美は徳利を一旦《いったん》膳に戻し、杏子に向き直り、再び徳利をつかんだ。

「あー、美味《おい》しい。里美さんにお酌してもらうとお酒の味が違うわ」

世辞ではないと思った。杏子は、酒好きだと洋平から聞いていた。丸顔の義母はぐいっと酒を飲み干すと再び里美の前に盃を差し出した。

「今日は、この人の分まで飲むつもり。だって、孫の夏海ちゃんのことを思うと、辛くて」

杏子は盃を空けると自分の膳に置き、ハンカチで瞼《まぶた》を覆った。外見では飲めそうなのだが、洋平が言うほど強くはなさそうだった。

里美は杏子の気遣いにも感謝して静かに立ち上がると、高校からの親友であるオリエと百合子の間に座った。二人に会うのは夏海の一周忌以来だから、栄太郎や杏子と同じく一年ぶりであった。

「遠い所から来ていただいて、ありがとうございます」

里美は二人に畏《かしこ》まり両手を突いた。

「この度はどうも……」

　オリエと百合子は改まって居住まいを正した。

「東京での生活はどう？　会うたびに東京人に育ってる」

「全国の劇団や、時には高校の演劇の取材もするので年中忙しい。今、郷土芸能の歴史にはまってる」

「大変ね」

「結婚する暇もない」

「二十八じゃあ、まだまだだよ。好きな人いるの？」

　百合子の単刀直入に聞いてくる性格は健在のようで、三人の気持ちは高校時代に引き戻されていた。

　オリエはボブカットの髪を掬《すく》い、「いないわよ」と、微かに頬を染め百合子を睨《にら》んだ。三人は顔を見合わせ、相好を崩した。

　オリエが話題を変えた。

「洋平君に会うの一年ぶりかな。随分、痩《や》せたみたい。大丈夫？」

「本人は大丈夫だって言ってるけど、下請けの人にたいそう気を使っているみたい」

「洋平君の線量、大丈夫？」

　住職の早田と話している洋平に視線を移して百合子が聞いた。

「そのへんは厳しくチェックしているって言ってた」

「ふーん」

　オリエと百合子が同時に答えた。

　里美は、オリエが〈随分、痩せたみたい〉と言ったことに少なからず動揺していた。随分という副詞が付いていたからだった。里美は改めて洋平に目を凝らした。言われてみれば一年前よりは痩せているようにも見えた。一歩を風呂に入れ、たまに子守歌などを歌いながら寝かしつけている洋平の姿や、日常の行動を見ていて痩せたという印象は持たなかった。「妻としても失格かな」と心の中で、もう一人の里美から責められているような気がして、気持ちがざわつき落ち着かなかった。

「どうしたの里美、考え込んじゃって。私、なんか変なこと言った？」

　オリエが心配した。

「ううん、何でもない。オリエが言うように洋平、痩せたというより、ちょっとやつれたかもしれない。私、それに気付かなかった。奥さんとして失格ね」

「バカなことを言わないで。いつも一緒にいると誰だって分からないわよ。一年ぶりに見たからそんな気がしただけなの。気にしたのならごめん」

奥座敷と中座敷を仕切る襖《ふすま》が一枚分開いていた。

オリエは、大きな仏壇に安置されている夏海の遺影と骨箱に目を移した。

「まだ納骨していなかったんだ」

オリエのその一言は、里美の神経に触れた。

――二年も夏海の遺骨を手元に置いているわたしを責めているのかしら。それとも安らかに眠る場所を与えられていない夏海の魂を憐れんでのことだろうか。

「わたしはまだ、夏海を暗くて冷たい石の中に閉じ込めたくないの。夏海は、絶えずわたしの傍にいて見守ってくれているの。わたしはまだ夏海と離れたくないの」

里美はオリエに擦り寄り、低い声でささめいた。

オリエは一瞬、耳を疑うような表情を浮かべ、半身を後ろに反らした。が、目だけは里美を見返していた。里美も負けないでオリエに目を据えた。オリエの心の中を探ろうとしたわけではないのだが、自分のことを知り尽くしているはずの友に、夏海の遺骨が今でもここにあることを憐れんでほしくなかった。

――オリエ、あなたはわたしが夏海の納骨をしていないことを責めるの？　わたしは苦しんでいるのに、なぜ分かってくれないの。

夏海の死から二年が経っていた。娘を喪《うしな》った悲しみに潰されまいと心の中で自らを叱咤《しった》する傍ら、慰めと同情の言葉に傷ついたことも少なくなかった。上辺《うわべ》だけを繕ったその隻句《せっく》は、もがきながら立ち上がろうとする里美の膝を折った。心の伴わない言葉や態度に傷つきながらも、そうした相手に丁寧に礼を返さなければならない自身にも辟易《へきえき》していたのだった。

「それって、いけないことなの？」

小声ではあったが、里美の言い方には挑戦的な響きが含まれていた。悩み苦しんでいることに触れられると感情を抑えることが出来ないのだ。

里美をじっと見つめていたオリエの瞳が翳《かげ》った。

「里美」

オリエは俯《うつむ》き小さく嘆息した。そして、一呼吸おいて顔を上げた。

「里美、明日会えない？　月曜だけど私、代休を取る。明日私と会って。あなたと話したい。話さなければならないの。今の里美、里美らしくない」

百合子は丸い体を固くして二人を見つめていた。

里美はハンカチを胸元から取り出し握りしめた。

そして、「明日会って」というオリエの申し出には答えないまま、母の早苗の膝にいる一歩の手を引いて自分の席に戻った。心配してくれたオリエにどう答えてよいのか分からなかったのである。

高校の三年間、里美はオリエとクラスも演劇部も一緒だった。二年の文化祭でミュージカル『ロミオとジュリエット』の主役を演じたオリエと里美はカーテンコールで挨拶することになったのだが、里美は気持ちが昂り言葉が出なくて立ち往生した。傍にいたオリエが機転を利かせなんとか無事に舞台を降りたのだが、それ以来、二人は双子のように心を通わせる友人となったのだった。

里美はにべもない態度を後悔していた。

――明日オリエが来てくれたら謝ろう、そして、夏海が亡くなってから時々、情緒が不安定になることを相談してみよう。

「皆さんにお話ししたいことがございます」

真一が頭髪を掻《か》き上げ立ち上がった。

硬い表情の真一に、皆の視線が集まった。

「実は明日、震災から丁度二年が経つのですが、私の尊敬する江藤勝也さんが、いわきの裁判所に東邦電力と国を相手取って裁判を起こすことになりました」

義父の栄太郎と洋平の表情が変わった。

里美は、栄太郎と洋平を交互に注視した。江藤勝也という名前は、真一からよく聞かされていた。

「ご存知のように江藤さんは私が高校一年の時の担任でした。次の年の一九七二年、いわき市議会に立候補して、平《たいら》選挙区で初めて共産党の議席を確保しました。五期目の途中で県会議員となり、合計三十一年間、議員活動と住民運動に身を捧げてこられました。現在は議員を勇退されて十年になります。また、夏海の葬儀も、江藤さんとここにいらっしゃる住職の早田さんのご尽力で行うことが出来ました」

真一の口から出た共産党という言葉に栄太郎の目の色が変わり、洋平は顔を曇らせた。

洋平と栄太郎は、真一が江藤の影響を受けて日本共産党に入党していたことは知っていた。二人とも真一の手前、表面的には共産党に一定の理解を示そうとしていたようだが、特に栄太郎の心中は複雑だったに違いない。一九六〇年十一月、福島県知事が原発の誘致を発表した頃、栄太郎の父栄作は原発推進派であり、代々、保守政党の支持者であったのだ。栄太郎はそうした考えを受け継いでいた。「共産党の娘は嫁に出来ん」と当初栄太郎は、洋平と里美の結婚に反対していた。だが、洋平の熱意に次第に理解を示しはじめ、親と娘は別だからと承諾したのである。里美はそのことを結婚後、洋平から聞かされていたのだった。

「江藤さんたちは、被害に遭ったいわき市民のために、また、いわきに避難して来た避難者のために東邦電力や国と様々な交渉をしてこられました。しかし、東電も国も誠意ある対応はみせていませんでした。そこでやむなく、司法に訴えることになったわけです。福島原発事故人災・公害いわき訴訟、これが正式名称ですが、略称は『福島原発事故いわき訴訟』と言います」

真一は続けた。

「現在、第一次の原告団は八百二十二人で構成されています。私は、その原告団に入ることにいたしました」

里美は真一を凝視した。

東邦電力と国を告訴した原告団に入るということは、東電社員の洋平と栄太郎に敵対し、娘とも争うことになるかもしれないのだ。里美は、早苗から真一が原告団に入るかもしれないという話は聞いていたが、洋平を含めた家族会議も開かれていない中での、父真一の決意表明ともとれる発言に当惑した。早苗は膝の上で結んだ指先をじっと見つめていた。

母は同意している。里美はそう確信した。

真一は胸のポケットから手帳を取り出した。そして、手帳の文字を追いながらも、時折、一人ひとりに訴えるような眼差しを向けた。

訴訟の目的は、大きく分けて三つあった。東邦電力と国に対して原発事故を起こしたことの謝罪と責任を取らせることは当然のこととし、一番目に事故は人災・公害であると認めさせ、次に全ての被害者の損害に対して完全な賠償をさせること、特に、子どもの健康を維持するための施策と、不幸にして発病した場合には原因論争に終わらせず、安心して治療が受けられるようにしなければならないとした。そして三番目には福島第一原発、第二原発を廃炉にするというものであった。

「被災者の被害や損害を正確に調査し論証していかなければなりません。損害には物理的な損害と精神的な損害があると思います。それを証明していくことは大変なことです。また、東電や国の責任についても立証していかなければなりません」

洋平が口を開いた。

「被災者の損害を調査し、東電と国の責任を立証すると言われてもピンときません。第一、東電は国の原子力損害賠償法に基づいて誠意を持って賠償しているはずです。民法学者や放射線の専門家で、文部科学省内に設置した原子力損害賠償紛争審査会の公正な賠償の指針を基に、原子力損害賠償紛争解決センターが誠意を持って対応していると聞いています。それに福島県は、自主避難をしている方々に、住居の無償提供や医療補助などを行っています。東電の社員や関係者は精一杯、責任を果たそうと、それこそ命がけで働いているんです」

洋平の意見に真一が反論した。

「東邦電力の社員の方の努力には敬意を表しています。洋平君を見ていれば分かります。しかし、問題の本質はもっと深いところにあります。なぜ事故が起こったのか、防ぐことは本当にできなかったのか。その原因を究明してこそ真の責任の取り方や、今後の対応、原発のあり方が見えてくると思うのです」

「ちょっと待ってくれ」

腕を組んで聞いていた栄太郎がたまりかねたように声を上げた。

「若林さん、あんたの気持ちは分らんでもないが、原発のあり方が見えてくるなんて言葉、聞きたくないなあ。原発は国策として四十二年もやってきているんだ。皆、そのお蔭で生活が出来ているんじゃないのか。いまさら、原発のあり方がどうのって言われても困るんだよ。それに、事故の原因を究明するっていったって、今回のような大きな津波が来ることは誰も想定できなかったことなんだから。そのことは国と東電が言っている通りなんだ。人災だ公害だなんて一方的に言われても、困るんだよなあ」

普段の穏やかな義父ではなかった。真一に一定の配慮をしながらも、引き下がれない強い覚悟が窺《うかが》えた。

父親に続いて洋平が追い打ちをかけた。

「僕たちに責任がないとは言いません。でも、原発事故で最も命の危険に晒《さら》されているのは東電の社員や下請けの労働者です。一次、二次、三次などの下請け労働者の差別は今もなくなってはいませんが、以前よりは改善しつつあります。皆で力を合わせて過酷な復旧作業を命がけでやっています。世間の人は、事故を起こしたのだから当たり前だ、みたいに思っているようですけど。でも、そんなことより、うちの会社をお義父《とう》さんから法的に追及されるのは辛いものがあります」

一歩は座布団の上で毛布を掛けられ眠っていた。

早苗は膝の上で組んだ指先を見詰め、オリエと百合子はうつむいたまま体を固くしていた。

原告団に入ると言った真一にも覚悟が漲《みなぎ》っていた。

「確かに東電と国を提訴するとなると、栄太郎さんと洋平君は、自分が訴えられたような気持ちになるのかもしれません。でも、そうではないのです。本当に責任を取る人は、このような事態を招いた東電の経営者と行政指導を怠った国なのです」

オリエが手帳にペンを走らせていた。

真一は、洋平たちの内心は承知の上なのであろう、更に続けた。

「去年の四月一日、政府は警戒区域と計画的避難区域を、帰還困難区域、居住制限区域、そして、避難指示解除準備区域に再編しました。この線引きは、三つの区域の内と外の避難者に余りにも大きな補償の差別を生みました。それが原因となって避難者同士が分断されました。幼児を抱え、福島から東京や他県に区域外のいわゆる自主避難をした若い母親の悲劇もたくさん聞いています」

　重苦しい沈黙が中座敷を支配していた。

　洋平が真一に噛みついた。

「お義父さんは自主避難者の肩を持ちすぎじゃあないですか？　政府の線引きは、僕は間違っていないと思っています。線量に応じて賠償をするのは当然のことだと思います。避難しなくてもいいのに避難した人に同じように賠償するのは、逆に不公平ではないでしょうか。今日来てくれた横田百合子さんは飯舘から避難して、今は、福島で旦那さんの家族と一緒に暮らしています」

　百合子が洋平を見つめた。

「お義父さんは、福島から東京に避難した母親のことを言われましたが、いわきは避難者を受け容れる所なんです。そのいわきから県外に出ていくなんておかしいです。区域外で住んでいる人は、政府が放射線量の心配はないと判断したエリアなんです。政府を信じて、横田さんのようにその場所で生活すればいいと思うんです。勝手に出て行った人は、自分の責任でやっていくしかないでしょう。そうでないと、福島やいわきに残って頑張っている人たちに申し訳が立ちません」

「あのう」

　百合子が口を挟んだ。緊迫した場面で発言することは珍しいことだった。

「私の家は夫の両親を含めて五人家族です。原発事故が起こって、飯舘村にたくさんの人が避難して来ました。『いちばん館』や草野小学校や臼石《うすいし》小学校の体育館は避難の人で一杯になりました。私たちは一生懸命、その人たちの世話をしました。三号機が爆発した日は村全部に水道と電気が復旧したので、私は直太朗を背負って、『希望の泉館』の調理室で炊き出しの手伝いをしました。次の日は屋内退避をするよう言われましたが、やはり炊き出しを手伝いました。夜には雨が雪に変わり、凄く寒かったことを覚えています。後で聞いたのですが、午後六時過ぎ、『いちばん館』の前では四四・七マイクロシーベルトを記録したそうです」

高校時代、横田百合子は合唱部に所属していた。里美より大柄で声の通りもよかった。その百合子が体を縮めて小さな声で話している。里美は百合子の話に耳を傾けていた。

「一昨年《おととし》の四月二十二日、政府が飯舘村全体を計画的避難区域に指定したものだから、私たちは、夫の勤め先の銀行のある福島市に避難しました。そして七月十七日、飯舘村は三つの区域に分けられました」

百合子は洋平をチラッと見て、

「私たちの住んでいた区域は帰還困難区域に指定されました。東電からたくさんお金をいただきました。洋平君にはお礼が言いたいです」

そう言うと、百合子はもう一度洋平をチラッと見てちょこんと頭を下げた。そして、姿勢を崩さず下を向いたまま話を続けた。

「でも、最近、直太朗の様子が変なんです。熱があるわけではないんですが、元気がなく、保育園にも行きたがらないんです。園長先生に様子を聞きに行っても、別に変わったことはないと言われました。今になって思うのですが、やっぱり直太朗には草や花の咲く自然の中で、子牛の後を薄《すすき》の穂で追いかけるような、そんな生活をさせた方がよかったのではと思っています。飯舘で育ててあげたい。直太朗は、福島の街の環境に馴染《なじ》めないでいるような気がしています」

里美は百合子の心中が痛いほど分かった。庭先で直太朗は風邪気味だと言っていたが、そうではなかったようだ。

「百合子、心配いらないよ。直太朗が小学生になる頃には飯舘に戻れると思うよ」

洋平は高校時代から里美やオリエ、百合子を呼び捨てにしていた。百合子は「うん」と頷き、申し訳なさそうに愛想笑いを浮かべた。

「洋平の言う通り、二、三年の辛抱だよ」

栄太郎が念を押した。

二人の言ったことは全く根拠がないわけではなかった。栄太郎の住む広野町は、原発事故が起きた年の四月二十二日、緊急時避難準備区域に指定されたのだが、半年も経たない九月三十日には解除されていたのだった。

真一が続けた。

「横田さんのお気持ちは痛いほど分かります。住み慣れた故郷を離れて暮らすのは辛いことだと思います」

真一は太息《ふといき》を漏らしゆっくり腰を下ろした。

「横田さんのように、辛い思いをしている方がたくさんいます。同時に、別の、厳しい現実にも目を向けなければならないと思います」

真一は手帳を捲《めく》った。

「原発事故による関連死は、昨年の九月末時点で、千七百九十三人に上っています」

真一は、福島県内の原発による関連死の実態や仮設での孤独死、自殺者などの現状を説明し、区域内外を問わず、避難者の苦悩は想像以上に深刻だと訴えた。

実家と婚家の板挟みとなった里美は、真一が発言するたびに身の置きどころを失くしていた。洋平と栄太郎、それに杏子は明らかに不服の色を顔に浮かべていたが、夏海の三回忌でもあり、自制しているように見えた。真一の言っていることは分からないわけではない、しかし、あまりにも唐突であった。いや、身勝手といってよかった。真一と洋平の間に挟まれた里美は何か言わなければならない衝動にかられた。

「お父さんひどい。なぜ今なの。なぜ、こんな大切な話、相談もなく持ち出したの。わたし、お父さんの気持ちが分からないわ」

そう言うのが精いっぱいだった。里美は父を睨んだ。父の言葉を待った。しかし真一は、じっと里美を見つめたまま口を開こうとはしなかった。

――なぜ黙ってるのお父さん、何とか言ってよ。

父への不満が胸の中で広がっていた。

「わたしは納得がいきません。東邦電力の役員だけを訴えることなんて出来るんでしょうか。社員は別だと区別できるんでしょうか。会社を訴える以上、洋平さんもお義父さんも会社の人よ。わたしは出来ないと思う」

　里美は眠っている一歩を気にしながら更に続けた。

「一歩が保育園に行くようになって、あそこで遊んでいるあの子は、おじいちゃんが訴えた東邦電力の社員の子どもだと陰口を叩かれるかもしれないわ。いいえ、そんなことは大したことじゃない。家族の中で、原告と被告に分かれて争うなんて、わたしには耐えられない。家族はどんなことがあっても助け合って生きてゆくもんでしょ。お父さん、わたしはどうしたらいいの。わたしにとっては、若林家も清水家も同じ大切な家族よ。お父さん、原告団に入らなくても、外から個人的に応援することだってできるんじゃないの」

　里美は初めて親戚の集まった席で父を批判した。これまで周りの人に逆らわず、従順でいることで心の平穏を保ってきていたのだが、里美の中で何かが蠢《うごめ》き、言わざるを得ない心境になったのだ。なぜそんな思いに突き動かされたのか分からなかった。

ただ、話したことに後悔はなかった。

　一歩が目を開けた。里美は一歩を膝に乗せた。一歩は、大きな欠伸《あくび》をして里美の胸の中で再び目を閉じた。

　いつの間にかオリエが後ろに座っていた。里美に声を掛けるでもなく、ただ黙って傍に座っていた。

「ありがとうオリエ。わたしは大丈夫」

　オリエは黙ったまま頷き、軽く笑みを浮かべた。片方の頬に出来たえくぼが愛らしかった。

　緊張がほぐれたのか、里美の目に熱いものが込み上げてきた。

　オリエが里美にハンカチを差し出した。

「心配してくれてありがとう。わたしは大丈夫よ、だから今日、東京に帰って。わたし本当に大丈夫だから」

　里美は、皆の前で自分の気持ちを正直に話したことで気持ちが昂っていた。周りの言うことに従順でいようとしてきたが、家族が壊れていく危機を目の当たりにして黙っているわけにはいかなかった。

　オリエは頷いて、そっと里美から離れた。

里美は、胸の中で眠る一歩の横顔を見つめた。

富岡の海岸で夏海の亡骸《なきがら》を抱いてから里美は心を閉ざした。自らの意志でそうしたわけではない。四歳七か月の無垢な女の子の無惨な死は、到底受け入れられるものではなかった。そんな現実はあってはいけないのだ。現実を拒絶することは未来に背を向け、絶望という暗闇の中で息を潜めて暮らすことなのだ。夏海が蘇らない以上、それでもいいと心のどこかで思っていた。しかし里美は、三回忌の席上で、考え方の違いはあっても真剣な話し合いを聞いているうちに、〈家族って何だろう〉と、漠然とした想いに駆られた。そしてそれは〈家族とは助け合って生きることなのだ〉という考えに変わり、父の批判に繋がったのだった。

里美は、四十九日の法要で聞いた早田住職の説法を思い出していた。〈死者は生者の中で生きる〉、その真意は理解できなくても、一歩や洋平と元気に生きることが夏海とともに生きることになるのだと思うのだった。

里美の異議に真一が答えた。

「里美から、なぜ今なのかと聞かれました。確かに、今、この場でなくても良かったのかもしれません。しかし私はこの場で、家族である皆さんの前で、そして夏海の仏前で申し上げたかったのです」

里美は、真一が夏海の前でと言ったことに驚いた。夏海の死と、真一が原告団に入ることがどこで繋がっているのか。洋平も腕を組み納得できない表情を浮かべていた。

「大震災が起こった日、私は、約束の三時に富岡の幼稚園に夏海を迎えに行くことが出来ませんでした。その日、午前中で終わるはずの会議が一時まで長引き、急いで高速道路で富岡に向かったのですが、広野のインターチェンジの手前で地震に遭い、そこで高速道路を下りました。余震が続く中、県道三十五号線を北上したのですが、落石や亀裂の箇所を避けながら迂回《うかい》し、どこをどう走ったか記憶にないのです。富岡に着いたのは五時を回っていました。仏浜《ほとけはま》の信号を右折して高台から見た富岡の町は水没していました。会議を予定通り終えていれば、私は三時には幼稚園に着いていたはずです。幼稚園が津波の第一波に襲われたのは三時二十二分ですから、余裕をもって夏海を迎えていたはずなのです」

真一は手帳を内ポケットにしまうと両手で眼鏡を外し、ハンカチでレンズを拭いた。そして片手で黒縁の眼鏡を掛け直した。

「早苗は、私のせいではないと庇《かば》ってくれましたが、理由はどうであれ、私は、夏海を時間通りに迎えに行けなかったことを後悔しています。そのせいで夏海を死なせたのだとずっと責任を感じています」

真一は、約束の時間通りに夏海を迎えに行けなかったことを悔いていたのだ。そういえば父は、夏海を富岡の海岸で発見して以来、笑顔を見せなくなっていた。

「いいえ、夏海を死なせたのは私です」

身じろぎもせず、膝の上で結んだ指を見つめていた早苗が初めて口を開いた。思い詰めた面立ちに血の色は失せていた。

思いがけない早苗の言葉に里美は耳を疑った。周りの者は驚愕したような視線を早苗に向けた。

「早苗」

真一が止めた。真一には早苗が何を言おうとしているのか分かっているようだった。

早苗は横を向いて真一を見た。真一は憂えた目を早苗に返し奥歯を噛んだ。

早苗は膝に視線を落とし、声をしぼり出した。

「大地震が起こったのは十一日の午後二時四十六分でした。夏海の通っていた幼稚園の島田先生の話によると、十分後くらいには防災無線と巡回パトロールで避難誘導が行われたそうです。夏海たちが高台に避難したのは三時十分でした。津波の予測到達時間は三時半なので、夏海たちは皆、避難していたんです」

早苗は両目を瞑《つむ》り、真一の片腕を両手でつかんだ。

「お母さんもういい、言わないで」

今度は里美が早苗の告白を止めた。

——夏海の死にお母さんは関係ないの。お願いお母さん、そんなに自分を責めないで。

「わたしが話さなきゃいけないの。お母さん、わたしが話します」

里美は大息《おおいき》をついた。

「三時十分に高台に避難した夏海は、カバンを幼稚園に忘れたことに気づいて、担任の島田先生にそのことを話したの。先生は、新しいカバンを用意するから諦めてと言ったそうです。でも夏海は、先生が目を離した隙に幼稚園まで引き返したんです。高台から幼稚園までは少なくとも十五分はかかります」

場の空気は重くそれでいて張り詰めていた。里美の声以外には何も聞こえなかった。

「カバンの中に、お母さんが刺繍《ししゅう》をしてくれたハンカチが入っていたんです」

早苗が嗚咽《おえつ》した。そして、

「私がいけないの。夏海に余計なことをしたのよ」

と早苗は言い、真一の腕に顔を伏せた。

「お母さんのせいではないわ。だから、そんなことを言わないで。お母さんが泣くとわたし苦しくなって、また、変になりそう」

一歩が目を覚ました。

里美はきょとんとしている一歩の髪をやさしく撫でた。

洋平が顔を上げた。

「お義父さんにもお義母《かあ》さんにも責任はありません。お義父さんに夏海を迎えに行ってほしいと頼んだのは僕です。夏海の死に責任を持つのは父親である僕です」

父親としての責任を主張する洋平に真一は応えた。

「私は、親である洋平君と里美の領域に踏み込もうとは思っていません。でも、最後はどうしてもそこに行き着くんです」

洋平は膝を崩し真一に向き合っていた。その洋平を見つめながら真一は更に話を続けた。

「私の会社で事務をしている小学生の子どもを持つお母さんは、原発の事故後、放射能による健康被害を心配していわきから東京に避難して行きました。母親として当然の気持ちだと思ったからです。いわき市民の約半数が避難経験者だと言われています。避難して行く人を咎《とが》めることは出来ません。大切なことは、慎ましく勤勉に生きている人たちが、知らない間に避難しなければならない状態に追い込まれたという現実なんです」

洋平は微動だにせず、真一を見つめ返していた。

「その人たちに罪はありません。でも私はこの地を離れません。この地には私たち家族の歴史があるからです。先祖から引き継いだ僅かな畑があります。友人もたくさんいます。私の家の近くに好間《よしま》川が流れています。子どもの頃よく遊んだものです。豊かな自然は私たちを育て、数えきれない思い出を作ってくれました。だから私はこの地を離れません。この地で元の生活を取り戻したいのです」

洋平は居住まいを正した。こういうときは決まって何か言いたいときなのだ。

「原発事故は人災です。人災で悲しむ人を増やしてはいけません。それが夏海に対して責任を取ることになると思うのです。栄太郎さん、杏子さん、洋平君、それに里美、どうか、理解していただきたい。争うのは皆さんとではない、罪を犯した日本という国の政治のありかたに対してなんです」

洋平は盃を取り、酒を喉にぶつけるように押し込むと、溜息をつき顔を歪《ゆが》めた。里美は父と洋平の関係がこじれないかと気を揉《も》んだ。

義父の清水栄太郎が目を剥《む》いた。

「若林さん、どうもあんたの話は理解できないなあ。原発のあり方がどうの、罪を犯した日本がどうのって、話が少し飛躍し過ぎるんじゃないかな。原発は国が、国民の為になると思ってやってきたことだし、第一、原発による経済効果は計り知れないんだ。安い電気だから日本の経済は潤っているんだよ」

「ええ、清水さんの言われることも分かるのですが、でも、私は、原発が無くても日本の電力は不足しないと」

「冗談じゃない。何も分かっちゃいないね」

栄太郎が大きな声で真一の言葉を遮った。

栄太郎の日焼けした顔が赤く上気していた。

「去年、原発が無くても電力が足りたのは、企業も家庭も節電したからなんだ。重要なことは、安い電気料金のおかげで日本経済に余力ができ、余力を使えたからこそ原発が無くても電気が足りたんだよ」

住職の早田が徐《おもむろ》に立ち上がった。

「栄太郎さん、洋平君、お二人の言われていることは分からんでもありません。東邦電力の社員としての誇りもございましょう。それにも増して、事故を起こした責任を痛切に感じて、日夜、復旧に全力で当たっておられることに敬服しております」

早田は痩身であった。窪《くぼ》んだ眼窩《がんか》の目で睨まれると、たいがいの男は身を竦《すく》ませるに違いない。障害者施設を併設し、住民の幸せのために尽力している姿勢と実績が、その風貌《ふうぼう》に迫力を与えているように見えた。

「しかし、見方を変えて考えてみるのも重要なことです。つまり、栄太郎さんも洋平君も、原発事故の被害者だということです。その視点で今回の事故を見つめてみても決して無駄だとは思いません。相手の立場で考えてみる、このことは大切なことです」

栄太郎と洋平は、訝《いぶか》し気に早田を見つめていた。

「里美さん、家同士の間に立たされることはないと思いますよ。里美さんはご自分の考えを大切にして生きていってほしい。勿論《もちろん》、洋平さんとよく話し合いながら。これも大切なことです」

里美は、「はい」と小さく頷いた。

「日本には民主主義が育っていないと言われています。戦争責任に蓋《ふた》をかぶせたままの歴史を見れば分かります。民主主義を守り育てるために、若林さん、清水さん、お互いに胸襟《きょうきん》を開いて、真剣に話し合いを続けられたらいかがでしょうか。今回の事故から私たちは多くのことを学ばなければなりません。学ばなければ、また同じ過ちを繰り返すからです」

早田の話は、現実を直視し、どう打開していくかを示唆していると里美には思えた。また、早田の態度は、立場の違った人間であっても同等の慈しみを持って接しているように見えた。

斎《とき》が終わり、栄太郎が杏子と住職を乗せ石橋を渡って行った。いわき駅まで送る百合子を乗せたオリエの車がその後に続いた。

「お義父さん、また、話しましょう」

そう言った洋平に続いて、里美は黙ったまま階段を上った。

母

資材の運搬中に人身事故があり、洋平と同じ機械設備部の同僚の社員が入退域管理棟の救急医療室に運ばれた。命に別状はないが今夜は帰れそうにないので広野町の実家に泊まると、洋平から電話が入った。夏海の三回忌が終わって二日後の午後だった。

洋平は冷静であった。同僚が大怪我をしたというのに理路整然と事故の状況を里美に語った。もしかしたらこの家に帰りたくない口実かもしれない、里美の心にふっとそんな疑念が掠《かす》めた。

――洋平は、父が原告団に入ったことに反発していた。父と顔を合わせたくないのかもしれない。

心のどこかに湧いたそんな想いを気にしながらも、里美は洋平の無事を確かめてスマホを切った。

やはり洋平は父と気まずくなっているのではないだろうか。父親の真一が闘おうとしている相手は、夫と義父の勤める東邦電力と国なのだ。

早苗に相談しようと思った。だが、早苗は浪江町の避難者が住む二本松市の仮設住宅に野菜を届けに行っていた。広大な運動公園には二百三十戸の仮設住宅が建てられており、住人の健康を管理するクリニックも開設されていた。早苗の友人や知人もこの仮設住宅に住んでいて、年に数回、早苗は裏の畑で採れた野菜や季節の果実などを差し入れていた。福島県産の野菜などは食さない避難者もいたが、表層と下層の土を入れ替え、放射性物質を遮断するためにビニールハウスで育てた早苗の野菜は、友人の口コミもあって評判が良かった。全世帯に小分けして配布するほどの量はなかったが、集会所での行事がある時などには婦人会の人たちによって嬉々《きき》として調理されていた。

一歩は昼寝をしていた。

里美は怠《だる》さを覚え、一歩の傍に横になった。

――今日、パパはお泊まりだって。一歩は男の子だから淋しくなんかないよね。一歩はママのこと守ってくれるんだもんね。でもパパは一人で苦しんでるみたい。

「あなたが生まれた時、パパ、すごく喜んでくれたの。ママ、幸せだった」

里美は、スマホの目覚ましを一時間後にセットし、瞳を閉じて一歩が生まれた時のことを思いだしていた。


里美が男の子を生んだのは、東日本大震災の二日前の二〇一一年三月九日だった。夏海は四歳七か月になっていた。

分娩室から廊下に出ると洋平と夏海、真一と早苗が里美を待ち構えていた。四人はストレッチャーに乗っている里美を囲んだ。

「大丈夫？　頑張ったね」

「うん、三四五〇グラム。元気な男の子。今、もく浴、きれいにしてもらっているの。すぐ会えるわ」

「男の子か、有難う」

長身の洋平は腰を折って、里美の額に張り付いた数本の長い髪を指先で掬った。そして額の汗にハンカチを当てた。

「おとこのこか、ありがとう」

夏海が父親の真似をした。

里美は夏海に、「お姉ちゃんになったのよ」、と目を細めて頬を突ついた。夏海は嬉しそうに洋平の手を握り直し、父親の顔を見てはにかんだ。

病室に入り、ドアの近くの自分のベッドに寝かせられると、里美は天井を眺めながら大きく息をついた。四人部屋だが、今は里美しかいなかった。

「どうした？　溜息なんか」

洋平が、隣のベッドから丸椅子を両手に持ってきた。そして、反対側の壁際に立っている真一と早苗の横に置いて、里美に聞いた。

「何でもない、ただ、女ってすごいなって思ったの」

里美は早苗を見た。二十六年前、自分を生んでくれた時の母の心情を想像していたのだ。きっと早苗も、今の私と同じように胸を奮わせ、繋がっていく生命の営みに感動していたに違いない。夏海を産んだ時はそんな余裕はなかった。初産で必死だった。

里美は、やっと母と同じ境地に立てたことが嬉しく、早苗を見たのだった。

早苗は、そんな里美の心中を察しているような笑みを里美に返した。裏の畑のハウスで採れたと言って、竹籠にきれいに並べた形の揃った大粒の苺を里美に見せてから冷蔵庫の上に置いた。

「お母さん、一粒取って」

里美は、早苗から受け取った苺を夏海に握らせた。

母親から手渡しされたことが嬉しかったのか、夏海は「ありがと」と言い、顔を赤らめた。

目覚めた時、母親がいない経験は夏海にはないことだった。里美は夏海が寂しがっていたのだろうと察して、苺を手渡したのだった。

苺をかじると、果汁が夏海の指にしたたった。

「お父さんが作った竹籠にお母さんが育てた苺か」

里美はふっと笑った。

「なつみ、きのう、いっぱいたべた」

「そう、それでほっぺが赤いのかな？」

里美は洋平の膝に座っている夏海の頬を両手で挟み、互い違いに動かした。夏海はたまらず仰《の》け反《ぞ》り、頬をふくらませた。

里美、洋平、真一、早苗が同時に笑った。


建築士の資格を持つ真一は、いわき市内で設計会社を友人と共同経営していた。農作業はもっぱら早苗に任せていたが、声がかかれば早苗と一緒に鍬《くわ》を握った。早苗より五歳年上で、休日になると、黙々と小刀で竹を削った。作った鳥籠や箒《ほうき》、笊《ざる》、渓流釣りの魚籠《びく》などの生活用品は、会社の社員や近所の家々に配った。頭髪には白いものが混じり始めていたが、顎や首にたるみはなく、若い頃の体形を維持していた。黒い縁の眼鏡をしていたがまだ老眼ではなかった。

ドアがノックされ、看護師が柔らかい大きなタオルに包んだ赤ん坊を抱いて入室してきた。

「楽しそうですね。ほら、元気な男の赤ちゃんですよ。見て下さいね」

看護師はそう言って、赤ん坊を里美に抱かせた。

赤ん坊は母親の胸の中で大きな欠伸をした。

夏海が洋平の膝から体を乗り出し赤ん坊を見つめた。人差し指で赤ん坊の手を触ろうとしたが、すぐ引っ込めてしまった。「触ってもいいよ」と言う里美に、夏海はイヤイヤをして両手を後ろで結んだ。

「赤ちゃんの名前、今度は私につけさせてほしいの」

洋平は、「ほう」と声を漏らし改めて里美を見た。

「実はもう考えているの」

皆が里美に目を向けた。

「いっぽ」

「いっぽ？」

「どんなことがあっても前を向いて、まず一歩を踏み出してほしいの。友達と一緒に」

「ふーん。いっぽ、ねえ。いっぽって、一つ歩くって書くのか？」

「そう」

洋平は夏海を膝から降ろすと、椅子の横に置いていた鞄から短冊と黒いマジックを取り出した。

皆が洋平を注視した。

「一歩ねえ、まず一歩か。清水一歩」

洋平は、うーんと唸りながら短冊を立てた。歯でマジックの蓋を外し、布団の上にそれを吹き落とすと、大袈裟《おおげさ》に咳払いをして、短冊を里美の顔の前に突き出した。

皆の視線が短冊に集まった。

「そんなものを用意してたの」

夏海が里美の真似をして、目を見開いて洋平を見た。

「縦書きで一歩と書くと不安定だな。一歩踏み出す前に転ばないかな」

洋平はもったいぶった。

「しかし、慌てないで皆と一緒に歩くと転ばないな。千里の道も一歩からって言うし、三歩進んで二歩下がるともいう。うん、悪くない。はっ、はっ、は」

洋平は、芝居がかった笑い声を立てるとマジックを滑らせた。そして、短冊を裏返した。

「命名、清水一歩、二〇一一年、三月九日誕生」

里美は大きな声で読み上げ、短冊を取り上げた。

そして、は、は、は、と洋平の真似をして笑った。

里美と洋平は互いを見つめて笑った。二人の顔を交互に眺めていた夏海は、恥ずかしさを隠すように口を顔にして笑った。母親と父親の仲の良さに照れ、それをごまかしているようだった。

「洋平君、もしかしたら里美に百歩譲ったのかな」

真一が珍しく冗談を言った。

夏海はベッドの端をつかみ、片足を上げた。

「これ、じいじが買ってくれた」

「あら、ミッキーマウスの靴。可愛《かわい》い」

夏海はご機嫌である。

「これ、ばあばが買ってくれた」

今度はたすき掛けにした黄色いカバンの中から桃色のハンカチを取り出した。

里美は短冊を寝かせていた一歩の横に置き、ハンカチを夏海から受け取り、

「ピンクのハンカチ、春の色ね。梅、桃、桜、それになっちゃんのほっぺ」

里美は夏海の頬を両手で挟み、今度はひょっとこの口を作った。

夏海はまた仰け反り、里美の手を払うと、歪んだ頬を元に戻すように、わざと膨らませた。

「来月、皆で三春《みはる》の滝桜でも見に行こうか。お義父さんとお義母さんもご一緒に」

夏海が手を叩いた。


真一は早苗の顔を見てから、「ありがとう」と低い声で答えた。

「なつみ、このくつをはいて行くの」

「そうね」

里美が答えた。

「なつみ、このハンカチもっていくの」

「そうだな」

今度は洋平が答えた。

「今日は、夏海と一緒に富岡のマンションに帰って、明日、若葉幼稚園に送って一Ｆに行くよ。年度の変わり目だし、いろいろあってね」

「忙しいのに休ましちゃったね」

「男の子が生まれたのに仕事なんかしてられないよ。そうそう、水野係長からお見舞いだといってこれ貰ったよ。本当に気配りの人だね」

水野とは水野雄一のことで、洋平が所属している機械設備部の係長である。

「優しい方だから。でも、病気ではないのにね」

「お見舞いは可笑《おか》しいか」

洋平は茶封筒を短冊の下に滑らせた。

「無理しないでね」

「分かってる。入社して八年、仕事も大分わかってきた。今が一番楽しい時かもしれない。勉強会も週一回やってるんだ」

「勉強会?」

「ああ、後輩も増えてね、色々聞いてくるんだ。俺が知らないと馬鹿にされるしね。水野さんを講師にして、機械設備部の部屋の隅で、仲間たちと勉強をしている。東邦電力の歴史や原子炉のしくみ、原子力発電の安全性とか資源のない日本のエネルギー政策など、勉強することがたくさんあってね。毎日大変だけど充実している」

「体、壊さないでね。洋平君、熱中するとブレーキが利かないんだから」

「そろそろ、その洋平君という言い方止めてもらえないかな。高校の時はそれでよかったけど、結婚して六年も経つんだから」

「でも、わたしの中には、野球部のエースで四番バッターの洋平君がまだいるの」

洋平はまんざらでもなさそうに頭を掻いた。

「まったく、しょうがないなあ」

夏海が洋平から里美に視線を移した。

「まったく、しょうがないなあ」

洋平の真似をした夏海は、反対側にいる早苗の陰に隠れた。

微笑んでいた洋平の顔つきが変わった。

「今、一番興味があるのはプルサーマル発電なんだ。二〇一〇年から一Fの三号機で発電している」

「プルサーマル発電?」

「日本の核燃料サイクル政策の柱なんだ。原発から出た使用済みの核燃料を再処理してプルトニウムを取りだす。それをウランと混ぜて『MOX燃料』をつくる。その燃料をまた原発でつかう。資源小国日本では有効な発電方法なんだ。それに、核兵器の原料になるプルトニウムの保有も減らせるらしいんだ」

「核兵器?」

「原発と核兵器がどこで繋がっているのかよくは分からないんだが、水野さんがそう言ってた」

里美は、ドアの近くに座ってる真一をそっと見た。洋平が口にした原発と核兵器の言葉を、どのように聞いたのか確かめたかったのである。真一は、原発政策には反対の立場を取っていた。原発と核兵器の話題は、洋平の前では極力避けていたのだった。

　真一は、眼鏡をハンカチで拭いた。

　洋平は続けた。

「水野さんが言うには、使用済みの核燃料は年々増えていて、再利用して減らさなければアメリカとの関係でまずいみたいなんだ。なんでも『日米原子力協定』というのがあるんだって」

「日米原子力協定？」

「たしか、そんな名前だった」

　真一は眉根に皺《しわ》を立て腕を組み小さく嘆息した。

「だから、勉強しないといけないんだ。高卒の俺なんかいいように使われていて。東電の社員はエリートばかりだから付いていくのが大変なんだ」

「そうなの、大変ね。私にはよく分からないけど、夏海のこと、よろしくね」

　真一の顔色を気にしていた里美は話題を変えた。

「ああ。夏海のお迎えね。明後日《あさって》の金曜日、富岡の幼稚園にお義父さんが三時に行ってくれることになっていて、そのまま夏海はいわきの家に泊まるから心配いらないよ」

　洋平は里美にそう言うと、「じゃあ、明後日、また来るよ」と立ち上がった。

　洋平の声につられて真一と早苗も立ち上がり、一歩を覗き込んだ。

　夏海は人差し指の先で、つんつんと一歩の手の甲を突いた。弟が出来たことを喜んでいるようだった。

「じゃあ、あさって、またくるよ」

　夏海はまた洋平の真似をして、バイバイと手を振った。

「あっ、夏海、ちょっといらっしゃい」

　里美が夏海を呼び止めた。

「だめじゃあない、苺の汁、スカートで拭いちゃあ」

　里美は夏海の手をミニタオルで拭った。

「ハンカチ、持ってるんでしょ。ばあばが買ってくれたハンカチ」

「だって」

「だって、何？」

「だって」

夏海は、しぶしぶ黄色いカバンの中からハンカチを取り出して里美に渡した。

「どうしたの」

「なつみって書いてあるの」

里美がハンカチを広げると、隅に、赤い糸でなつみと刺繍が施されていた。

「ばあばが縫ってくれたの？」

「うん」

「汚したくなかったの？」

「うん」

「そうだったの」

里美は丁寧にハンカチを畳み、鞄《かばん》にしまった。

「でもね夏海、ハンカチは手を拭くためにあるのよ。いつも、なっちゃんの手が綺麗でありますようにって、ばあばが買ってくれたのよ。だから、ちゃんと使ってあげた方が、ばあばは喜ぶと思うんだけどな」

夏海は若干不服そうな素振りを見せたが、「うん」と言い、ケロッとした笑顔を里美に見せ、ドアの向こうに消えていった。里美は生まれたばかりの一歩をじっと見つめたあと、静かに瞼を閉じた。
二、三十分の仮眠ではあったが、スマホの目覚ましが鳴る前に里美の目が開いた。静かに目覚ましを解除した。傍では二歳になったばかりの一歩がよく眠っていた。里美の倦怠感は消えていた。
部屋を出ると、庭に車の入る音がした。早苗が二本松の仮設住宅から帰宅したのだ。里美は一階に下り、紅茶を淹《い》れた。「寒いわね」と早苗が居間の襖を開けた。

「どうしたの？」

早苗は、里美の目元を見て訊ねた。

「別に何でもない。ただ、一歩が生まれた時のことを思い出していたら涙が出ちゃって」

「そう。それで一歩は？」

「上でよく寝てる」

洋平が悩んでいるかもしれないという相談は止め

ることにした。洋平から話を聞く方が先だと思い直したのだ。里美は、胸が騒ぐのを抑えながら洋平からかかってきた電話の内容を早苗に伝えた。

「そう、大変ね。事故っていつ起こるか分からないから心配ね。でも、洋平さんが無事でよかったわ」

早苗は安堵の表情を浮かべた。そして、紅茶のカップを両手で包むと、

「里美に話があるの」

と、今度はやや上気した顔で里美に話しかけた。

「実は、里美に二本松の集会所で本や詩の朗読、絵本の読み聞かせをやってほしいの」

里美は、えっと声を漏らした。早苗の言っていることが理解できなかった。

「お母さん、ちょっと待ってよ。順序立てて話してくれないと何を言っているのか分からない」

「そうね、そうだわよね」

早苗は紅茶を一口含むと、今日行った二本松の仮設住宅での出来事を話し始めた。

二本松の仮設住宅は大所帯で高齢者も多く、残念なことに先日孤独死の老人を出してしまった。死後三日経っていた。自治会では定期的に見回りなどをしていたのだが、中から鍵をかけられると入ることが出来ない。強引にドアをこじ開けると器物破損で面倒なことになる。それで発見が遅れた。二度とこんな痛ましいことのないように、住人同士の交流をこれまで以上に図ることになった。手芸や園芸、カラオケなどの趣味の会はあったのだが、目の衰えた高齢者には読みたい本が読めないストレスもあって、図書の朗読を定期的に誰かに頼むことになったということだった。

「お母さん止めてよ。まさか私じゃないわよね」

早苗は、「そうよ」とでも言わんばかりに里美を見て笑った。

「引き受けてなんかいないわよね。私に相談もしないで」

早苗は悪びれた様子もなく紅茶を啜った。

「浪江町で近所だった須美ちゃんに頼まれたのよ。ほら、里美も知ってる高校時代の母さんの友達。里美ちゃん演劇部だから、頼めないかしらって、言われたの」

「引き受けたの？」

「断りきれなかったのよ。婦人会の皆さんにも頼まれて、それに、野菜も誉められて、つい、大丈夫だと思いますって、言っちゃった」

「……」

早苗はカップを静かに置いた。

「実はね里美、母さんもそうして欲しいと思ってるの。外に出ていい頃だと思う。里美は短大に行ってすぐ保育士の資格を取ってるし、それに一歩だってもう保育園なんだから。年四回、一歩を連れて仮設の小さい子たちに読み聞かせをして欲しいの。勿論、母さんも一緒に行くわ。あなたならきっとできると思うの」

母は、私の社会復帰を望んでいる、と里美は思った。

いきなり保育園や会社に勤めることはできないにしても、季節毎に一度、高齢者や幼児に本を読んで聞かせ、交流するぐらいはできる。それが里美のリハビリになる、母はそう思ったに違いない。

「分かったわ。やってみる」

「あら、そんなに簡単に引き受けちゃっていいの」

「何言ってんの、ほとんど決めてきたくせに」

「それもそうね」

母と娘は顔を見合って笑った。

「夏海に報告しなくっちゃ」

里美は仏壇の前に座り、鈴を打ち手を合わせた。

――夏海、ばあばがママに早く元気になれって励ましてくれたよ。いままでずっと夏海にも心配かけてきたけど、もう大丈夫、ママ、元気になれそうな気がする。二本松の仮設住宅の夏海と同じくらいの子どもたちに絵本を読んで聞かせるの。それはね、ばあばが夏海のことを想ってママにそうさせようとしているのよ。ばあばはずっと夏海のことを心配しているんだね。だから、ママ、頑張るよ。

すれちがい

玄関の開く音がした。洋平が帰宅したのだ。

洋平と真一では微妙に引き戸の開け方が違っていた。洋平は勢いよく開けるので、硝子戸の駒《こま》が早回転して高い音を出した。逆に真一はゆっくり開閉するので、低く静かな音がした。

一歩を寝かしつけた里美は急いで階段を駆け下りた。

昨夜、洋平は広野町の実家に泊まった。同僚が怪我をして事故の処理に時間がかかったということだった。しかし里美は、その説明に疑念を抱いていた。部下が事故に遭ったのであれば、洋平の性格からしてあれほど冷静には話せないはずである。洋平の真意を知りたいと気を揉みながら待っていたのだった。

「お帰りなさい」

「ただいま」

洋平は赤い顔をしていた。

「晩ご飯、親父のところで食べてきた。家まで送ってもらったんだが、石橋の手前で帰った。皆によろしくって」

早苗が土間の奥の戸を開け、台所から顔を出し、寄ってくれれば野菜を持って帰っていただいたのにと残念がった。

「明日、僕が届けましょうか、休みだし、車を取りにいかなければならないので」

「そうね、そうしてもらおうかしら」

早苗はそう言って、割烹着《かっぽうぎ》の裾で手を拭きながら台所に引っ込んだ。

洋平の広野町にある実家は、高速道路を利用すれば四十五分の所にあった。

「コーヒーが飲みたいなあ、飲むかい？」

「はい。怪我をされた方は？」

「心配ない、軽傷だった」

洋平はコーヒーが好きだった。いつも自分で淹《い》れて香りを愉《たの》しんでから口に含んだ。しかし、今日はいつもとは様子が違っていた。コーヒーは口実で、何か話があるといった雰囲気を漂わせていた。

「お義父さんは？」

「遅くなるって」

「そう、じゃあ、三杯淹れるよ」

「はい」

「上で、ちょっと話があるんだ」

「はい」

里美は、洋平の後ろから階段を上った。

二階に上がると、八畳間が二部屋並んでいて、廊下を挟んで来客のための洋室と、その隣にトイレとちょっとした料理などが出来る台所があった。里美たちの寝室と居間は、庭に面した南向きの八畳二間があてがわれていた。襖で仕切られたこの二部屋は、里美が洋平と結婚するまで使っていた部屋だった。

洋平は、川の字に敷かれた真ん中の小さな布団で寝ている一歩の顔を覗き込むと、寝室の襖をそっと閉め、鞄を自分の机の椅子に置き、廊下に出て台所に向かった。コーヒーを淹れる機器一式を取りに行ったのだ。

窓に沿って、二人用の応接セットが置かれている。洋平は机を背にしたソファーに腰かけ、ガラス製のテーブルの上で、ロートに里美が挽いたコーヒーの粉を落とし、フラスコに三人分の水を入れ、アルコールランプに火を点けた。

「こうしていると、気持ちが落ち着くんだ」

里美は自分のソファーに浅く座り、「はい」と頷いた。そして、洋平が昨夜実家に泊まった理由を話してくれるのを待った。

「そんなに見つめるなよ。今、話すから」

洋平は、里美を気遣ってか白い歯をこぼした。

「一週間前、ネズミが原因で、仮設配電盤がショートしてね、一、三、四号機の使用済み燃料プールの代替え冷却システムが停止したんだ。冷却できないからあわててね、でも、三十時間で全面復旧して事なきを得たんだけど、一歩間違えれば、また大変な事態になるところだった。今、復旧作業も正念場を迎えている。それに、あと一週間で新年度だし、一Fでは新入社員の研修の計画や各部所の廃炉の工程の見直しなどで一番忙しい時なんだ。たくさんの社員が辞めていったからね。人事異動もあって」

原発事故が起こったその年の十一月末、福島県知事が、国と東電に県内十基の原発の廃炉を求めていく方針を明言した。そして、翌年の二〇一二年四月、東電は福島第一原発の一号機から四号機の廃炉を決めた。だが、この時点では五号機、六号機の廃炉はまだ決まっていなかった。日本の原子力発電所は五十四基から五十基に減少した。

初めて洋平から聞く話である。実家に泊まったこと関係があるのだろうか。里美は妙な胸騒ぎを覚えた。

「これ、お義母さんに持って行ってくる」

洋平は盆にコーヒーを乗せた。

「いえ、私が持って行きます」

洋平は里美を制して階段を下りて行った。

――洋平は妙に私に気を使っている。いつもと違う。

窓の外では、春の風に柿の小枝が揺れていた。

「お義母さん、いい香りだって」

洋平はわざとおどけてみせた。

「俺は、夏海の三回忌の時に言ったように、東邦電力を辞めようと思ったことはない。福島に残って頑張ってる人のためにも、社員として廃炉作業をやらなければならないと考えている。それが俺にとっての責任の取り方なんだと思っている」

洋平は、真一が言った、「責任」についてこだわっているように思えた。

「原発は必要だという考えは変わっていない。資源のない日本には必要なエネルギー源だし、温暖化のためにもいい。原発と人類とがどうすれば共存できるのか、そのことばかり考えているんだ」

洋平は饒舌《じょうぜつ》に胸の内を語り始めた。実家に泊まったことで何かを吹っ切ったような、そんな印象を持った。

「どういうこと？」

「うん、今まで、里美のＰＴＳＤのこともあって、仕事のことは必要なことしか話してこなかった。でも、君の病気ももう大丈夫だと思う。だから遠慮なく正直に話したいんだけど聴いてくれる？」

「もちろん」

洋平は、コーヒーを静かに啜《すす》ると、里美をしっかりと見つめ直した。

「地震が起きたあの時、俺は海側から侵入防止付きのゲートに向けて歩いていた。突然、アスファルトが波打ち、一二〇メートルの排気塔が折れる位に揺れて、地表の配管が破れて水が噴き出した。あちこちの建物の壁がひび割れ、窓ガラスは割れ落ち、ブラインドが風に揺れた。かろうじて免震重要棟の二階の本部に逃げ込んだけど、部屋は入れないくらいの人で埋まっていた。一時間後、津波の第二波が、防波堤を超えて非常用発電や配電盤のある敷地内に流れ込んで、電気が使えなくなった。原子炉圧力容器に水が送れなくなり原子炉は空焚《からだ》き状態となった。水を送れなくなった原子炉格納容器はいつ爆発するか分からない。余震の度に仕事が中断するし、瓦礫《がれき》の撤去や倒壊した建物の除去、陥没した道路の復旧などの作業は命がけで、俺の緊張と体力は限界にきていた」

里美は、事故当時の話を聞くのは初めてだった。

「徹夜で復旧作業をした十二日の早朝、富岡町、浪江町、大熊町、双葉町と次々に全町避難指示が出て、菅首相がヘリコプターで武田所長に会いに来た。俺はこのまま仕事を続けようと思った。二、三日寝ないでも仕事を続ける覚悟は出来ていた。それで避難するよう里美に電話をしたんだが、その時、お義父さんから夏海が死んだことを聞かされた。目の前が真っ暗になった。しかし、取り乱すわけにはいかなかった。どうしていいか分からないまま水野係長に報告すると、即座に帰宅しろと命令された。電話でお義父さんにいわきに避難するよう言い、後を追った。でも俺は、正直に言うと、残って係長や所長の役に立ちたかった」

「……」

「そんな顔をしないでくれよ、俺だって夏海の親だ。突然、自分の子どもの死を知らされて動揺しないわけはない。でもあの時は、緊張と疲労と混乱と怒鳴り声が飛び交う中で、皆、常軌を逸していた。社員の俺があの場から去ることは人間として失格の烙印を押されるような、卑怯者になって蔑《さげす》まれるような、よく分からないけど落武者の様な惨めな気がしたんだ」

「でも……」

里美は次の言葉が見つからなかった。夏海の死を知っても仕事を続けようと思う洋平の気持ちが理解できなかった。その時里美は、夏海の亡骸を富岡の海岸で抱いていたのだ。涙も出ないほどの衝撃を受け、ただただ茫然としていたのだ。どれほど洋平に傍に来てほしかったか。それから四十九日までの間、殆《ほとん》どの記憶が失われていた。

「水野係長に帰された十二日の午後、一号機が爆発して、十四日は三号機、十五日の朝には四号機が爆発した。四号機の建屋では四〇〇ミリシーベルトを計測した。あらゆる場所で線量が上がっていて、一Fは最も危険な状態になっていた。武田所長は殆どの社員に待機命令を出した。そして、選ばれた五十人の社員が免震重要棟に残った。この五十人は『ゲンパツ・フィフティ』と呼ばれていて今でも英雄視されている」

「はい」

「もし、俺がその場にいれば、なんとしてでも残ったんだ。でもその日は、夏海の葬式の日で俺は休んでいた。皆が必死で修復作業をしているのに、俺だけが蚊帳《かや》の外にいたんだ」

社員としての気持ちは分らなくもないが、里美としては釈然としなかった。

「貴方《あなた》にはわたしや一歩がいるわ。危険なことはしてほしくない」

「分かってる、俺は父親であり夫でもある。しかし、東邦電力の社員でもあるんだ。結局俺は、十二日から十五日まで、会社が最も危険な時に、水野係長の命令とはいえ休んでいたんだ。何の役にも立たなかったんだ。武田所長や水野係長に申し訳が立たない。だから俺は今、社員としての責任を果たしたいんだ」

「責任？　どういう責任なの。あなたは十分すぎるくらい責任を取っているわ。朝は五時に車で出かけ、帰るのは早くて九時か十時、三回忌の時オリエが言ってた、洋平君痩せたって。これ以上無理しないで」

里美の切実な願いであった。

「分かってる」

里美は続けた。続けなければならなかった。

「被曝線量が一〇〇から二五〇に上がって、休みなく働いて、家には寝に帰るだけ。家族との話し合いもなくて、どんどん痩せていって、これ以上、まだ責任を取らなければいけないの」

「里美、落ち着いてくれよ。その話は、二年も前の話だ」

厚生労働省は、緊急作業中の原発作業員の線量の被曝限度を二〇一一年三月十四日から十二月十六日までの九か月間、一〇〇ミリシーベルトから二五〇ミリシーベルトに引き上げた。全面マスクは息苦しく防護服は体温を閉じ込め、動きにくい中での作業は想像以上に体力を消耗させ、仕事に対する意欲を奪っていった。防護服を着用した頃は、「どうだ、宇宙飛行士みたいだろう」と言って写真を見せて笑わせることもあったが、夏場になると日に日に無口になり、冗談も言わなくなった。二五〇ミリシーベルトに引き上げられた九か月間の最も危険な原子力発電所内での作業や、その後も働き詰めの洋平を見てきた里美にとっては、これ以上責任とか社員という言葉に縛られたくなかった。十分すぎるほど貢献してきていると、里美の目には映っていたのだ。

「そんなに責めるなよ」

「責めてなんかいない。あなたの体が心配なの。責任は健康でいてこそ取れるものよ。一歩のためにも元気でいてほしいの」

洋平は、コーヒーを啜り、ため息をつき、カーテンの隙間から零《こぼ》れた灯りに浮かぶ柿の木を眺めた。そして、もう一度ため息をつくと静かにコーヒーカップをテーブルに置いた。

「お義父さんが言う通り、事故を起こした責任は、いや、事故が起きたことの責任は確かに社長や役員にあるのかもしれない。しかし社員としては、責任を役員だけに押し付けることに抵抗があるんだ」

「どういうこと？」

「長期評価って聞いたことある？」

「いいえ」

「長期評価って、二〇〇二年の七月、十一年も前のことなんだけど、国の地震調査研究推進本部が、三陸沖から房総沖までの日本海溝沿いに、明治三陸沖地震と同程度のマグニチュード8クラスの津波地震が発生する可能性が二〇パーセントもあると発表したんだ。俺はそのことを夏海が生まれた頃知った。本社には地質学や地震学に精通している人間が多いからね、いろいろ教わって、自分なりに勉強をしたんだ」

「はい」

里美は僅《わず》かに身を乗り出した。

「そうしたら、計算上、津波の高さは十五メートルを超えた。俺は水野係長に、配電盤や非常用発電機を高い場所に設置し直すよう要望書を出した。以前から、こんな低いところにあっていいのかって、他の社員からも疑問の声が上がっていたからね。水野さんは係長会議などでそのことを提案してくれたんだけど、体よく退けられた。事故が起きて俺は後悔した。もっと食い下がるべきだった。食い下がっても移設は叶わなかったかもしれないけど、少なくとも俺は後悔しなくてすんだと思った。食い下がっていれば、お義父さんが役員の責任だと言っていたことも多少は納得できたような気がするんだ。食い下がらなかった俺にも責任があるんだ」

里美は、富岡の高台にあるマンションで、洋平が机にかじりついている光景を思い浮かべた。

「あの頃、そんな研究してたの」

「研究というとオーバーだよ。勉強か学習と言った方が正しいかな。でも、勉強をしているうちに日本をとりまく海溝や地層についてかなり分かるようになったよ。日本は地震が多い国だってことも」

「そう」

「俺の言うことを誰も聞かなかった。悔しいよ」

里美はまた顔をこわばらせた。

「貴方は十分すぎるぐらいやっているわ。自分をそんなふうに卑下するのはやめて」

「そうだね。自分でも一生懸命やってきたと思う。認めてもらおうと重機や電気関係の資格も幾つか取った。でもそれだけじゃ結局いいように使われるだけなんだ。自分の言うことを認めてもらうためにはまだまだ勉強しなくちゃ駄目なんだ。知識も技術も周りの人以上につけなきゃ駄目なんだ。そうでなきゃ、俺の言うことなんかまともに聞いちゃくれない」

「あなたは、真面目に誠実に現場で働いているわ。見ている人はちゃんと見てくれていると思うわ」

「分かっている。でも、大企業ってそういう世界なんだ。上司に認めてもらうためには真面目や誠実なだけじゃ駄目なんだ」

そう言うと洋平はコーヒーを飲みほした。そして顔を曇らせ、大きく息をついた。

「もう一つ、話があるんだ」

里美は虚を衝かれたような声を漏らし、背中に冷たいものが走るのを感じた。

「実は、水野さんが環境科学部に異動になるんだ」

「環境科学部？」

「ああ、廃棄物の管理や施設の拡充計画が主な仕事なんだ。実家の近くの広野のワールドヴィレッジにも出入りするようになる。実は昨日、水野さんから一緒に来て手伝ってくれないかと頼まれたんだ。水野さんには世話になっているし、それで昨日親父に相談したんだ。どう思う？」

里美は唖然《あぜん》として洋平を見た。突然の異動の話、里美に返事などできるはずはなかった。

「広野は、事故の年の四月に緊急時避難準備区域に指定されたけど、九月には解除になった。線量の心配はない。だけど、一Fの作業状況によっては、早出や残業がある。そうなると、広野の家から通った方が便利なんだ。身体も休まるし、親父も賛成してくれた」

里美は耳を疑った。機械設備部から環境科学部に水野と一緒に異動することは分かったのだが、しかし、広野の実家から通うとはどういうことなのだろうか。

——実家から通うということは、この家を出るということになる。なぜ、そんな大切な話、お義父さんより先に相談してくれなかったのかしら。やっぱり、父とのことをこだわっているのかしら。

里美をちらっと見た洋平は、広野に住む利便性を諭すように語った。

Ｗ（ワールド）ヴィレッジは、東邦電力が、サッカーや各種球技の出来る施設として、一九九七年に福島県に寄贈した施設である。現在、幾つかの芝のグラウンドは、ヘリポート、駐車場、除染場、資材保管場所などに使用され、復興促進には欠かせない巨大な拠点となっている。そこから洋平の実家まで車で十分とはかからない。また、一Fで仕事を終えた場合、いわきの家まで帰宅するより一時間以上の節約となる。洋平は学習をする時間ができ、体も休まり便利になると強調した。さらに　長年苦労をともにしてきた水野雄一からの誘いは断れないと結んだ。

洋平が実家から通うということは、別居を意味することになる。二歳になったばかりの一歩を、いわきよりも原発に近い広野には連れていけない。

「別居したいって、ことなの？」

里美は動揺していた。

「いや、そういうことではないんだ。ただ、便利になるし、体も休まる」

洋平はきっぱりと別居を否定しなかった。

――やはり洋平はこの家を出たがっている。

「お父さんとのことを言ってるのね」

「だから違うんだって。実家から通うとなるとそう受け取られる気がして嫌だったんだけど、お義父さんとのことは関係ない。勉強する時間が欲しいし体も休めたい、それだけなんだ。結果的に別居になるっていうか、単身赴任って考えてくれないかなあ」

「新潟の柏崎とか東京本社に異動になったわけではないのよ。第一、一歩のことはどう思っているの？」

「いや、だから、週末には一歩の顔を見に帰ってくるつもりでいる。盆や正月もそうだ。約束する。一Fからここに帰るのと比べれば、往復で二時間以上の節約になるんだ。それだけの時間があれば、体も休まるし余計に勉強が出来る。一年間ではかなりの時間が作れるんだ。分かってくれないかな」

すでに洋平は決めているような気がした。里美は、一人置き去りにされた寂しさに体が震えた。こんな大事な話、何故最初に相談してくれなかったのだろう。

「里美が嫌だったら実家から通うのは止めるよ。でも、週に一、二度は帰ってくるし。考えてみてくれないかな。返事は、急がなくていいから」

洋平は、風呂に入ってくると言って階段を降りて行った。

部屋の明かりに柿の小枝が浮かんで見えた。小枝は冷たい三月の夜の風に震えるように揺れている。若い芽は、弥生の外気に固く身を閉ざし、その日が来るのをじっと待っているようだ。細い枝の隙間から星が煌めいていた。

里美は呆然《ぼうぜん》として星を眺めていた。孤独という文字が頭に浮かんでは消えた。

——今までは何でも、最初に話してくれたのに。どうして今回はそうではないの。

しかし里美は考えた。高校時代、エースで四番を打ち、成績も絶えず上位に付け、周囲から羨ましがられてきた洋平ではあったが、会社でプライドを傷つけられることも数多くあったのかもしれない。そうした中で、もがきながらも自らの生き方を模索してきたに違いない。そんな洋平が〈勉強する時間がほしい〉と言うのであれば気持ちよく賛成してあげるべきではないか。週末や連休には一歩と過ごしたいとも言っていた。突然実家から通いたいと聞かされ、その上、最初に相談してくれなかった寂しさもあって少し神経質になっていたのかもしれない。洋平の言ったことを信じよう、里美は自らにそう言い聞かせた。

里美は立ち上がり窓を開け外気を顔に当てた。そして、胸の奥深くまで冷たい空気を吸い込んだ。

星が滲《にじ》んで見えた。滲んだ星の灯は次第に大きくなり、瞳から零《こぼ》れた。里美は静かに窓を閉めた。

洋平の机の横の本棚にある青葉高校の卒業アルバムが目に留まった。高校二年の文化祭で演じたミュージカル『ロミオとジュリエット』のカーテンコールで挨拶する里美とオリエの写真が、見開きで大きく載っていた。

里美はアルバムを開いたままソファーに座り、夜空を眺めた。滲んだ星の灯が、文化祭の会場となった体育館のスポットライトに重なっていった。

ミュージカル『ロミオとジュリエット』は、演劇部の顧問である大久保文夫教諭と、合唱部の顧問の坂井美由紀教諭の提案で企画され、一年間の準備期間を経て、里美たちが高校二年の時、文化祭で上演された。台本は国語教師の大久保が担当し、曲は坂井がつけた。

演劇部と合唱部を合わせた部員は総勢四十人を超え、キャスティングは困難を極めたが、結局ロミオは篠原オリエに配役され、若林里美がジュリエット、山本百合子はジュリエットの乳母に決まった。

ロミオ役を逃した百合子は陰で不満をもらしていたが、乳母は大柄で声量があり、筋運びの重要な役であることと、場面の転換時を含め独唱が多いことで納得した。

夏休みを返上して稽古を重ね、文化祭での上演は大成功を収めた。

鳴り止まぬ拍手に、舞台の奥で指揮を執っていた坂井がセンターに進み出た。上手《かみて》に控えていた部員がマイクを坂井に渡した。坂井は、演劇部と合唱部、それに吹奏楽部の三つのクラブが一つに纏《まと》まったことで成功したことを強調し、部員たちを褒《ほ》めた。そして主役の二人を紹介した。

「ロミオ役の篠原オリエさん、ジュリエット役の若林里美さんです」

オリエは、舞台の袖で尻込みする里美の手を引いて中央に躍り出た。

坂井がオリエにマイクを渡した。

「宝塚歌劇団、男役の篠原オリエです」

オリエの冗談に、体育館の女子は大きな口を開けて笑い、男子は手を叩いて歓声を上げた。

里美はオリエより一歩下がったところで居心地悪そうに下を向いていた。

一方、オリエは調子づいていた。

「美しい女性に恋をする男性の気持ちが、私、十七歳にしてよくよく分かりました」

男子の指笛があちこちで鳴り、オリエは歓声や男子生徒の野次を逆手にとって切り返した。その度に拍手が起き、体育館は爆笑に包まれた。

「それでは、ロミオが恋した美しいジュリエットを紹介します。私と同じ二年A組、演劇部の若林里美さんです」

紹介された里美はオリエの横に並んだ。

カーテンコールがあるとは聞かされていなかった里美は、突然、舞台の中央に引っ張り出されて狼狽《うろた》えていた。

しかし里美は、一歩前に出て、ドレスのスカートを両手で広げ、右足を引き、腰を折り、深々と頭を下げた。里美にしては精一杯のパフォーマンスだった。

舞台後方から吹奏楽部の男子生徒が力強くシンバ

ルを三度叩いた。

館内は最高潮に達していた。

今度はオリエが一歩前に出て里美に並んだ。

「それでは今日の主役、若林里美さんから一言いただきます」

里美はオリエが突き出したマイクを受け取ってしまった。

「ジュリエットの若林里美です」

二階から三色のスポットライトが回転しながら里美を照らした。

「里美ちゃん、かっこいい」

「良かったよ」

「将来のタカラジェンヌ」

歓声と掛け声、冷やかしを含めた野次が飛び交った。

「ジュリエットの役を演じました若林里美です」

次の言葉が出てこない。

「知ってるよ」

「さっき、聞いたよ」

「いよっ、ミス青葉高校」

男子生徒が冷やかす度に、里美の体は硬直していった。

――なんか変。何を言っていいか分からない。

体中が熱くなり、鼓動が激しく高鳴った。

オリエが里美の腰に手を回した。

「大丈夫？」

「……」

「どうしたの？」

「何を言っていいのか分からないの。何も言えない。だって、何も聞いていなかったもん」

胸の前で、マイクを持つ里美の両手が小刻みに震えていた。

館内が静まりかえった。小声ではあったが、里美の声がマイクに集音されていたのだ。

オリエが里美からマイクを取り上げた。

「ジュリエットは純粋で、繊細で、正直な少女です。若林さんは、思ったこともないミス青葉高校と言われて戸惑ったんだと思います」

里美は益々緊張していた。台詞は平気で言えても、アドリブや咄嗟《とっさ》の機転などには対応できなかった。里美はオリエの気遣いに応えようと必死に言葉を探した。が、焦れば焦るほど言葉は霧中に消えていった。

オリエはそんな里美の性格を熟知していた。

「若林さんは、ジュリエットと同じで、純粋で、繊細で、正直な高校二年生です。嘘やお世辞には馴染みません。ミス青葉高校は、若林さんにではなく私に言うべきです」

客席がどっと沸いた。

里美はオリエを見た。

オリエの大きな瞳はキラキラと輝いていた。体裁や見栄など気にも留めないで、心の有り様をそのまま映し出しているような澄んだ瞳をしていた。

オリエはマイクを背中に隠し、

「里美、思ったことを話せばいいの。心に浮かんだことを正直に話せばいいのよ」

そう言ってオリエは、里美を包み込むように見つめると、静かにマイクを渡した。

オリエが傍にいて声を掛けてくれたことで、脚の震えが止まったように思えた。そして里美は、深呼吸するとしっかりと客席を見つめた。

「ありがとうございます。わたしは……」

もう一度呼吸を整えた。

客席は静かになり、里美の次の言葉を待っているようだった。

「わたしは、演劇部と合唱部と吹奏楽部と、先生と、観てくれた皆と、一緒になって舞台が創れたことを嬉しく思います。わたしは皆さんの友情を決して忘れません。ありがとうございました」

里美は、深々と頭を下げた。

カーテンコールで見せたパフォーマンスではなく、十七歳の少女らしく両足を揃えて礼をした。

拍手が起こった。

オリエの機転で、里美は拍手を浴びながら舞台を下りることができた。しかし里美は、惨めな思いに胸が締めつけられていた。

——舞台は皆で創ると言いながら、主役を演じたことで優越感に浸っていたのではないだろうか。突然、話さなければならなくなって、心のどこかで受けの良い言葉を捜そうとしたのではなかろうか。オリエは〈心に浮かんだことを正直に話せ〉と言った。あの時の私は、皆に感謝する言葉すら浮かばなかった。

里美は顔から火が出るような恥辱と死にたいほどの嫌悪に襲われていた。

体調が悪いと担任の大久保に申し出て早退した。里美は逃げるようにして校門を出た。小走りで逃げても、舞台で立ち往生した記憶が後から追ってきた。

――あの時、なぜ、先生や一緒に舞台を創った仲間や観てくれた生徒に感謝の気持ちが浮かばなかったのだろうか。いい気になって一番大切な気持ちを失くしていたのだ。このまま遠いところに消えてしまいたい。

里美はそんな衝動にかられていた。

街路樹の葉が舗道に舞っていた。

「若林」

後ろから男の声がした。「若林」と呼び捨てにするのは青葉高校の生徒に違いない。

振り向くと、自転車に乗った男子生徒が追いかけて来ていた。シルエットになっていて顔が分からなかった。自転車は里美を追い越して止まった。清水洋平だった。夕陽を受けて、零れた白い歯が眩《まぶ》しく見えた。

「若林、挨拶のこと、気にすんな」

――清水君、どうして。

言葉にならなかった。

「若林らしくて、いや、良かったよ」

洋平は里美の顔を見て笑った。

「ははは、狸《たぬき》みたいな顔をしてんな」

――人の顔を見て狸みたいだと笑った。あまりにも馬鹿にしている。

「ごめんごめん。だって、瞼を腫《は》らしてこの世の終わりって顔をしてたからな、若林は」

里美は黙ったまま洋平を見つめた。

「じゃあ、また明日な」

洋平は笑顔で手を振った。

「休むんじゃねえぞ」

洋平は自転車に跨《また》がったまま、振り向いてそう言った。

何も言えなかった。里美は、冬を連れて来る十一月の冷たい風を受けながら、自転車が見えなくなるまでその場に佇《たたず》んでいた。

十一年前の出来事に引き込まれていた里美は、高校時代のアルバムを閉じた。そして洋平の本棚にそれを戻すと、窓際に立ち、カーテンを引いた。

階下で、「お休みなさい」と母に言う洋平の声がした。拘《こだわ》りのない声のように聞こえた。

――洋平を信じよう。私と一歩が嫌いになったわけではないのだから。早田住職が言うように、時間はかかるかもしれないけれど、話し合うことが大切なのだ。

決意

浪江町の町民が避難している仮設住宅の集会所で、自治会長の木下耕一が挨拶に立った。六十代後半だと聞いていたが、頭髪は薄く顔は日に焼けていた。どことなく土の匂いがして歳より老けて見えた。

「時間になりましたので、朗読会を始めます。朗読をして下さいますのは、野菜や果物を差し入れて下さる浪江町出身の若林早苗さんの娘さんの清水里美さんです。よろしくお願いいたします」

木下はメモを頼りに、里美が高校の文化祭のミュージカルでジュリエットを演じたことや、保育士であることなどを紹介した。ぼそぼそと語る口調は人前に立つことを苦手としているように見えたが、かえってそれが住人の親しみを集めているようだった。

座布団二枚を二つ折りにして重ねて座っている老人もいれば、二、三歳の男の子を膝に抱いている若い父親もいた。後ろの方では笑顔で飴玉《あめだま》を配っている老女もいて、朗読会というより演芸会といった雰囲気であったが、皆、一様ににこやかな表情をしていた。十五坪ほどの板張りの部屋は、三十人ほどの老若男女で埋まっていた。

「それでは清水里美さんにご登場いただきます」

部屋の上手に用意された椅子に座っていた里美はすっと立ちあがり丁寧にお辞儀をした。白いイヤリングを付け、薄い桃色のブラウスに白いパンツを穿き、里美にとっては久し振りのおしゃれであった。

「皆さん、お早うございます。清水里美です。新緑の季節の五月、わたしの最も好きな季節に、皆さんとお会いできてとても嬉しいです」

自然と言葉が出た。マイクはなかったが、里美の声は三十人ほどが座っている部屋の隅々にまでよく届いていた。目の前にオリエと百合子がいて、そして一歩を膝に乗せた早苗が並んで座っていた。人の為に何かをする、それができる自分になっていたことが嬉しかった。

練習をしてきたままに演じよう、自然とそう思えた。

「わたしは、福島県の北の地方に伝わる昔話、『サルとカエル』をお話しいたします。この昔話は、臼でついたお餅《もち》をサルとカエルが取り合う話です。昔の人は生活の中で親しみやすい動物や生き物に心を通わせていたのだと思います。失ってはいけない大切なもの、それはお互いが信頼し助け合って生きて行くことだとわたしは思います。それでは聞いて下さい」

拍手が起きた。楽しみに待っていたという温かい拍手だった。

里美は深く息をつくと木下の横に移動し、自らが表紙絵を描いた手作りの冊子を静かに広げた。

気負いはなかった。小さい子どもたちにも想像できるように、特に方言はゆっくりと、場面によっては身振りを加えた。ほとんど記憶していたので作品の世界を自由に動きながら、大人たちの表情は受け止め、子どもたちにはやさしく語りかけた。

朗読が終わると、一瞬、会場が静まり返った。昔話の世界に連れて行かれた観客の意識が、現実に戻るために僅かな時間が必要であるような、そんな間だった。

拍手が湧き、里美は笑顔でそれに応えた。

「次は、今日、特別に来ていただいたわたしの友人、篠原オリエさんです」

最前列の右端に座っていたオリエが勢いよく立った。入れ替わりにオリエの席に里美が座った。

早苗の膝の上に座っていた一歩が里美を見つめている。里美がVサインを送ると、一歩はニコッと微笑んだ。

オリエはユーモアを交えテンポ良く自己紹介すると、

「私は、『大三《だいぞう》の鬼たいじ』というちょっとこわーい話をします」

と言い、厚紙で作った鬼の面を頭に乗せた。

里美が場内を見回すと、身を乗り出す男の子や、「鬼だ」と叫ぶ女の子もいて、場内の誰もがオリエの動作に興味を抱いているようだった。

「これは、誰だか分かりますか？」

オリエは、片方の手に持っていた若者の面をかざした。すると、後ろの方から、「大三」と言う声が聞えた。飴を配っていた老女だった。

「ありがとうございます。そうです、このお面は大三です。このお話は、福島県の中部に伝わる昔話です」

オリエも物語を覚えていたらしく、Tシャツにショートパンツといった動きやすい服装で、大三と鬼を演じ分けながら流暢《りゅうちょう》に語っていった。鬼の面に怖がっていた女の子も次第に話の中に引き込まれていき、聴き終わると小さな手を忙《せわ》しく叩いた。

「続いて、高校の時、合唱部だった横田百合子さんをご紹介いたします。彼女も特別出演です」

オリエに紹介された百合子は、立ち上がると羽織っていた薄いコートを大仰に脱ぎ捨てた。

場内から「おおっ」とどよめきが起こった。百合子は福島にある合唱団に所属しており、発表会で着用する白と黒の衣装を纏《まと》っていたのである。大柄な百合子は舞台映えし、独特の存在感があった。夏海の三回忌で見せたしおらしさは微塵《みじん》も感じさせなかった。オリエは呆れた顔をしたまま、百合子のコートを拾い彼女の席に座った。

百合子は自己紹介をするどころか一言も発せず、いきなり文部省唱歌である『茶摘み』を歌い出した。最初は呆気《あっけ》に取られていた観客も徐々に四拍子のテンポに体を動かし、終いには手拍子まで打っていた。上機嫌になっていた百合子は、続いて日本の歌百選に選ばれている『夏は来ぬ』を独唱した。そして、

「それでは最後の曲、ご一緒に『赤とんぼ』を歌い

たいと思います。皆さん、お立ち下さい」

と、両手を広げ皆を立たせたのである。

観客の気持ちなど斟酌《しんしゃく》する様子はなく、マイペースで歌う百合子ではあったが、それが却って住人の心を解放させたようだった。

同じ県民で避難者同士という連帯感が心を繋いだのだと里美には思えた。しかし、三番の〈お里のたよりも絶えはてた〉の歌詞になると啜り泣く声が曲のブレスの間に漏れ聞こえた。泣いている人がいる。故郷を離れて、じっと我慢しながら暮らしている浪江町の住民にとっては辛い歌であったのかもしれない。『赤とんぼ』という童謡は郷愁を誘うのだろう。百合子の選曲が裏目に出たのかもしれなかった。

朗読会が終わると、木下がメモを片手に立った。

「仮設病という病気があります。鬱《うつ》病、高血圧、それに糖尿病の人も倍くらいになっています、これはみんなストレスや運動不足からきています。米や野菜、椎茸も作れなくなりました。二度と孤独死のような悲しいことが起こらないように住人同士の交流をもっと図ろうと朗読会を企画しました。素晴らしい会になりました。清水里美さん、篠原オリエさん、横田百合子さん本当にありがとうございました」

そして、木下は三人に向かい、

「最後の歌は良かった。浪江の赤とんぼを思い出しました。いつか浪江に帰る日が来る、そんな気持ちになりました。ありがとうございました」

と言い、深々と頭を下げた。

全員の惜しみない拍手が三人に贈られていた。

早苗の友人の下山須美が里美の前に現われた。

「里美ちゃん、良かったわ。ありがとう」

須美は、オリエ、百合子にも握手を求め、最後は早苗の手を握った。朗読会の企画者として、成功した喜びと感謝を早苗にぶつけていた。

里美は、仮設の人々に挨拶をすると一歩を抱いてひと足先に外に出た。そして青空に向かって深呼吸をした。晴れ晴れとした気分だった。ボランティアという感覚はなかった。人前で気負うことなく、素直に自分を表現することが出来た、仮設の人たちと心が通い合えたという充足した感慨に包まれていた。

一歩の手を引いて駐車場に向かっていると、五人の中年の男たちに出会った。

「お疲れ様」

頭に捻《ねじ》ったタオルを巻いた最年長らしき男が里美に声を掛けた。どうやら朗読会のことは知っているようだった。足元に大工道具が置かれ、腕には、東京土建と書かれた腕章が付けられていた。

里美は一歩と一緒に、「こんにちは」と会釈した。

里美が怪訝《けげん》な表情を浮かべていたのか、最年長の男が、

「いやー、これから包丁研ぎや希望者の表札作り、壊れた所を修理するんですよ」

と、先回りして答えた。

四人の男たちは腕組みをして穏やかな目を里美に向けていた。

「東京から来たんですか」

「ああ、去年も来たし来年も来るよ」

最年長の男は屈託なくそう答えた。特別なことをしているのではない、当たり前のことをしているのだといった顔をしていた。なぜ、平然としてそのようなことが言えるのだろうか。その答えは里美には見つからなかった。が、ただ、男たちの澄んだ笑顔は記憶に残った。

真一の顔が浮かんだ。なぜ父は、あれほどまでに原告団に入ることを主張したのか。夏海を死なせた責任が自分にはあり、事故の真相を明らかにすることが故郷を追われた避難者を救うことになると言った。亡くなった人に心を痛め、日本の政治のあり方が問われるとまで言った。もしかして父は、罪の意識に真向かうために、今後の自身の人生に重いものを科したのだろうか。

自治会長の木下や下山須美、婦人会の役員、飴を配っていた老女などたくさんの住人に見送られて早苗の車は仮設住宅を後にした。助手席に百合子、後部座席のチャイルドシートには一歩が納まり、中央に里美、ドア側にオリエが座った。演じた三人は、朗読会の感想や観客の反応など、また、特に百合子の独唱には圧倒されたなどと高校生に戻ったように姦《かしま》しく喋《しゃべ》っていた。早苗は時々、「そうね」とか「良かったわ」などと相槌《あいづち》を打った。坂を下り切っ

た辺りで、

「小母さん、安達《あだち》駅の方が近いからそっちでお願いします」

と、百合子が二本松駅ではなく安達駅に向かうよう頼んだ。早苗は百合子をちらっと見て、「はい」とにこやかな表情で答えた。

「あら、家で食事するつもりだったのに」

残念がる里美に、

「ごめんね、早く帰ってやりたいの。直太朗が元気なくて。いえ、どこが悪いっていうのではないの。義母《はは》といるより、私といる方が元気みたいで」

と、振り向いて答えた百合子の瞳の奥に、どことなく翳《かげ》りのようなものが見え隠れしていた。

「県民健康管理調査の小児甲状腺がんの検査はいつ受けたんだっけ」

オリエが心配した。

「一昨年《おととし》の事故が起こったその月の三月三十日に、飯舘村役場で県の職員がサーベイメータを直太朗の喉に当てて数値を計ってくれたのが最初で、異常はなかったの。県民健康管理調査は去年の一月。第一次検査の結果もA2で二次検査は必要ないと、医科大学から通知をもらっていたので安心していたんだけど、でも、なんとなく心配なの」

一次検査の結果は四段階に分類されていた。A1は嚢胞《のうほう》や結節《しこり》がなく、A2は二〇ミリ以下の嚢胞や五ミリ以下の結節が見つかった場合でどちらも再検査の必要はない。Bは二〇・一ミリ以上の嚢胞と五・一ミリ以上の結節が認められた場合であり、Cは甲状腺の状態などから判断して直ちに二次検査を要するとされていた。

一歩の第一次検査は二〇一二年三月に行われていた。浪江町や飯舘村、富岡町など線量の高い地域の子どもたちが優先的に第一次検査を受けていて、満一歳になっていた一歩に異常はなかった。

百合子の説明に頷いていたオリエが話を続けた。

「昨日、家での夕飯の時、直太朗君と一歩君の話題になってね、小児甲状腺がんの話になったの」

百合子は体を捻じってオリエを直視した。

「父が言うには、福島県の十八歳未満の約三十六万人の子どもたちを対象とした甲状腺検査の第一次検査なんだけど、二〇一一年十月九日から二〇一四年の三月三十一日までの計画で進んでいるのね。今年の六月初め、第何回目かの健康調査検討委員会が開かれて、そこで、今までに十二人のがん患者が見つかったという発表があったの。県の発表だけど、実際はもっと多いはずだって父は言ってた。疑いのある子どもたちを含めれば、もっと多いのではないかしら」

オリエの父篠原和雄は四倉《よつくら》の高校で歴史を教えていて、原発ゼロ運動に参加していた。そうした経緯もあって、十八歳未満の子どもたちのがん患者数には神経を尖らせていた。里美は、一年七か月の間に、十二人の子どもたちががんになっていた事実に愕然《がくぜん》とした。

オリエはさらに続けた。

「健康調査検討委員会の偉い先生は、小児甲状腺がんは百万人に一人か二人発生するかどうかの珍しい病気だと言っているんだけど、でも、異常に多く発症している気がする」

百合子が怯えた目を里美に向けた。

確かに非常に多いがん患者数である。

ふくしま健康調査検討委員会は二年半かけて三十六万人の子どもたちの第一次検査を行うことにしている。まだ計画の三分の一しか経っていない段階で、十二人の小児甲状腺がん患者が見つかったのである。一歩は心配ないと言い切れないかもしれない。

早苗の車が、安達駅に近づいていた。

「里美、直太朗の再検査をしてみるけど、一歩くんも検査し直した方がいいんじゃないかしら」

百合子はそう言い残して車を降りた。

「オリエちゃん、家《うち》によって食事して行ってね」

「はい、ありがとうございます。東京の中野区って意外と近いんですよ。車で三時間もあればマンションに着いちゃいます」

「ありがとう。よかったわ。今朝、ちょっと早起きして、オリエちゃんの好きな干瓢《かんぴょう》が多めの太巻き、作っておいたの」

早苗は、オリエの話をもっと聞きたそうであった。オリエは少女のような笑顔を早苗に返した。

が、すぐにオリエは憂いを含んだ瞳を里美に向けた。

「百合子が言ってたけど里美、一歩くんを再検査するんだったら、東京の専門医に詳しく診てもらったらどうかな。なんだったら私、調べてあげるよ」

「そうね、わたしもちょっと心配になってきた」

「里美、東京の病院では原発事故後の一歩くんの当時の様子をいろいろ聞かれると思うの。大変かもしれないけど、時系列に記録しておいた方がいいわ」

「そうね、そうする」

そういえば、里美は夏海の死後、日記は付けていなかった。一歩と向き合って生きる以上、一日の出来事の記録は里美にとって明日への懸け橋となるはずである。今日からでもきちんと付けようと自らを戒《いまし》めた。

それから三週間後の六月上旬、オリエから手紙が届いた。開けてみると、表参道にあるI病院のパンフレットが同封されていた。その夜、里美は洋平に電話を入れた。経過を説明すると、「そこまでしなくてもいいのではないか」と渋ったが、「私が安心するためなの」と訴えると洋平は不承不承同意した。洋平にしてみれば県民健康管理調査の検査結果も異状はなく、生まれた時からいわきに住んでいる一歩にその心配はないと考えているようで、更に、健康調査検討委員会が公表している、小児甲状腺がんの患者数と原発事故の直接的な因果関係は認められないという立場に立っていた。東邦電力の社員としては仕方のないことかもしれないと里美は思いながらも、一歩の生命に係ることでもあり、念には念を入れたかったのである。

「ありがとう、明日にでも病院に連絡をして、診察の日取りを決めるわ」

洋平は、「分かった」と応じたが、どこか不満そうな口ぶりであった。

――洋平は一歩の健康が心配ではないのかしら。

里美はひとりごちた。

診察日は翌月七月十日に決まった。里美は、I病院のパンフレットを週末に帰宅した洋平と真一や早苗にも見せ、診察の内容や治療の実績、さらには小児甲状腺がんの説明まで行った。洋平には、十日は水曜日だが必ず帰って来るように念を押した。

里美はオリエから記録を付けるよう助言されて以来、原発に関する新聞記事などの切り抜きをはじめ、政府や福島県、いわき市などが発表している情報を細かく収集していた。

一歩を連れて、上野で待ち合わせをした里美とオリエは、地下鉄銀座線に乗り表参道で下車した。表参道の交差点から、深緑に映える欅《けやき》並木のゆるやかな坂道を僅かに下り、右に折れるとI病院があった。水曜日の午前中であるにもかかわらず、表参道と原宿を結ぶ通りは賑わいをみせていた。

「じゃあ、近くでお茶してる。終わったら電話して」

「うん、渋谷でね、一歩の服を買いたい」

「ええ、じゃあまた」

オリエは手を振ると青山通りへと消えた。

一歩と里美の検査の目的は精密な甲状腺超音波検査を受け、何事もないことの確認だった。検査室は地下にあり、受付番号がモニターに表示されると名前が呼ばれた。椅子の背もたれをやや後ろに傾け、検査用ゼリーを首に塗って調べたい部分に超音波を発信させ、その反射波をコンピューターで処理し、画像化して見るのである。

検査結果はしばらくして電子カルテに転送され、医師が診察時に説明する。

「福島のいわき市に避難された方ですね」

医師は真一と同じくらいの歳であろうか、白髪で柔和な目をしていた。

「はい」

一歩は、里美の膝の上で身体を固くしていた。

「お子さんの年はいくつですか」

「二歳と四か月です」

「県民健康管理調査の検査はいつ受けられましたか」

「二〇一二年の三月です。この子が一歳の時です」

「検査結果はいかがでしたか」

「はい、子どもと私、二人とも、嚢胞も結節も見つかりませんでした」

「そうですか」

里美は医師の質問に幾つか答えた後、多量の放射性物質が北風に乗って南下した二〇一一年三月十五日に一歩を抱いて夏海の葬儀を行ったことや、その日の午前四時にはいわき市でも二三・七二マイクロシーベルトを記録したこと、母乳の出が悪く水道水でミルクを作ったことなどを話した後、福島県立医科大学から届いた『甲状腺検査の結果についてのお知らせ』を医師に渡した。

医師は、検査結果通知書類に目を這《は》わせると、パソコンに映し出された甲状腺の画像を指さした。

「お子さんの甲状腺の右葉《うよう》と左葉《さよう》両方に嚢胞と結節が確認されていますが、大きさも嚢胞は二〇ミリ以下のようですし、結節も五ミリには達していませんん。数もそれほど多くはありませんので、A2ということになります。今のところ心配はないと思いますが、定期的に検査を受けることをお勧めします。また、お母さんですが、腺腫様甲状腺腫といって結節が二、三個ある程度ですから心配はないでしょう」

里美に衝撃が走った。

今度の検査は安心するためのものであった。一歳の時の検査では嚢胞も結節も認められなかったのだが、わずか一年四か月の間に右葉と左葉両方に嚢胞と結節が確認されたのだ。A2という再検査の必要もない診断であっても、里美にとっては小児甲状腺がんの宣告を受けたに等しかった。一年四か月という期間に嚢胞と結節が発生し、増殖していたなど考えもしなかった里美は唇を噛んだ。

——わたしは一歩のことを考えていたようで考えていなかったのかもしれない。確かに夏海の死後、情緒不安定になり、行き届かなかった点も多かった気がするが、だからといってその皺寄せが一歩にいっていいはずはない。

「大丈夫ですか」

医師が心配そうに声をかけた。

「大丈夫です」

里美は一歩の手を引いて病院を出た。

オリエが待っていた。

「どうだった？」

「うん」

「どうしたの、顔が蒼《あお》い」

不安な眼差しを向けてオリエが訊《き》いてきた。しかし、里美は答えることが出来なかった。

「その辺でちょっと休もう」

「うん」

オリエは一歩の手を引いて近くのカフェに案内した。席に着くと、オリエは一歩にパンケーキとミルクを、そしてコーヒーを二つ頼んだ。

里美はオリエに訊かれるままに、言葉を選びながら診察の経過を話した。一歩を気にしてのことだった。

「そうだったの」

オリエは硬い表情で呟いた。

「一歩君、美味《おい》しい？」

オリエが一歩を気遣った。

一歩は口の周りに蜂蜜《はちみつ》を付けたまま頷いた。

里美は、ハンカチで一歩の口元を拭いた。

――一歩は私を信じて、診察の時からじっといい子でいてくれた。今もそう、何か言いたいに決まっているのに、私に心配をかけまいとして黙ってパンケーキを口に運んでいる。一歩、ごめんね。

「これ、一歩くんに」

オリエが紙袋をテーブルの上に乗せた。

「一歩くんの洋服。待ってる間に買っちゃった。プレゼント」

一歩はクリッとした瞳をさらに大きくして紙袋を眺めた。

「ありがとう。買い物、する気分じゃない」

「里美、決して無責任に言うつもりはないけど、先生の言うこと信じていいと思うわ。一歩くんより嚢胞や結節の多い子どもたちが、保養で嚢胞や結節が少なくなったって話、聞いたことがある」

「保養？」

「ええ、北海道とか、沖縄とか、空気のいい所で夏休みなんかを利用して、泳いだり野山を走ったり、皆と一緒に勉強をしたりして保養するの」

「そんなことしている人達がいるんだ」

「そうだ、私の住んでいる中野区に越して来る手もあるわね。病院もいわきから通うより断然近いし。里美、考えてみて」

東京に引っ越す。考えたこともなかった。

「そうよ、里美。考えてみて」

オリエは目を輝かせて繰り返した。

――確かに一歩にとっていわきより東京の方がいいかもしれない。それにオリエが近くにいれば、それだけで心強い。

オリエに上野まで送られて二人は電車に乗った。いわき駅に着くと、洋平が広い道路上に停めた車の脇に立っていた。里美たちの到着時刻に合わせて早退したのだ。落ち合う場所は携帯で相談しながら決めていた。洋平は走って来た一歩を抱き上げると、「大丈夫だったか」と声をかけ、後部座席のチャイルドシートに固定した。三日ぶりに見る父親に、一歩はどことなく恥ずかしそうにしていた。

里美は助手席に座った。

里美がシートベルトを装着すると洋平は車を出し、テレビの幼児向けのアニメ映画のDVDをカーナビゲーションに挿入した。運転席の後ろに取り付けた画面からアニメの主題歌が流れてきた。

「一歩、どうだった？」

洋平は前を見つめたまま里美に尋《たず》ねた。

里美は、会ってから一度も目を合わせようとしない洋平の態度を訝った。しかし里美は、病院でのことを洋平の横顔を見ながら細かく報告した。

「一歩がA2の判定。そうか」

洋平はそう言ったきり黙した。

いつもの洋平とは様子が違っていた。A2と聞いて一瞬安堵の表情を浮かべたが、どこか上の空だった。

しばらく沈黙が続いたが、洋平が口を開いた。

「A2、そうか。でも、良かった。一歩のA2、もしかして事故と関係があると思ってる？　思ってるんだろうなあ」

相変わらず洋平は里美と目を合わそうとしなかった。

――そんなことより、これから先のことを考えてほしい。今日の洋平は心ここにあらずみたいでなんかおかしい。

「関係がないとは言い切れないと思う」

里美は洋平から顔を背けた。

「どうしてそんなことが言えるの？　根拠はある

の？」

「いいえ、根拠はないし、証明も出来ない」

「証明が出来ないことを軽々しく、関係があるみたいに言ってほしくないな」

「軽々しくなんて言ってないわ。そんなことはどうでもいいの。どうして、どうして一歩のことを心配してくれないの？　一歩はA2になったのよ。このままいったらBになるかもしれない。いいえ、Cにだってなりかねないわ。どうしたらいいのか教えてよ。わたし苦しんでいるのに」

洋平は黙ってヘッドライトの先を見つめていた。

洋平が広野の実家に住むようになって四か月になっていた。不定期ではあるが、週末には帰って来て一歩と遊ぶ時間を作ってくれているが、父と子の距離が少しずつ離れているような気がしていた。洋平にとってA2というランクは大して気にならないのだろうか。それともなにか別なわけでもあるのだろうか。

「悪いけど、今日、泊まれない。広野に帰るよ」

里美は唖然として洋平を見た。

洋平は前方に目を据えたまま話を続けた。

「今、大変なんだ。君を実家に送ったら帰るよ」

里美は洋平を睨んだ。

「わたし、相談があるの」

「何？」

「わたし、オリエの近くに一歩と一緒に引っ越そうかと考えているの。病院が近いし放射能の心配もない。母親として、一歩の治療に全力で当たりたいの」

「やっぱりそうか」

洋平が心の底に溜まっていたものを吐き出すように言った。

「君はやっぱり、一歩がA2になったのは原発事故が原因だと思っているんだ。いつからお義父さんと同じ立場の人間になったんだ。君は苦しんでいると言ったが、じゃあ、俺の苦しみは分かっているのか」

洋平が初めて里美を見た。目が充血していた。

「どうしたの、その目」

「たいしたことじゃない。ただ、寝不足なだけだ」

「何かあったの？」

「武田所長が昨日亡くなった」

「えっ」

洋平は気を静めるように奥歯を嚙み続けていた。

「食道がんだった」

「ごめんなさい。知らなかった」

「当たり前だよ、誰にも言ってないんだから。所長が亡くなったのも、原発事故と結び付けたいのか」

「そんな言い方しないで」

「いや、君たちの言う通りかもしれない。そうでないとは言いきれない。原発事故が起こって、たった二年四か月で食道がんで亡くなった。この現実を俺はどう受け止めたらいいのか分からない」

洋平は、苦しそうな面持ちでハンドルを握りしめていた。

「所長は事故の被害をくい止めるために本社や政府、首相ともやりあって、その結果がこれだ」

里美はどう答えていいのか分からなかった。

洋平は大きく嘆息した。

「東京へ行くこと、いいよ。一歩を守ってほしい」

洋平の言葉に強い意志は感じられなかった。

――なぜそんなに簡単に認めるの。東京に行けば、二人は今よりも離れ離れになるのに。それでいいの？

里美の頰を涙が伝った。

翌日、里美は洋平に電話を入れた。昨日の洋平の様子がいつもと違い、憔悴《しょうすい》と絶望、それに孤独に苛《さいな》まれているように見えたからだった。尊敬する武田所長の死に衝撃を受けたのは分からなくもないが、一歩にA2の判定が下されたことにもう少し真剣に心配してほしかったのだ。〈東京へ行くこと、いいよ〉と洋平は言ったが、どこか投げやりで、里美の好きなようにやったらいいとでも言いたげなニュアンスが含まれている感じさえした。考え過ぎかもしれないが、そのことが頭から離れず、里美は、今週末、一歩のA2の診断に対する対応と、東京への避難について家族会議を開きたいと洋平に申し入れたのだった。

土曜日の夕方、洋平は車でやって来た。

里美は一歩と二人で出迎えた。

「大丈夫？」

里美は、洋平の体を心配した。

洋平は、「大丈夫」と答え、一歩を抱き上げ玄関をくぐった。

中座敷の座卓の真ん中には、桶に入ったチラシ寿司が置かれ、マグロの刺身や夏野菜の煮物などがそれぞれの席に並べられていた。

「忙しいみたいだね」

真一がビールを手にした。

「ご無沙汰《ぶさた》しています」

洋平はコップを差し出した。

洋平が広野の実家に移ったのは、夏海の三回忌の数日後だから、すでに四か月半が過ぎていた。週末には泊まりに来るはずであったが、二週間に一度、三週間に一度と徐々に間隔が開いていた。真一は洋平が泊まる度に顔を合わせていたわけではなかった。洋平が泊まる金曜日や土曜日は、原告団の集会や会議などで東京などにも出張し、深夜に帰宅して早朝出掛けることもあり、洋平もまた金曜日と土曜日を連続して泊まれるわけでもなかった。


「体はどう？　疲れているようだけど」

真一がビールを口にして、洋平に尋ねた。

「はい、大丈夫です。十一月までに完了させる廃炉作業に関する環境科学部の工程が遅れていて、休日出勤もあって、なかなかこちらに帰れなくて、すみません」

早苗が茹《ゆ》で立ての枝豆を持って来て里美に渡すと台所に引っ込み、今度はジュースを盆に乗せて入って来た。そして洋平と里美の間にいる一歩の手を取り、真一の隣に二人して座った。

洋平の疲労は極限に達しているように見えたが、忙《せわ》しく奥歯を噛むこともなく、精神的には落ち着きを取り戻しているように見えた。里美は、改めてI病院の医師に話したことや検査の経過などを洋平に話した。

「どうしたらいいのか、教えて」

「三日前に言った通り、一歩の健康が一番だから、東京に避難することに反対はしないよ」

やはり他人《ひと》ごとのように里美には聞こえた。

「洋平、なんか変、おかしいわ。反対はしないってどういうこと？　わたしは、洋平に決めてほしいのよ。洋平が行くなって言えば行かない」

洋平は溜息をついて、ビールを口に含んだ。

「ごめん里美、そんなに責めないでほしい」

意外だった。

——責めてなんかいない、どうしてわたしが洋平を責めるの。

「ママ」

正面に座っている一歩が里美を呼んだ。

——一歩が心配している。

里美は一歩に微笑んだ。

早苗が、一歩を膝に乗せた。

「お義父さんもお義母さんも聞いて下さい。僕は一歩が、夏海の葬式の日に内部被曝したとは思えないんです。そうであれば、いわきの子どもたち皆が、A2になっていても不思議ではないからです。でも、そう思う一方、武田所長は事故から二年四か月後に食道がんで亡くなりました。この現実をどう受けとめていいのか分からないでいます。夏海の三回忌の時、住職の早田さんが、〈見方を変えて考えてみると、栄太郎さんも洋平君も被害者だ〉と言われました。武田所長の死を身近で見て、早田さんの言われたことが分かるような気がしました。でも、武田所長は一Fの責任者ですから、加害者でもあると思うんです」

洋平は、グラスに残っていたビールを一気に空けた。

黙ったまま真一が洋平のグラスにビールを注いだ。

「一歩と僕との関係に置き換えると、一歩のA2が、事故が原因だとすると一歩は被害者で、父親の僕は、加害者の立場にいる人間だということになります」

里美の全身が粟立《あわだ》った。

「ちょっと待って。洋平が一歩の加害者だなんて、そんなことあり得ない、そんなことあるはずないわ」

早苗の膝にいた一歩が、里美の横に来て座った。里美は一歩を膝に乗せ、「ごめんね、心配ないからね」と囁《ささや》いた。一歩は神妙に洋平を見つめていた。

「それはその通りだ。俺が一歩の加害者だなんてそんなことはあり得ない。しかし、避難者も世間の人もそうは見てくれない。俺が東邦電力の社員だと分かると目を逸らされる。背中に針のような視線を感じる。今は甘んじてそれを受け止めている。それに、大熊や双葉、浪江、飯舘からいわきに避難している人は多い。小さい子どももたくさんいる。それを横目に見て、一歩に東京に避難してくれと、僕の口からは言えない」

「わたしにはそんな理屈分からないわ。洋平は一歩の父親よ。一歩の健康のことだけを考えてよ。わたしは、二度と、子どもを亡くしたくない」

「俺だってそうだ。一歩のことは心配している。だけどA2になった原因を詮索しようとは思わない。A2になった現実を受け止めて、その対応として、東京に避難することはやむを得ないと思っている。」

重苦しい沈黙が続いた。

「仕事の方はどうですか」

真一が話題を変えた。

洋平は、ほっと息を吐《つ》き、ビールを一口含んだ。

「はい、廃炉作業におけるロードマップによると、第一期の工事を今年の十一月末までに成し遂げなければならないのですが、全体的に遅れています。今は、四号機の使用済み核燃料を取り出すための作業で、作業員たちは高線量の下、短時間に交替しなければならないため予定通りに進んでいないのが現状です。環境科学部は、一F内の汚染された廃棄物の処理や仮置き場の工作や整備、建設などに全神経を使っています。社員も下請けの作業員もかなりの人が辞めたので、人員確保にも頭を悩ませています。ただ、上司の命令に従って黙々と仕事をしているだけです」

結局洋平は、里美と一歩の東京行きのことにはそれ以上触れず、仕事の話で家族会議は終わった。

里美が風呂から上がり二階に行くと、寝室で洋平と一歩は並んで眠っていた。テーブルの上のメモには、一歩を頼む、とだけ書かれていた。

第二章

線引き

洋平との蟠《わだかま》りを残したまま、里美と一歩が昨年の十一月、東京に引っ越してから四か月が経とうとしていた。原発事故からすでに三年が過ぎていた。三月十一日を境に、新聞やテレビの報道は極端に少なくなっていたが、里美はそうしたマスコミの姿勢に影響されることはなく、原発避難者として一歩と共に約《つづ》まやかに暮らしていた。住居は、中野区内にある都営住宅で百五十世帯ほどの避難者が入居していた。そこから十分くらい細い坂を上りきった小高い丘に小学校や保育園があるのだが、オリエの住むマンションはそんな閑静な住宅街の一角にあった。オリエがここに住むようになったのは、近くに叔母である斉藤悦子が住んでいたからであった。叔母の悦子は、中野区内の総合病院の看護師をしていて、オリエが東京の大学に入学して以来、何かと彼女の面倒を見ていたのだった。里美たちが都営住宅に入居できたのも、悦子とオリエの協力があってこそのことだった。

年が明けた二〇一四年の二月の初めには、一歩の通う保育園も決まった。更に、数か月に一度のI病院での定期検診で、一歩の嚢胞と結節が小康状態にあり里美を安堵させていた。一歩の外遊びが増え、好奇心の趣くままに遊び場を選んでも誰からも注意されることはなかった。放射能を気にすることもなく砂場や小川などで自由に遊び、ストレスの解消にも役立ち、歳相応の自己主張をするようになってきていた。

四月の初めのことだった。月に一度開かれている団地の自治会役員と避難者との懇談会が終わり、団地集会所の玄関の戸口に置かれた半透明のプラスチック製の箱から新聞を取り出した時だった。里美は後ろから声をかけられた。

「お前《めえ》はどごがら来《き》らっちゃの?」

振り向くと髪の白い老女が立っていた。痩身で、日焼けした顔が皺を深く見せていた。懇談会で二度ほど見かけたことはあったが話したことはなかった。

「いわき市です」

女は細い目で里美を見定めた。

「いわき市が。そんじゃったらなにもわざわざ東京に避難なんかしねえだってよがったんでねえの。いわき市が避難先になっててんだべ」

いわき市は福島県浜通り地域の拠点都市になっており、現在でも二万四千人の避難者が生活をしていた。

「はい、でも家があったのは富岡でした」

老女は瞬《まばた》きをして、改めて里美を見つめ直した。

「そんじゃ、だいぶもらったんだべ。お前《めえ》たちみでえのがいるがら、わだし達が迷惑すんだ」

故郷喪失慰謝料のことを言っているのだと思った。

故郷喪失慰謝料とは、文部科学省の原子力損害賠償紛争審査会が二〇一三年十二月二十六日に、帰還困難区域の住民に対して、故郷喪失への慰謝料として、東邦電力が一人七百万円を支払うことを決めた賠償の追加指針をいう。たとえば、五人家族だと三千五百万円が支給されることになる。そもそも、避難区域の線引きは、二〇一一年十二月、当時の野田佳彦首相の「収束宣言」の後、二〇一二年四月、放射線量に応じて、「帰還困難区域」、「居住制限区域」、「避難指示解除準備区域」に再編された。線引きされた区域の内と外では賠償や補償、支援などに大きな差が生じていた。

「がっぽりもらうだけもらって、仕事もしねえで、子どもと遊んで、いい気なもんだ、なあ」

女は一歩を見た後、里美の抱えている新聞を一瞥《いちべつ》し、

「お前《めえ》、共産党か」

と、言い捨て立ち去った。

福島の方言であった。東京で福島の匂いのする言葉を聴けば心が躍るはずなのにむしろ逆で、故郷喪失慰謝料を持ち出して、〈お前《めえ》たちみでえのがいるがら、わだし達が迷惑すんだ〉と嫌味を言った。ど

ういうことなのだろうか。いずれにしてもあの人は、区域外避難者と思われたが、同じ福島から避難して来た人間に誹謗《ひぼう》されるとは夢にも思わなかった。それに里美は、故郷喪失慰謝料は辞退していた。多くの人に迷惑をかけている東邦電力の社員の妻が貰うわけにはいかないと考えたからだった。里美は、突然冷や水を浴びせられたような身震いを覚えた。

「清水さん」

振り返ると、都営住宅の自治会副会長の天城忠和がにこやかに見つめていた。

「お待たせいたしましたが、もうすぐエアコンが入ります。それに三輪車も手に入りました。良かったね、一歩くん」

一歩は瞳を輝かせ天城にこっくりと頷《うなず》いた。

天城は避難者の受け入れや支援物資などの調達と配分に尽力していた。

「ありがとうございます。助かります」

天城は、避難者が入居する度《たび》に、「自立の手助けはするが特別扱いはしない」と言い、その一方で、一人ひとりに対するこまやかな配慮も忘れてはいなかった。さらに避難者と古くからいる団地住人のコミュニケーションを図る一方、周辺地域の現住人との交流にも力を注いでいた。多数の人間が一度に移入してきた場合、トラブルや対立を避けるためには互いの尊重と理解が必要だと考えていて、年に一度の周辺地域の現住人と避難者との交流フェスティバルにも力を注いでいた。

「さっきの方は菅原喜代枝さんといって、飯舘から避難してこられた方なんです。ここにご夫婦で住んでいるんですが、旦那《だんな》さんはほとんど部屋にいてめったに外に出て来ません。なんでも、浜通りに住んでいた息子さん夫婦とお孫さんを津波で亡くされたみたいで、随分ご苦労があったと聞いています。まあ、気にしないで下さい」

「津波で？　そうですか」

里美は、おぼつかない足取りで帰る喜代枝の後姿を思い浮かべた。そう言われてみれば妬《ねた》み以上の悪意は感じられなかった。息子夫婦と孫を亡くした喜代枝の無念は里美の比ではないかもしれない。支援としては住宅の無償提供と精神的慰謝料ぐらいしか受けていないはずで、東京での生活は決して楽ではないと思われた。

「そうですか、そうだったんですか」

里美は独り言のように呟《つぶや》いた。

「その新聞、赤旗ですが、ここに避難して来た方のために毎日十五部ほど届いています。清水さんの友人の篠原オリエさんと言われましたか、その叔母さんの斉藤さんが手配してくれて、共産党の中野地区委員会から希望される避難者の方に差し上げています」

「はい、私もいただいています」

「そうでしたね」

「この新聞、わたしのいわきの実家でも取っているんです」

「そうですか。それは良かったですね」

天城は磊落《らいらく》に笑い集会所に戻っていった。

里美の喜代枝に対しての印象はいいものではなかった。だが天城は同情しているように見えた。喜代枝の実情を聞かなければ、孤独で卑屈なお婆さんという印象を持ったままでいたはずで、集会所で顔を合わせても言葉を交わすことはなかったかもしれなかった。

里美は公園のベンチに腰を掛けた。

——避難してきた者は、互いの痛みが分かり合えるはずなのに、ちょっとした誤解や偏見で敵対する関係になるのだろうか。それぞれに事情は違っていても、必死に生きようとしている点では同じであるはずだ。家を失い、家族を亡くし、転勤や転校を強いられ、故郷を追い出され、子どもの健康と未来まで奪われようとしている避難者であるからこそ信頼し合わなければならないのに。そうだよね、夏海。

里美は心の中の夏海にそう語りかけると腰を上げ、一歩の手を引いた。

郵便受けには洋平や早苗からの郵便物はなかった。里美は携帯やメールより手紙で近況などを報告していた。オリエから記録を残すよう言われてから再び日記を付け始め、整理した出来事を手紙にしたためた。早苗はすぐ返事を寄こしたが、洋平からは返事というより不定期にメールで用件が届いていた。

里美はメールを開いたが、洋平からのメッセージはなかった。

――一歩のことが気にならないのかしら。

「もうすぐ三輪車が来るね。良かったね」

里美は気を取り直して一歩の手を強く握った。

一歩は天城に見せた時と同じように瞳を輝かせた。

次の日の土曜日の朝、天城が三輪車を持ってきた。

「一歩君、赤い三輪車、かっこいいね。ほれ、サドルの下に名前が書いてあるよ」

天城は〈しみずいっぽ〉と書かれた名前を指した。

「ありがとうございます」

一歩は目をくりくりさせながら礼を言った。

「おっ、えらいなあ、ちゃんと礼が言えて」

「夕べ、練習したんです。恥ずかしがらないでちゃんと言おうねって」

「そうだったのか。ははは」

天城は満足そうに顔を綻《ほころ》ばせ、「それじゃ」と肩幅の広い体を反転させた。

里美と一歩は、さっそく団地の公園で練習を始めた。最初は怖がっていた一歩も、里美が後ろを押さえて一緒に走ると軽快にペダルをこいだ。二人の笑い声や歓声に、別の場所で遊んでいた同じ歳ごろの子どもたちが三人集まってきて一歩の練習風景を遠巻きに眺めていた。しばらくしてその子どもたちの母親と思われる人たちが姿を見せた。

「かっこいい三輪車ですね」

一人の母親が里美に声をかけた。

里美は三輪車のサドルから手を放し会釈で応えた。

「その三輪車、団地からいただいたんですか?」

隣に立っている母親が訊いてきた。

「はい、さっき天城さんから」

「そうですか、良かったですね」

三人目の母親が、黄色い帽子を被った男の子の後ろで笑みを浮かべた。

里美と母親たちのやりとりを眺めていた一歩は、黄色い帽子を被った男の子の前に行き、「のってもいいよ」と三輪車を譲った。

「あら、貸してくれるの？　ありがとう」

三人目の母親は、一歩に礼を言い、男の子を三輪車に跨がらせた。

一歩は里美の手を握り、男の子に手を振った。

次の日、里美が目を覚ますと、一歩が表参道でオリエからプレゼントされた青いズボンを穿《は》いて自分の布団の上に座っていた。まだ七時前であった。

「もう起きたの」と聞くと、「うん」と目をきらきらさせて答えた。どうやら三輪車に乗りたくて仕方がないらしい。

「三輪車に乗りたいの」

「うん」

三歳になっていたとはいえ、音もたてず、箪笥《たんす》の引き出しからズボンを出して着替えた一歩がいじらしかった。

「ママが起きるのを待っててくれたの？」

「うん」

「そう、分かったわ」

里美は五階の部屋から一歩を連れてエレベーターで一階まで降り、自転車置き場を教えるとそのまま引き返した。せめて顔ぐらいは洗いたかった。

急いで身支度をして外に出て自転車置き場に向かうと、一歩がべそをかきながら近づいてきた。里美を見ると一歩は立ち止まり、唇を噛み、肩を震わせていたが、我慢できずに涙を零した。

里美は駆け寄り、両膝を着いた。

「どうしたの？」

一歩は振り返って三輪車を指した。

指した一歩の手の平が黒く汚れていた。

里美は一歩の片方の手を取り指を開いた。同じように黒いペンキのようなものがべっとり付いていた。

里美は一歩の手の平の臭いを嗅《か》いだ。やはりペンキだった。黒いペンキは一歩のズボンの尻の周りにもしっかりと染み込んでいた。

里美は一歩の手の平の黒いペンキをハンカチで拭き取り自転車置き場に急いだ。

三輪車のハンドルとサドル、それに、名前までもが真っ黒に塗られていた。

「ひどい」

声が震えた。

ペンキは塗られて間がないようだった。

辺りを見回したが人の姿は認められなかった。

一歩を連れ帰り、風呂場で手を洗ったが綺麗には落ちなかった。

――外遊びが好きになりかけた矢先にこんなことをするなんてひどい。でも、誰が何のために。

しかし、里美に心当たりなどあろうはずはなかった。

里美は、絶えず誰かに見られているような気味の悪さにおののいた。

一歩の手を洗い終えた里美は、洋平に相談しようとスマホを手にした。しかし、洋平の名前を画面上で目にした途端、反射的に蓋をして炬燵《こたつ》の上に置いた。

――この程度のことで心配をかけてはいけない。

里美は自らにそう言い聞かせ、一歩を炬燵に座らせ、

「今、朝ご飯、作るからね」

と言い、台所に立った。

台所で朝食の用意をした里美は、トーストと牛乳、苺を炬燵のテーブルに座っている一歩の前に置いた。

「三輪車は、ママが天城のおじさんに頼んできれいにしてもらうから、心配しなくていいよ」

一歩は苺をかじると笑顔を見せた。

「お姉ちゃんにも苺、持っていくね」

里美は苺を供え、仏壇の前に座った。

――誰があんなことをしたのだろうか。一歩に対する嫌がらせだとすると、これから、一歩がいじめられるかもしれない。

里美は生まれて初めて得体のしれない影に怯えた。

翌日は一歩の入園式だった。一歩は栄太郎と杏子から送られてきた濃紺の半ズボンとブレザーを着て登園した。昨日の三輪車のことは忘れているようで、友達になった三人の男の子たちと遊んでいた。里美は昨日の出来事を引きずっていない一歩を見てほっと胸を撫で下ろした。

入園式から帰宅すると、天城が三輪車を持って訪ねてきた。ペンキは綺麗に落とされていた。

「今度から、自転車置き場ではなく、玄関の脇か部屋の中に置かれたらどうでしょう」

と言い、申し訳なさそうに頭を下げた。

五月の第三日曜日、月に一度の自治会役員と避難者との懇談会が集会所で開かれた。避難者の悩みや希望を聞き、情報交換や交流をした後、会長の大石勇二が三輪車の黒ペンキ事件について報告した。

「清水さんのお子さんの三輪車に黒いペンキが塗られるという残念な出来事がありました。いたずらをした人の詮索はしたくありません。ただ皆さんに申し上げたいことは、避難された方々はそれぞれに事情が違うということです。共通していることは、原発事故によって故郷を離れなければならなかったということです。ここで暮らすことになった以上、助け合いながら生活をしていきたいのです。そのために、毎月、懇談会を持っているのです。ご意見やご希望があればどんどん出して下さい」

大石は、軽く頭を下げ細長いテーブルの中央に腰を下ろした。丸顔で眉は短く、頭髪は少し薄くなっていたが、団地住民からは「だいちゃん」と愛称で呼ばれていた。傍では副会長の天城がノートにペンを走らせていた。

一番後ろにいた男が、「ひと言いいですか」と立ち上がった。

「上原と言います。会長の仰《おつしや》ることはよく分かります。子どもの三輪車にいたずらをするような真似は最低です。私は、避難者のいたずらとは思いたくありません。避難者の中には、行政の半ば機械的な線引きによって差別が生まれ快く思っていない人もいます。清水さんは帰還困難区域の富岡町からの避難者だと聞いています。帰還困難区域内の方は優遇され、区域外の人は差別されています。差別された人間の悔しさはその人にしか分かりません」

里美は、自分の出自が明かされたことと、やや挑戦的な言い方に驚き、上原に目を凝らした。

上原は五十歳は超えているように見えた。野球帽を被り、肌は浅黒く太い眉をしていた。懇談会では毎回見る顔だった。

いたずらされた一歩の三輪車の話が、思わぬ議論を呼び、里美は居心地を悪くしていた。

　大石は答えに窮し腕を組んで考えていたが、「賠償金のことを言っておられるのですか」と、問い返した。

「そうです。私は飯舘村に住んでいました。私の住んでいる地区は、地域の再編で居住制限区域に指定されました。補償は精神的慰謝料のみです。東京に避難して家賃はタダですが生活は大変です。でも、道路一本隔てた五人家族の私の友人は帰還困難区域に指定されたため、東電から三千五百万円を追加で支給されることになりいわきに家を建てました。私の家も五人家族です。空中線量だって違いません。同じ飯舘の中でも差別があるんです。道路一本隔てただけで三千五百万貰えなかったんです。同じ地区民が分断されたんです」

　差別、分断。里美にとって馴染みの薄い言葉だった。

「私は、賠償金が貰えなかったから言っているのではありません。拘《こだわ》りがないと言ったら嘘になりますが、それよりも、何万人という区域外避難者が差別されているんです。差別されたままであることが悔しいんです」

「そのご友人はいわきで何を」

　上原は大石の質問の途中で答えた。

「知りません、家を建ててから友人は、私に連絡を寄こさなくなりました。私もしていません」

「上原さんの納得できない気持ちはよく分りますが、しかし、そのことについて私たちにはどうすることも出来ません。私たちの団地が皆さんを受け容れているのは、同情や憐れみなどからではありません。人間は差別されたり尊厳を傷つけられたりしてはいけないと思うからです。それに、国策で進めてきた原発の事故ですから、避難者の方に国民が手を差しのべるのは当然のことだと考えています」

　上原が野球帽を片手で取った。

「すみません、もう少し発言させて下さい。会長、私は五十歳です。五年前に父親が死んで農業を継ぐために東京の会社を辞めて飯舘に帰りました。退職金や貯金をはたいて土地を増やしトラクターも買いました。でも、二年後原発事故が起こり、その一年後、母親は山形の私の弟の避難先の家で亡くなりました。原発事故さえなかったら私が母親孝行していたんです」

今日の懇談会には五十人ほどの避難者が集まっていたが、皆、一様に俯《うつむ》いて聴いていた。

「すみません、余計なことを喋りました。でも会長、国策だったから手を差しのべたということに私は賛同しかねます。国策の失敗は、私たちの田畑や山林を汚染し、牛を処分させ、私の幸せや未来も奪ったんです。挙句の果てに国は、私たちを見捨てました」

「そうだ」、「その通りだ」といった声があちこちで上がった。小声ではあったが、上原の主張に賛同しているようだった。

「上原さんのお気持ちはよく分かります。しかし、私たちに言われても困ります。そこのところはご理解いただきたいのです」

大石はそう言って、秋に地域センターで行われる『避難者との交流フェスティバル』に議題を移した。

里美の耳に、〈国は私たちを見捨てました〉、と言った上原の声が残った。里美にとっては考えたこともない衝撃的な考えだった。国が見捨てたということは、東邦電力も見捨てたことになるのだろうか。

——洋平はあんなに頑張っているのに、そんな目で見られていたのだろうか。

上原が言ったその言葉は、夏海の三回忌の席上で父の真一が、〈この線引きは、三つの区域の内と外の避難者に余りにも大きな補償の差別を生みました。それが原因となって区域内外の避難者同士が分断されました。幼児を抱え、福島から東京や他県に区域外からいわゆる自主避難をした若い母親の悲劇をたくさん聞いています〉と言った言葉を里美に思い起こさせた。

——あの時、父も〈差別〉とか〈分断〉といった言葉を使った。

更に、早田住職の〈日本には民主主義が育っていないと言われています。戦争責任に蓋をかぶせたままの歴史を見れば分かります。民主主義を守り育てるために、若林さん、清水さん、お互いに胸襟を開いて、真剣に話し合いを続けられたらいかがでしょうか。今回の事故から私たちは多くのことを学ばなければなりません。学ばなければ、また同じ過ちを繰り返すからです〉と語った説教まで思い起こすこととなった。

　懇談会が終わり、夕食を摂り一歩を寝かしつけると、里美は早苗から譲り受けた文机に座り日記を開いた。懇談会での上原と大石の主張が気になっていたためだった。里美は上原と大石の発言に出ていた単語を羅列した。精神的慰謝料、賠償金、差別、分断、尊厳、近隣の現住人、コミュニケーション、いじめ、誹謗、地域社会、国策などの文字が並べられた。里美はその文末に、〈国は私たちを見捨てました〉と言った上原の言葉を書き、その後に、〈棄民《きみん》〉という文字を付け加えた。そして、真一が言った〈補償の差別〉〈避難者同士の分断〉と書いて日記を閉じた。

疎外

まどろむこともできず朝を迎えた里美は、一歩を保育園に預けた後、上原を訪ねることにした。昨日の懇談会で、〈清水さんは帰還困難区域の富岡町からの避難者だと聞いています〉と五十人ほどの避難者の前で言われたことが頭から離れなかったのである。なぜ不用意に同じ避難者の出自を公言したのか不可解であり、そのことを確かめたかったのだ。それに、〈国は私たちを見捨てた〉、と言った真意も訊く必要があった。国と洋平の勤める東邦電力を同じように捉えているのであれば、東邦電力も私たちを見捨てたとも受け取れ、里美にしてみれば無視するわけにはいかなかった。同じ団地で暮らしていく以上、こうした疑念を払拭してもらい、故郷喪失慰謝料は受け取っていないことを上原に伝えなければならなかった。

　——それにしてもなぜ、上原さんはわたしが富岡町に住んでいたことを知っていたのだろう。

　上原の部屋は里美と同じ号棟の三階にあった。チャイムを押すとドアはすぐに開き上原が顔を出した。

　里美は突然の訪問を詫び、言葉を選びながら丁寧に用件を告げた。

「そうですか。私の発言が清水さんを悩ませましたか。申し訳ないことをしましたね」

上原は素直に里美に詫びた。

「宜《よろ》しかったら上がりませんか。副会長の天城さんがお見えになっていますので、どうぞ」

「天城さんが？」

「ええ、どうぞ」

里美が玄関に入ると、天城が顔を出した。

「十一月に行う、『避難者との交流フェスティバル』の打ち合わせがあってね。ちょうどよかった。清水さんにも何か手伝ってほしいと思っていたんだ」

里美は、「はい」と答えてしまった。卓袱台《ちゃぶだい》を挟んで台所を通り抜け居間に通された。

天城の正面に座布団が敷かれた。左側の壁の本棚には、経済誌などの分厚い専門誌が一面に並べられていた。几帳面な性格のようで部屋は整理されていた。

上原が茶を淹れて自席に着いた。

「いやー、パチンコが趣味でしてね。実はこの茶の葉っぱも景品でしてね。でもね、馬鹿にはできません。なかなか美味いですよ。さあ、どうぞ。そうそう、実はこのせんべいも景品です」

上原は気さくに振る舞っていたが、里美に恐縮している様子だった。若い母親が、余程の覚悟を持って抗議をしに来たと思っているのかもしれない。

上原は天城の湯呑みにも注ぎ足しをして胡坐《あぐら》をかいた。

「パチンコが趣味なんですか？」

天城は笑みを浮かべながら黙って聴いていた。

「ここにきて二年になりますが、初めは人との付き合いが厭《いや》で……。飯舘からの避難者ということで多額の補償金を貰っていると思われていて、陰口を叩かれ、同じ避難者であってもまともに目を合わせてくれませんでした。部屋でテレビばっかり観てました。気晴らしにパチンコをしたんですが、そうしたら、十万円近く儲かりましてね。仕事も無いし、第一先々のことを考えると定職を探す気にもなれず、ぶらぶらしていたんです。そんな生活が一年以上続きました。そんな頃、天城さんがちょくちょく訪ねて来るようになって、懇談会に参加するようになったんです。出れば黙っていられない性質《たち》で、つい、余計なことを話してしまうんです」

上原は、里美が富岡の出身であることは天城から聞いたと言い、懇談会では「差別された避難者の心情を言いたくて清水さんの名前をつい出してしまった」と改めて詫びた。

天城は、黙って上原の話を聴いていたが、時々、頷《うなず》いていた。

そして上原は、里美が聞きもしないのにこれまでの経緯《いきさつ》を話し始めた。里美の心中を察し、悪意がなかったことを伝えようとしている意図が感じられた。

上原は、東京の大学を卒業すると大手の証券会社に勤務して同僚の女性と結婚し、二人の子どもに恵まれた。しかし原発事故が起こる二年前、飯舘で小さな牧場を営んでいた父親が病死したため、長男の上原が跡を継ぐことになり、東京を離れることに反対していた妻を説得して、高校生の息子二人を連れて飯舘に帰った。

飯舘に帰ってからの二年間、上原は農作業に従事していたが、これからという時に原発事故が起こった。一時は山形の弟のマンションに妻と上原の母を含めて五人で避難したが、折り合いが悪くなり、母親だけを弟に預けて近くのアパートに移った。仕事もなく、高校生の二人の息子の学校のこともあり、避難先を三度変えたと言う。

「そうだったのですか。大変な思いをされたのですね。あのう、ご家族は？」

里美は口に出してから、余計なことを聞いてしまったと後悔した。が、上原は気にする風でもなく淡々と答えた。

「ええ。妻とは色々あって、私がここに引っ越すのを機に別れました。長男は仙台の大学に通っています。次男は山形で就職しました」

「そうだったんですか」

「清水さんのご主人は東邦電力の社員だそうですね。お子さんの健康のために別居されているとか」

里美はぎょっとして湯呑みを元の場所に戻した。

「いえいえ。これも天城さんから聞きました」

里美に見つめられた天城が口を開いた。

「避難者同士のコミュニケーションや、避難者と現住人とのコミュニティーを作るには、お互いが知り合うことが大切だと思いましてね。上原さんには避難者の方のまとめ役をお願いしている関係で、清水さんのことも話しました」

「そうでしたか。分かりました」

天城は、二〇一二年から毎年十一月に開催されている『避難者との交流フェスティバル』の目的についても里美に詳しく話した。

「この団地は百五十世帯の避難者を迎えています。地域社会のコミュニティーを作る上でも大切な行事で、次回の打ち合わせ会から清水さんも参加してほしいと思っています」

「はい、分かりました」

天城の考えていることは大切なことだと思った。互いを知ることが、避難者同士、避難者と現住人の分断の溝を埋めることになると里美は理解した。

「さっき清水さんがお訊ねになったことですが、国と東邦電力に私たちは見捨てられたと思っています。でも、清水さんのご主人に見捨てられたとは思っていません。ご主人に責任はありません。むしろご主人は、国と東電の犠牲者だと思います」

上原の意外な言葉に、里美は上原の目の奥を覗き込むようにして見つめた。

「ご主人の方が私なんかより過酷だと思います。線量の高い所で辞めないで働いているのですから」

里美は、天城の前で上原の真意を聞くことが出来たことで気持ちを軽くしていた。

上原の住む三階からエレベーターで外に出て、公園の脇のベンチに腰を下ろした里美はスマホを取り出した。洋平の名前を指でなぞってから、その上に表示されている篠原オリエの名前を押さえた。オリエはすぐに電話に出た。声に張りがあり忙しく仕事をしている様子が伝わってきた。しかし、取材で移動中だったためすぐに切られてしまった。

里美は公園や団地の周りに造られた花壇を見て回ることにした。五月の空は晴れ渡り、時おり、清《すが》しい風がバラやサツキなどの花を揺らした。花壇を見るといわきの実家が思い出され、真一や早苗が近くにいるような気さえした。

──洋平は元気だろうか。東京に来て半年になるけど、もう少しメールや電話をくれてもいいのに。

公園の角を左に曲がると、団地の内庭の中で喜代枝が腰を落とし鎌《かま》で草を刈っていた。内庭には椎《しい》や樫《かし》、欅《けやき》にトウネズミモチなどが植樹されており、内庭と道路の境にはつつじの垣根や所々に南天《なんてん》、金木犀《きんもくせい》、花水木《はなみずき》などが植えられていた。声を掛けるべきか迷ったが、嫌味を言われるのも困るのでちらちら眺めながら歩いていると、喜代枝は、刈った草をまじまじと見つめ匂いを嗅いだ。喜代枝の奇妙な行為に里美は思わず声を掛けてしまった。

喜代枝は里美に気づくと、「どっこらしょ」と掛け声と一緒に重い腰を上げた。里美は挨拶をして、何をしているのか尋ねた。すると喜代枝は、「ほれ」と言い、里美の鼻先に草を突きつけ、「嗅《か》いでみろ」とぶっきらぼうに言った。里美は喜代枝から草を受け取り匂いを嗅いだ。若草の匂いが微かに漂った。その香りは子どもの頃、畦道《あぜみち》や草叢《くさむら》で友達と一緒に春の花を摘んでいた時に嗅いだ匂いとよく似ていた。

「懐かしい匂いがします」

里美は草を喜代枝に返した。

喜代枝は、「飯舘の草の匂いだべ」と言って、背中を向けた。心做《こころな》しか寂しい背中をしていた。

どうしたことだろう。里美の脳裏に、いわきの家の中庭の花壇やその奥に聳《そび》える柿の木、裏の畑の青々とした大根の葉などが次々に浮かんできたのだ。そればかりではない。夏海の手を引いて好間川の土手の草叢を歩いている光景までもが蘇ってきた。思い出そうとしたわけではない。草の匂いが故郷を思い出させたのだろうか。

部屋に帰った里美は母が愛用していたアンティークの文机に座った。ここに座ると早苗が傍にいるようで落ち着くのだ。早苗に手紙を書こうと引き出しから封筒と便箋を取り出した。すると一葉の写真が封筒と便箋の間に挟まれていた。夜ノ森の桜の木の下で洋平と夏海、三人で撮った写真だった。一歩はまだ生まれる前で夏海が三歳の時だった。夏海は黄色い帽子を斜めに被り、ピンクのワンピースにスパッツを穿いてちょっとおしゃまな顔をして写っていた。

里美は写真を手に乗せた。

――夏海、一歩もあなたのこの時と同じ年になったよ。今年から保育園に行ってるよ。

しばらく写真を眺めた後、里美はそれを机の端に置き、洋平に手紙で近況を知らせることにした。里美は十日に一度は手紙を書いたが、洋平からのメールは月に一度位だった。

拝啓、お元気ですか、と書いたが後が続かない。これまでに洋平が東京に来たのは、引っ越しの時と一歩がI病院の診察を受けた日の二回だけだった。週に一度は電話をしたが、手紙となると構えてしまって何から書き出していいのか悩んだ。早苗への手紙は日常的なことで二、三枚はすぐ埋まってしまうのだが、洋平の場合はどう切り出してよいのか分からなかった。

結局、洋平に手紙を書くことは諦めることにした。かといって、今更早苗に出す気にもなれず、里美は、スマホのメールの受信ボックスを開いた。洋平からの気になるメールを読み返したかったのだ。洋平にしては長文であった。

気になる文面は次のように書かれていた。

〈五月七日の水曜日、いわき地方裁判所で開かれた福島原発事故いわき訴訟の第十三回目の公判を傍聴した。江藤勝也さんが団長で、お義父さんも原告に加わっている裁判だ。『貞観《じょうがん》津波』について原告側から陳述されるというので、水野さんに無理を言って休みをもらった。開廷四十分前に抽選の列に並び、支援者の方が百人近く並んでいたけど、運よく抽選に当たり傍聴することが出来た〉

洋平は地震と津波について勉強していた。二〇〇二年の『長期評価』で、三陸沖から房総沖まで大きな地震が発生する可能性が二〇パーセントあると言っていたことを里美は忘れてはいなかった。里美は次の行に目を移した。

〈『貞観津波』というのは、平安時代前期の貞観十一年に起きた大地震で、三陸海岸から常磐海岸にかけて発生した巨大な津波のこと。この研究結果の地質学上のメカニズムは『長期評価』にも影響を与えていて、原告側の弁護士がどう評価しているのか、俺としては興味があった〉

里美は、『貞観津波』とか『長期評価』の言葉は洋平から聞いたことはあったが、内容についての知識はなかった。

〈原告側の最前列と二列目には弁護士さんが十人近くいて、その後ろに江藤さんとお義父さんが並んで座っていた。原告側の主張は、東邦電力が『貞観津波』の知見を踏まえ、『長期評価』の分析結果をもってすれば、当然防波堤の対策は講じるべきだったというもので、その理論に俺としては元々異議はなかった。だけど、被告側の俺が原告側の主張に賛同することに、矛盾と混乱を感じないわけにはいかない。勿論、東邦電力と国の弁護士は、原告の主張を切り崩す理論武装はしている。しかし、徐々に、その場にいることがいたたまれなくなり、閉廷後お義父さんに挨拶もしないで裁判所を後にした。原告団や支援者の視線を痛く感じてね。俺は俺なりに責任を取ろうとして働いているのに、なぜこんな思いになるのか分からなくなったんだ〉

洋平は疲れている。そして、仕事に対して希望を持てなくなっている。里美は読み返すたびにその思いを強くしていた。元気な時の洋平なら、たとい不利な立場に立たされていても真正面から堂々と立ち向かっていったはずなのだ。

ふと里美は、上原が〈ご主人に責任はありません〉と言った言葉を思い出した。真一も夏海の三回忌の席で、〈責任を取るのは国と東邦電力の経営者であって洋平君と栄太郎さんではない〉と言っていた。しかし実直な洋平は、自分の中に加害者と被害者が同居していると言い、苦しんでいる。

――洋平に会いたい、洋平に会って話を聞いてあげたい。洋平の好きな肉料理を作って励ましてあげたい。そんなこともできない夫婦なんて、夫婦じゃない。

里美は、文机の一番下の引き出しから高校時代のアルバムを取り出した。辛く淋しい時は、楽しかった高校時代の思い出が慰めになった。里美は洋平に呼び出された高校三年のあの時の記憶を蘇らせた。

里美が高校三年の時の十二月中頃のことだった。

里美は洋平にいわき八幡宮本殿横に聳える楠《くすのき》の下

に呼び出された。楠は樹齢数百年を数え、大人が三人がかりでやっと抱えられるほどの太さで、大木を支える根の数本は蛸《たこ》の足のように地表をくねっていた。

　里美は約束の時間より早めに楠の下に立った。濃緑の厚い葉が北風に音を立てていたが、コートの上からマフラーを巻き直し、風を避けるように相撲取りの足のような楠の根に腰を下ろし、カバンを膝の上で抱いた。

　――話って何だろう。学校では言えないことかな。

　里美は落ち着かなかった。

　腕時計は約束の時間を十分ばかり過ぎていた。

　里美は立ち上がり、本殿まで引き返し、参拝客の中を楼門、神橋、そして道路に面している朱《あか》い大鳥居まで目を凝らしたが洋平の姿は認められなかった。

「若林、ごめん」

　後ろで洋平の声がした。

　振り向くと、洋平が緊張した面持ちで自転車に跨っていた。大鳥居より道路に沿って少し離れた八幡宮会館の脇から来たようだった。荒い呼吸をしていた。

「遅れてごめん」

　洋平は笑顔で謝った。

「何かあったの」

　里美は呼び出した理由《わけ》を尋ねた。

「うん」

　洋平は頷くと、自転車の向きを変え楠に向かって歩き出した。

　里美は後に続いた。

　大鳥居から本殿までの参道には五、六人の姿があったが、冬の陽光を遮っている楠の下は鬱蒼《うっそう》としていて人影はなく、巨木の裏側は道路や本殿からは見えにくくなっていた。

　洋平は自転車を楠に立てかけると、俯いたまま動こうとしなかった。

　里美は直立した姿勢で洋平の背中を見つめていた。しかし、洋平に振り向く気配はなかった。

　たまりかねた里美が声を掛けようとした瞬間、洋平が振り向き、顔を上げ、そして里美を見つめた。

洋平の眼差しに、里美は二、三歩後退《あとずさ》りした。それに呼応するように、洋平もまた数歩後ろに下がった。

「あっ、いやあ、あのう」

洋平は、里美を怖がらせたのではないかと思ったらしく、更に数歩、後退りした。そして、誤解をさせたことを恥じるように体を硬直させた。

その洋平の狼狽《ろうばい》に、今度は里美が当惑した。真剣な目で、何かを訴えようとしている洋平を見たのは初めてであり、思わず、体が後ろに動いただけのことだったのだ。

里美は、洋平を勘違いさせたことが申し訳なく、二、三歩前に出た。

洋平は安堵《あんど》したように息をついた。

「昨日、僕のことで、親父の上司の人が家《うち》に来た」

里美はじっと洋平を見つめた。

「親父が僕を一Fに就職させようとして、上司に頼んでいたんだ。昨日、東邦電力福島第一原子力発電所に就職が内定した」

洋平は瞳を輝かせた。

「最初に若林に知らせたかったんだ」

声が弾んでいた。

里美は、周りに人影がないことに安堵した。大きな声で思ったままを話す洋平の性格は嫌いではなかったが、どことなく気恥ずかしかった。

洋平の父親が東邦電力福島第一原子力発電所に勤務していたことは、里美も知っていた。洋平から「僕を一Fに就職させるのが親父の夢なんだ」と聞かされていたからだった。

「担任の大久保先生も誉めてくれた。あの林の中に入れるのはエリートだけだって励ましてくれた。いや、僕はエリートなんかじゃないけど、いや、自慢して言っているんじゃないんだ。そういうつもりじゃないんだ」

洋平は、脱いでいた手袋を握り締めた。

里美は洋平に近寄った。

「良かったね、洋平君。すごいじゃない」

「ありがとう。大学に行って野球を続けるか、親父と同じ一Fに就職するか迷ったけど、肩を壊していたこともあって、人のためになる、安全でクリーンな電気を作る仕事をすることにしたんだ。資源の乏しい日本の国のためにもなるんだ。そうそう、国がバックについているから潰れることはないんだ」

里美は自分のことのように嬉しく胸を震わせた。

「洋平君、ほんとにおめでとう。ほんとに良かったね」

里美は洋平に両手を差し出した。

里美は手編みの手袋をしたまま、洋平の手をぽんぽんと叩いた。

洋平は、弾かれたように数歩後ろに下がると直立不動の姿勢をとった。

「だから、だから、……、僕と結婚してほしい」

里美は耳を疑った。結婚してほしいと聞こえたのだが、聞き違いかもしれなかった。第一、高校三年生の生徒が言うことではなかった。里美は洋平を見つめ直した。洋平は真剣な眼差しを里美に向けていた。やはり、聞き違いではないようだった。

里美は俯《うつむ》くしかなかった。なぜか涙が零《こぼ》れた。涙が零れた理由など分かるはずはなかった。


洋平が一Fに就職するか大学に行くかで悩んでいたことは知っていた。相談を受けたこともあったが、その時は、「洋平君の思ったように決めたらいいと思う」、と答えた。洋平の就職が決まったことは嬉しいことであったが、プロポーズされるとは夢にも思わなかった。それに、洋平に淡い恋心を抱いていたとはいえ、「好きだ」といった言葉もなく、いきなり結婚を申し込まれて返事などできるはずはなかった。

三か月間、誰にも相談することもできなかった里美は、悩んだ末、母親の早苗に相談をした。早苗は仰天したが、洋平と共に人生を歩みたいという里美の真剣な想いに徐々に理解を示すようになり、短大を卒業して保育士の資格を取ってからという条件で納得した。そして、父親の真一を二年間かけて二人で説得したのだった。


里美は高校時代のアルバムを閉じた。

――あの時の洋平さん、希望に満ち溢《あふ》れていた。

今は心身ともに疲れ果てていて、東邦電力の社員でいることに誇りを持てないでいる。でも、私と一歩は信じてる。あの時のような明るくて優しい洋平さんが帰ってくると。

里美は一歩を迎えに家を出た。外に出たとたん昼食を摂っていないことに気が付いた。しかし、食欲はなかった。殆ど眠らないまま上原を訪ね、喜代枝と会い、団地の中を散歩した。洋平のメールを読み返し、自らを元気づけようと過去の思い出に想いを馳せた。

保育園に入ると数人の母親が玄関先で待っていたが、ピンクのブラウスに黄色い帽子を被った女の子が、「ママ」と叫びながら走ってきた。

「えっ」

その子は夏海に似ていた。

「夏海」

小さな声ではあったが、娘の名に里美の鼓膜が震えた。無意識に声が出ていたのだった。

しかしその女の子は里美の目の前を駆け抜け、門で待っていた母親に抱きついた。そして、「ママ、おそい」と甘えた。母親は「ごめんごめん」と謝り、女の子の手を引いた。

二人の姿が糸杉の生垣に消えると、里美はその場に蹲《うずくま》った。

里美には、「ママ、ママ」と生垣の向こうで母親を呼ぶさっきの女の子の声が、夏海の声と重なっていたのだった。

耳元で、「どうしました」という声が聞こえた。

里美は、顔を上げ、

「何でもありません、大丈夫です」

と答え、立ち上がり保育士に礼を言った。

「一歩君、もうすぐ来ますよ。あっ、来ました」

一歩が玄関先からカバンを斜めに掛け、バトンのような白い筒状の物を片手に持って走ってきた。

里美は笑顔を作り一歩を迎えた。

一歩は、「はい」、と白い筒を里美に渡した。画用紙だった。広げると、女の人と思われる顔が描かれていた。楕円形の黒い縁から薄橙《うすだいだい》色のクレパスが所々はみ出ており、髪は逆立ち、口は大きく開いていた。女の人が笑っている絵だった。

「これ、ママ?」

一歩は得意な顔をして「うん」と肯いた。

「今日、初めて描いたんです」

保育士が目を細めた。

里美は、もう一度絵を見つめた。どことなく里美に似ているようにも見えた。

「これ、ほんとにママ?」

一歩は誉められていると思ったらしく、満面の笑顔を見せた。

「ママにそっくりね」

里美は噴き出しそうになるのを堪《こら》えて一歩を誉めた。

一歩を寝かしつけ、里美は寝室の隅にある仏壇の前に座った。夏海の遺影を見つめていると涙が滲んだ。

——夏海、ママ、夏海に会いたい。

里美は、遺影の横にある骨箱を取り、膝に乗せた。白い布を解き蓋を開けた。骨片を手の平に乗せると白い骨に涙の雫が落ちた。雫は骨に沁みているように見えた。里美は骨片を握りしめたまま声を殺して泣いた。


「洋平さん、なぜ、毎日のようにメールをくれないの。電話をしてくれないの。私が東京に来たことを怒っているのですか」

誰もいないことで里美は心のまま、噎《むせ》び泣いた。

一か月ほど経った六月半ばの日曜日、オリエが訪ねてきた。

「忙しいみたいね」

「この前はごめんね、ゆっくり話も出来なくて」

「忙しいのが一番。オリエ輝いている」

「お詫びに一歩君にお土産。あの時より一回り大きいズボンとシャツ」

オリエは直接一歩に手渡した。

一歩は照れながらもオリエに礼を言った。

「どうしたの、里美」

里美は、「実は」と前置きして、三輪車がいたずらされたことや上原を訪ねたこと、洋平が裁判の傍聴に行ったことなどを話した。

深刻な面持ちで聞いていたオリエは、バッグから一葉の写真を取り出し里美に渡した。

「ひどい」

二階建ての新築の白い外壁一面に〈原発御殿！帰れ〉と、黒いスプレーで書かれていた。

「一歩君の三輪車のペンキも、この家のいたずら書きも根は一緒のような気がする。悲しいことだわ」

　この家の持ち主は、おそらく帰還困難区域からの避難者だろう。放射能から逃れるため何度も避難場所を変えたのかもしれない。辛酸を嘗《な》めた末、やっと辿り着いた場所で家族と共に永住を決意し、人生の再出発を誓って建てた家に違いないのだ。そう思うと里美の胸は痛んだ。

「まだあるの。ある避難者の方が引っ越しのご挨拶にタオルセットを持ってご近所を回ったら、翌朝、全部玄関に返されていたの」

「なぜ受け入れてくれないのかしら」

　里美は、紙袋からシャツを取り出している一歩を見つめて呟いた。やがて保育園でも、一歩が福島から避難して来たことは知られるに違いない。放射能や賠償金が原因でいじめられないだろうかと危惧したのだった。

「私、全国を飛び回っていて思うんだけど、自分と違う他者を認めるところから信頼関係が生まれると思うの」

「他者を認める？」

「そう、他者の人格や考え方を尊重して理解するよう努力する」

「他者を認めるか。分かるけど難しいことだわ」

「そうよ、難しいけど努力するのよ」

　オリエは真剣な眼差しを里美に向けて言った。

「でも、三輪車や壁にペンキを塗った人、わたしは認めたくない」

「そうね、心ない卑怯な人ね。私もそんな人認めないわ。でもね、里美、私が言いたいのはなぜそんなことが起きるかってこと」

「……」

「父から聞いた話だけど、福島でもパチンコばかりしている人がいるの。その人、地域に馴染めず、孤立していく中で逆に疎外感が高まっていったらしいの」

　オリエの父親は、高校で歴史を教える一方、避難者の心のケアをするボランティアにも参加していた。

「どういうこと？」

「避難者だと分かるとよそよそしくされ、だんだん孤立して、自分からつき合いを断わる人が多いみたい」

オリエの話に里美の胸中は複雑だった。おそらく篠原先生から聞いた話であろうが、そうすると地元の住人が避難者の受け入れを拒否していることになる。

「地元の人が悪いように聞こえるけどそんなことはないわ。現にここの自治会長さんや副会長さんは良くしてくれているの」

「制度として位置づけられているからよ」

「それだけでもないわ」

「そうね、ボランティアで支えてくれている団体や個人も多いわ。支援団体もたくさんある。避難者の実情を自分のことのように思って献身的に尽くしてくれる人も多い。洋平さんが傍聴に行ったって言ったけど、全国で裁判がたくさん行われているわ。けど、弁護士さんたちはみんな手弁当で闘っている。里美、私は、どちらが良いとか悪いとかを言っているのではないの。避難者と地元の住人との軋轢《あつれき》や避難者同士の分断がなぜ起きているのか、その根源を明らかにしないといけないと思うの」

里美は、夏海の三回忌の席上で真一が手帳を開きながら、福島県内の原発による関連死の実態や仮設での孤独死、自殺者などの現状について話していたことを思い出した。

「そうね、どちらが良いとか悪いとか、そんな問題ではないわね」

「全国では、市民団体や婦人団体、高校の演劇部、合唱団のお母さんたち、たくさんの人たちが福島を応援しようと頑張ってる。純粋に声援を送っている」

「そうね、そうだわよね」

里美の目頭に熱いものが込み上げてきた。

「すぐ泣く」

オリエは里美にハンカチを渡した。

里美はそのハンカチで瞼を押さえた。

「あれっ、こんな光景、前になかったかしら」

オリエが言った。

「あったような気がする」

里美が答えた。

二人は顔を見合わせて微笑んだ。

「オリエ、わたし、夏海を亡くしてから涙もろくなったみたい。ちょっと悲しいことがあればすぐ涙が出てしまう。いつだったか保育園の傍を歩いていたら、子どもたちが遊んでいる声が聞えたの。名前を大きな声で呼び合ったり笑ったりしてた。そうしたらそれだけで涙が出ちゃって、その場に立ち竦んで歩けなくなった。夏海もあんな風に遊んでいたと思うと、たまらなく会いたくなって」

オリエは里美に姉のような眼差しを向けた。

「里美、私はあなたが羨《うらや》ましいわ。夏っちゃんが亡くなったのは悲しいことだけど、あなたには一歩君がいるわ。母親として避難者として一生懸命生きている。掛け替えのない我が子を命がけで守っているる。あなたは強くなっているのよ、強くなっているから優しくなれるのよ。だからすぐ泣くのよ。私はあなたが羨ましい。また泣く」

里美は半分笑いながら涙を拭いた。「もう大丈夫」、そう言ってハンカチをオリエに返した。

「ありがとうオリエ、なんだか元気が出てきた」

「里美、毎週金曜日、反原発の集会が首相官邸前で行われているのを知ってる?」

「赤旗で読んでる」

「どう、行ってみない?」

「行ってみたいと前から思ってた。わたし、前から確かめたいことがあるの。どんな人たちがどんな目的で集まっているのか。集まっている人たちのことを直接見てみたい。でも、一歩と一緒だと危ないし、どう行ったらいいのか行き方もよく分からなくて」

「私が連れて行ってあげる。大丈夫、一歩君は大学生の優香ちゃんが預かってくれるから」

優香とは、オリエの叔母斎藤悦子の娘である。

里美は、「行く」と答えた。

首相官邸前

「シュプレヒコール」

雨上がりの首相官邸前の交差点に女性の声が轟《とどろ》いた。二〇一四年六月二十七日、首都圏反原発連合主催による百七回目の原発反対の抗議行動は、夕方から局地的に降った雨の影響で国会前の集会は中止となった。が、首相官邸前の行動は予定通り行われた。

「原発やめろ」の第一声から、「再稼働反対」「川内原発再稼働反対」「安倍晋三は原発やめろ」とスローガンの内容は徐々にエスカレートしていき、参加者は、『再稼働反対』『NO MORE WAR』などとそれぞれの主張をプラカードやゼッケンに書き、拳を高く掲げ、あるいは官邸に向けて突き刺すようにして、唱和していた。

里美とオリエは、コーンで区切った主催者のエリアの脇で、半透明のレインコートを着て立っていた。

「大丈夫? 寒くない?」

オリエが里美を気遣った。開催される三十分ほど前からこの場所に立っていたからであった。

里美にとっての原発問題は、一歩の内部被曝の延長線上にあった。一歩が被曝し、初めて放射性物質の危険を知ったと言ってもよかった。洋平や高校の担任からは原発は安全だと聞かされていたが、原発事故後、テレビや新聞などの報道で危険だという認識は里美の中で深まっていた。しかし、洋平や栄太郎に遠慮もあり、声高にそのことを主張することはできなかったのだが、一歩がA2と診断されて以来里美は、黙っていてはいけないと考えるようになっていたのである。ここに集まっている人たちは被曝者や避難者ばかりではないはずだ。被曝者や避難者でもない人が、なぜこれほどまでに集まって真剣に抗議するのだろうか。原発避難者の里美にとって、抗議集会の参加者の本意を肌で感じ取ることは、これから一歩と共に生きていく上で大切なことであった。そんな思いを抱いて里美は、オリエと一緒に参加したのだった。

「うん、大丈夫、それよりもオリエ、あの女の人、ノー・モア・ウォーのゼッケンを胸にかけているけど?」

「ノー・モア・ヒロシマ、ノー・モア・ナガサキって知っているでしょ。原爆と原発って、基本は同じなのよ。それに、原発から出るプルトニウムで原爆がいくつも作れるって聞いているわ」

プルトニウム？　そういえば一歩が生まれたとき、洋平も口にしていた。〈プルサーマル発電に興味があるんだ。使用済みの核燃料は年々増えていて、プルトニウムを再利用して減らさなければならないんだ。なんでも「日米原子力協定」というのがあるんだ〉と。

「原発と原爆」、「日米原子力協定」、「小児甲状腺がん」、それらの言葉をはっきり認識した里美は、何かとてつもない場所に身を置いているような不安にかられた。しかし、「原発やめろ」と叫ぶ人たちの考え方や人生観を知りたいとも思っていた。そのことは真一が原告団に入った真意や、早田住職の原発誘致反対運動の原点を知る入り口に立つことになり、逆の立ち位置にいる洋平や栄太郎、杏子と真剣に話をする第一歩になるような気がした。洋平や栄太郎、杏子と対立するのではない。一歩と東京で暮らすようになった今、里美は、原発の歴史やその是非について自らの考えを持たなければならないのだ。洋平を信じて、夫の後ろから従順に付いて行くことが愛ではなく、互いに話し合える関係が本当の夫婦のように思われた。しかし里美は、集会の規模の大きさや参加者の迫力に少なからずたじろいでいた。

主催者のエリアの向こう側に、『NO　MORE　HIROSHIMA』と書かれたゼッケンを胸に当てている白髪混じりの小柄な女性が立っていた。七十歳くらいだろうか、母の早苗よりはかなり年上に見えた。黄緑のウインドブレーカーに黄色で縁取った手製のゼッケンを胸に掲げていた。コールに合わせた唱和は力強く、瞳は信念に満ちているように見えた。控えめでありながらも存在感があった。

――あの揺るがず、それでいて穏やかな表情はどこからくるのだろうか。

里美の脳裏に小柄な女性の瞳の輝きが焼きついた。

――後戻りはできない。私は一歩を護る母親なのだ。

シュプレヒコールのリーダーが男性スタッフに代わった。

「原発売るな」「トルコに売るな」「子どもを守れ」「明日を守れ」「未来を守れ」とスローガンは徐々に核心を突いてきて、テナードラムなどの打楽器の音に合わせて男性スタッフも腰を前後に振り、リズムを取りながらコールしていた。抗議行動は熱を帯びてきた。突如、白いブレザーの袖の先を裏返し、薄い茶色のパンツを穿《は》いた若い女性が主催者のエリア内に入り、最初にシュプレヒコールの声を上げた女性と握手を交わした。そして、周りにいるスタッフにも笑顔で挨拶をした。スタッフは当然のように歓迎の意を表した。街灯に、真ん中で分けた長い黒髪がしなやかに揺れ、白い顔が浮かび上がった。

続いて小豆色のチェックのシャツを着た髪の短い中年の男性も同じようにエリア内に入り、拳を突き上げた。何度か拳を突き上げると、今度は固く握られた両腕でリズムを取り、その場の雰囲気に溶け込んだ。

「あっ、木田とし子さんと葛西明夫さんだ」

オリエが声を上げた。

里美は新聞などで顔ぐらいは知っていたが本人を見るのは初めてだった。

「お二人とも国会議員よね」

「木田さんは参議院議員、葛西さんは衆議院議員よ」

オリエは若干声を上ずらせながら里美に教えた。

里美は、土曜日の「しんぶん赤旗」で抗議行動の報道は読んでおり、並んで写っている木田と葛西の写真はよく見ていた。その人たちが、突如、里美の目の前に現れたのである。周りを見回せばサラリーマンや学生、若者、主婦、ＯＬなど老若男女を問わずたくさんの人たちがいた。皆、同じ目的を持って集まって来た人たちなのだ。里美は周りの人たちの表情を追った。どの人の顔も生気が漲《みなぎ》っているように見えた。気後れしている場合ではなかった。

エリア内に照明が灯された。

「子どもを守れ」「いのちを守れ」「未来を守れ」とシュプレヒコールは続いていたが、マイクが男性から最初に声を発した女性に返された。

「皆さんからの一分間スピーチに入ります」

木田参議院議員にマイクが渡された。

「安倍首相、参議院議員の木田とし子です」

木田議員は官邸に向かって声を張り上げた。

木田議員は、四月十一日、「エネルギー基本計画」が閣議決定され、原発が重要なベースロード電源に位置づけられたことに抗議し、また、電力会社九社の株主総会で原発ゼロの提案が否決されたこと、生命よりコストを優先させる安倍政権の姿勢は許せないと訴えた。

「エネルギー基本計画」は他に、規制基準に適合した原発は再稼働し、核燃料サイクルの推進、また高速増殖原型炉「もんじゅ」を国際的な研究拠点に位置付けるなど、電力会社が待ち望む原発の再稼働に道を開くものであった。

里美は木田議員の抗議に納得していた。その通りだと思った。しかしそれは洋平の考えとは真逆にあった。里美は、〈相手の立場で考えてみることは大切なことだ〉と早田が言った言葉の深さに気圧《けお》されていた。


続いて葛西明夫衆議院議員は、柏崎刈羽原発の再稼働推進の方向を明言した東電の広末社長を批判、さらに、一Fは収束していない、一刻も早く一Fを収束させなければならないと安倍首相を糾弾、特に原子力規制委員会が優先的に審査を進めている鹿児島の川内原発を突破口にして電力各社は再稼働を一気に進め、原発の延命に全力を上げようとしていることに抗議した。

里美は、分かりやすく説得力のある木田議員と葛西議員の話に聞き入っていた。

拍手が湧き起こった。葛西議員の抗議が終わったのだ。二人の議員は、歓喜する群衆の中に溶け込んだ。
四、五分の出来事ではあったが、里美は感銘を受けていた。被災者の救済や原発災害を起こさないために真剣に抗議する姿に心を打たれたのだった。
「ワイヤレスマイクを持ってスタッフが皆さんのところに行きます。顔が映りたくない人は言って下さい」

女性スタッフから少し離れた所で、ビデオカメラを担いでいる男性スタッフが立っていた。

女性スタッフとオリエの目が合った瞬間、オリエが里美を指した。咄嗟《とっさ》に里美は後ずさりしたが、悪戯《いたずら》っぽい笑みを浮かべたオリエに手を引かれ元の位置に連れ戻された。

黒いTシャツに赤いスカーフを巻いたスタッフが、里美に笑顔を振りまきながらエリアから出て来た。

「えっ、嘘よね」

里美は再び二、三歩引き下がった。

「何か言いなさいよ。大丈夫よ。今思っていることを正直に言えばいいんだから、ね」

オリエは里美の腕をつかんで離さない。高揚した雰囲気を楽しんでいるようにも見えた。

女性スタッフが里美の前に立った。

「木田さんと葛西さんのスピーチを真剣に聞いていらっしゃいましたが、ぜひ、ひと言お願いいたします。どちらからいらっしゃいましたか」

そのときオリエがマイクに口を寄せ、

「彼女は、福島県のいわき市からの母子避難者です。中野区に、三歳の男の子と避難して来ました」と里美を紹介した。

「いわきから？　三歳のお子さんと」

女性スタッフが里美にマイクを向けた。

「里美、大丈夫よ。話しなさいって」

予期しない展開だったが、今となっては引き下がるわけにはいかなかった。

里美はマイクを受け取った。

「息子が一歳の時、いわきで小児甲状腺がんの検査を受けました。結果は、四段階ある中の一番軽いA1で、息子の甲状腺はきれいでした。ホッとしました。でも、一年四か月後、東京の専門の病院で再検査したらA2に進んでいました。甲状腺に嚢胞と結節が出来ていたのです。A2でも心配はないということですが、わたしは心配でたまりませんでした」

里美に、I病院で診察を受けていた一歩の顔が浮かんだ。倒された診察用の椅子の上で一歩は体を硬直させ、怯えた顔でじっと母親を見つめていたのだが、その瞳は何度も夢に見た、津波に呑み込まれ手を伸ばして助けを求める夏海の瞳に重なった。その瞬間、里美は言葉を失った。マイクを握ったまま里美は震えていた。

オリエが里美からマイクを取り上げ、女性スタッフに返した。女性スタッフは里美に礼を言った。

「いわきから避難したこちらの若いお母さんはおそらく、A2になったお子様のことを思い出し、胸が詰まったのだと思います。原発事故が起こって三年四か月になろうとしていますが、精神的な苦痛とたたかっている避難者はますます増えていると思います」

女性スタッフは、マイクを通してもう一度里美に礼を言うと、スピーチのために近くに控えていた学生らしい女性にマイクを渡した。

「ごめんね里美、私が余計なことをしちゃって」

里美は俯いたまま、首を振った。

オリエは、里美のレインコートを脱がせ、ビニール袋に仕舞い、自分のバッグに収めた。

里美に、高校二年の時の文化祭で絶句した時の記憶が蘇った。劇の中で決められた台詞を何十回となく稽古をして喋るには抵抗がないのだが、突然人前で用意していない自らの考えを話すことは苦手であった。

夏海の死後、PTSDになってからは周りの人の考えに逆らわず従順でいることに努めてきた。そうすることで精神的な安定を保っていたのだ。しかし里美は、本来消極的で大人しい人間ではなかった。高校の演劇部では部長のオリエを補佐する副部長を務め、野球の試合では積極的に洋平に声援を送り、友人や仲の良い後輩も多かった。短大に進み保育士の資格と運転免許を取り、休日には遠出を楽しんだ。さらに里美は洋平と結婚する時はまず早苗を攻略し、二人で真一を説得したのだった。

夏海は不幸にして震災の犠牲になったが、里美は、絶望と死苦に喘ぐ中で一歩に夏海の分まで生きてほしいと願った。だが、その一歩に嚢胞と結節が生じた。里美は、洋平や真一、早苗と別居までして東京で暮らすなかで、従順ばかりでは生きていけないと悟ったのだ。言うべき時には言わなければならない。五日前の夜も夏海の骨を手の平に乗せ、泣いたことを思い出し、里美は心のままを話そうとマイクを受け取ったのだが、一歩の将来を考えれば不安に押しつぶされそうになり、何をどう話していいか考えがまとまらなくなったのである。

主催者のエリアの向こうにいた『NO MORE HIROSHIMA』のゼッケンを胸に付けた女性が近づいてきた。

「初めまして」

ゼッケンをつけた女性は里美に会釈をした。柔和な面容をしていたが、瞳の奥に強い光が輝いていた。

里美は身体を固くして会釈を返した。

「あなたの仰《おっしゃ》ろうとしたこと、胸に響きました。反原連の方も言ってましたけど、切実な問題だと思います。お子さんの健康の回復、お祈りしています」

里美は返答に困った。良かったと言われる話などしていなかった。いや、出来なかったのだ。

女性は、里美の心中を察していたらしく、

「私はあなたから感動をいただきました。母が子を想う真心を見せていただきました。感動は言葉の多さではありません」

そう言うと女性は丁寧に礼をして踵を返した。

「あのう、すみません」

女性が振り返った。

「よろしかったら、そのゼッケンに書かれている意味を教えてもらえませんか」

女性は再び里美の前に歩み寄った。そして静かに口を開いた。

「私の母は、私を生んで二年後に亡くなりました。私の母は広島で被爆しました。原爆を作ることができる原発。私は母の無念を背負ってここに来ています。そうすることで私は、母と共に生きているのです」

そう言って女性は背中を向けた。

里美は膝が折れるほどの衝撃を受けていた。あの女性は何十年も母親とともに生きているのだ。

父

玄関のチャイムが鳴った。

「お父さん、忙しいのにごめんなさい。思ったより早かったのね」

　里美は、先日の夏海の仏壇の前で泣き崩れた次の日、早苗に電話を入れていた。早苗には心配かけまいと、ちょっと声が聞きたかったとか、取り留めのない話で終えたのだが、翌日、真一から電話があり、七月中旬、東京で会議があるのでその帰りに寄ってもいいかと言ってきたのである。

「関西からの参加者もいてね、少し早く終わった」

「大変ね。どんな会議だったの」

「居住期間の延長を求める会議でね。今年の四月、原発から二十キロ圏内にある田村市の都路《みやこじ》地区が、国によって初めて避難指示が解除されてね、今後、強引な解除がどんどんされそうなんだよ。里美の住居だっていつ追い出されるか分からないんだ」

「そうなの？」

　都庁の都内避難者支援課によると、福島県から都内への避難者は現在六千五百七十七人いて、そのうち三千六百十七人が都営住宅や国の公務員宿舎などに暮らしている。居住期間は、災害救助法で二年間と定められているが、特例で来年の三月まで延長が認められているらしい。

「夏海の三回忌のとき話したけど、私の会社の社員だった女性も都営住宅に避難してね、子どもはまだ小学四年生なので困っているという相談を受けてね、その対策会議を持ったんだよ。お前と一歩のこともあるしね」

「それでどうなったの？」

「居住期間が来年の三月で終わると決まっているわけじゃないらしいんだ。だから、居住延長の運動を展開しなくちゃいけない」

「お父さん、頑張ってね」

「なに言ってんだ、お前のことじゃないか」

「頼りにしています」

「そうそう、江藤さんとも一緒だったんだが、お前によろしくって言ってた」

「わたしに？」

「ああ、お前の二本松の仮設での朗読が評判になってね、江藤さんからも、いわきに避難している方たちを励ます意味からも、どうだろうかと相談されたことがあった。今は東京に避難していると言ったら残念がってたよ」

真一は夏海の遺影に手を合わせた。

「そう、わたしもお目にかかりたかったわ」

「機会があったら紹介するよ。一歩の迎えは何時ごろ？」

「まだ一時間はある。ビールと麦茶、どっち」

「麦茶がいいかな」

里美はグラスに注いだ麦茶を二つテーブルに置いた。

真一は麦茶を一気に飲むと額の汗を拭き、

「どうかしたのか」

と、改めて里美に訊いた。

里美は冷蔵庫に立ち、麦茶の入ったペットボトルを持って来て、真一のグラスに注いだ。

「色々あって、何から話していいのか……」

「洋平君のことか」

ズバッと聞かれると却って話しやすかった。心の中を見透かされていることに、どことなく安堵した。

「はい」

「そうか」

真一はショルダーバッグから扇子《せんす》を取り出した。

「暑い？　クーラー、少し弱めにしているから」

「いや、このくらいが丁度いい。五月の七日だったかな、洋平君、『いわき訴訟』の傍聴に来ていたよ。閉廷の後、話そうと思ったんだが、いつの間にかいなくなってね。相変わらず、疲れた顔をしていたね」

「いわき訴訟」とは、福島原発事故いわき訴訟のことで、真一の高校時代の恩師である江藤勝也が原告団の団長を務め、真一も原告の一人であった。現在では、千五百人を超す大きな原告団を構成していた。

「知ってる。洋平からのメールに書いてあった。なんでも『長期評価』についての意見陳述があるので、聴きたかったたって」

「そうか。洋平君、『長期評価』の研究をしていたからな。まあ、そんなことがあったもんだから気になってね、五月の中頃、洋平君と会ったよ」

初耳だった。洋平からも聞かされてはいなかった。五月の中旬というと二か月以上も前のことになる。

「お父さんが誘ったの？」

「ああ、裁判所で目が合った時洋平君、なんか言いたそうだった」

「教えてくれればよかったのに」

「そう思ったんだが、電話で言える話でもないのでね。まあ、会った時でもいいかなって思って」

真一は、洋平と会った時のことを里美に順を追って話し始めた。


真一は洋平をいわき駅から五、六分歩いた路地裏の居酒屋に誘った。半年ぶりの再会だった。

「忙しいのに悪いね」

「いえ、とんでもないです」

店に入ると、通路を挟んで左側に細長い調理場があり、その前がカウンターの席になっていた。右側の座敷には四人用のテーブルが並び、突き当たりが団体席になっている。まるで鰻《うなぎ》の寝床である。店内は勤め帰りの会社員らで混んでいた。真一と洋平は入口に近い座敷に向かい合って座り、生ビールと焼き鳥を頼んだ。

「体調はどう？」

「はい、前に比べればかなり楽です」

「この前の裁判で洋平君を見かけてね。話したいと思ったんだが、声をかけそびれてね」

「はい、お義父さんの姿は傍聴席から見ていました。原告と傍聴の出入り口が違っていたのと、急いでいたもんですから、挨拶もしないで失礼しました」

「里美から連絡は？」

「はい、三日に一度は電話をくれて、十日毎に手紙が届きます。ただ、僕の方からはあまり連絡が出来なくて」

「そう。洋平君、膝を崩して」

「はい」

店員がビールを持ってきてテーブルに置いた。洋平は胡坐をかき、真一はビールで乾いた喉を潤した。

「ところで洋平君、どうして裁判所に」

「はい、原告側から『貞観津波』と『長期評価』の意見陳述がされると聞いたので、行きました」

「そういえば洋平君は、津波の高さについて研究していたんだよね。里美から聞いたことがあった」

「いえ、研究と言えるほどではありません。一Fに就職して六年くらい経った頃、夏海が生まれて間がない頃なんですが、二〇〇二年の『長期評価』のことを知ったんです。三十年間でマグニチュード8クラスの地震が起きる可能性が二〇パーセントもあると聞けば、東邦電力の社員としては放っておけなくて」

洋平は仕事の話になると饒舌《じょうぜつ》になった。

「それで勉強を始めたんです」

洋平は、本社の地質学や地震、津波の詳しい社員に話を聴き、また土木学会にいる親しくなった専門家から取材をし、独学で学習をしていたのだった。

「そうですか、立派です」

「でも、あまりにも難しくて。ほとんど土木学会にいる友人の受け売りなんです。勉強をしたのも、発電機や配電盤を高い所に移動してほしいと上司に申し入れたことがあったんですが、上司は、以前にもそんな話はあったが金もかかるので先送りになっていると言い、第一、君なんかがそんな心配はしなくていい、と逆に叱られました。それが悔しくて勉強したんです」

真一は腕を組み、ふむと声を漏らした。

「『長期評価』を基に計算すると、津波は一五メートルを超えました。第一原発は海面より一〇メートル高い敷地に建っているので、一五メートルの津波に襲われれば、完全に水浸しになります。ですから、もう一度上司に掛け合ったのですが、取り合ってもらえませんでした」

「洋平君の出した算出を東邦電力の役員が聞いていれば、原発事故は避けられたかもしれないね」

「いえ、僕の計算結果が出たのは、二〇一〇年の夏でしたから間に合いませんでした。後で知ったのですが、うちの会社では、二〇〇八年三月に津波の高さが最大一五・七メートルになる試算をしていたんです」

「対策を立てなかった。そのことは五月の公判で明らかになったと思うよ。でも、そうですかって、東電も国も認めないだろうけどねえ」

洋平は顔を曇らせジョッキを空けた。

「二〇〇八年の試算をした時から対策を立てていれば、たとえば、発電機や配電盤を高い所に移動することだってできたし、そうしていれば、これほどの大事故にはならなかったように思うんです。僕にはそうさせる力はありませんでした。それが悔しくて、それに、甲状腺に異常をきたした一歩に申し訳なくて。一歩と里美にすまなくて」

洋平は、奥歯を何度も噛むと、空になったジョッキを口に立てた。

「飲み物は？」

真一には洋平の苛立《いらだ》ちが分からないわけではなかった。事故がおきなければ、家族が三人でむつまじく暮らしていたはずなのだ。一歩が内部被曝したことについて心配するのは、原因はどうであれ、父親としては当然のことであろうと思われた。

「熱燗《あつかん》をいただきます。暑い日は熱いのがいいです」

真一は熱燗二合と枝豆を頼んだ。

洋平は正座した。真剣に話す時の癖だ。

「僕が今日、お義父さんとお会いしたのは家族としての話がしたかったからなんです。一歩から見れば僕は加害者の立場にいます。里美にも辛い思いをさせています。正直言って、僕は二人に負い目を感じています。僕も辛いのです。そんなことを感じる必要はないと里美は言ってくれます。僕もどこかでは分かっているんですが、でも、心の底にそのことが張り付いていて離れないんです」

「そんなに自分を追い詰めなくてもいいんじゃないかな」

「自分を追い詰めてなんかいません。僕はそんな高尚な人間ではありません」

真一には、洋平は会う度に気弱な性格になっている、夏海の三回忌の時に見せた自信に満ちた態度は影を潜め、今はまるでうさぎのように周りの目を気にして生きているように見えた。高校時代は野球部のエースで四番を務め、幾度ものピンチや試練を乗り越えてチームを県大会にまで引っ張っていったと聞いていた。剛速球で相手を捻《ね》じ伏せ、思い通りの人生を歩んできた男がどう生きたらいいのか迷い、生きていくための支えや目標を失いかけている、真一はそんな印象を受けていた。

「洋平君が加害者って、考えすぎじゃないかな」

「夏海の三回忌の時、住職の早田さんは、親父と僕も原発事故の被害者だと言われました。今になって早田さんの言った意味も分かるような気がします。僕一労働者としてはそうかもしれません。しかし、僕は同時に、加害者の会社の一員でもあるんです。その事実は認めなければならないと思っています」

深刻な話になってきた。洋平は出口の見えない暗いトンネルの中でもがいているように思えた。真一は店員に盃を頼んだ。

「父親が働いている会社の事故で、家族と別居するどころか、病気や転校をさせられ苦痛を強いられる。周りにたくさんいます。そのことで父親が苦しむ。こんな理不尽な話はありません」

洋平は、感情を抑えながら静かな口調で語った。そして、真一の盃に酒を注いだ。

徳利が空いた。

真一は酒を追加し、油揚げを頼んだ。

「油揚げ？」

「ああ、店主とは馴染みでね、特別に作ってもらうんだ。焼いた油揚げを刻んで、葱をたっぷりのせて醤油をたらす。単純なつまみだけど、私はこれが好きでね。昔、親父が酒の肴《さかな》に美味そうに食べていたのが忘れられなくてね」

洋平は薄く笑うと、膝を崩した。真一が注いだ酒をグイっと喉に流し込み、大きく息をつくと、盃を置いた。

結婚式か何かの帰りだろうか、洋平と同年配と思われる男女が入って来て、真一の後ろのテーブルに座った。二人とも上機嫌で夫婦のように見えた。男がビールと枝豆、焼き鳥を頼んだ。

「でも良かったわ。宏ちゃん、幸せそうで」

女が言った。

「でも、新婦も偉いよ。東京からいわきに嫁に来たんだから」

ビールが来ると男と女は乾杯した。女のやや抑えた笑い声がその場の空気を和ませた。

洋平は、ちらちらと男と女を気にしていたが、小さく溜息をついた。そして、盃を手にした。

真一には洋平の溜息の理由が分かっていた。いわきに嫁に来ることが称賛されるのだ。逆に言えば、いわきから出て行くと非難されることになる。

真一が洋平に酒を注いだ。

洋平は、「一緒にいる夫婦っていいものですね」と、小さな声で呟いた。

原発事故が起こらなかったら、後ろの夫婦みたいに洋平と里美は、二人で酒でも飲みながら子どもの将来の話でもしているのだろう。そう思うと真一は、洋平と里美が哀れでもあった。

「お義父さんに聴いていただきたいことがあります。さっきまで話すかどうか迷っていたのですが、踏ん切りがつきました」

洋平は座り直した。

「高校三年の冬、僕は里美に結婚を申し込みました。東邦電力に就職が内定した次の日です。将来は安定していると思いました。僕は里美が好きでした。だから、結婚を申し込みました」

真一は、静かに盃を置いた。

「僕は、資源のない日本でCO2を出さない安全な電力産業で働きたいと希望に溢れていました。東邦電力で働く父の背中を見て育った僕には、当然の決断でした。富岡の人たちも〈東電さん〉と親しく声をかけてくれるようになり、僕は仕事に誇りを持ち、生活も安定し、夏海が生まれ、幸せでした」

洋平は、当時のことを思い出しながら一言ひとこと噛み締めるように語った。上気した顔は酒のせいばかりではないように見えた。

真一は黙って聴いていた。

「そんな時、事故が起こりました。生活は一変し、世間の人からは非難されるようになりました。でも、そんなことはまだ我慢が出来ました。夏海の三回忌の頃が一番苦しかったです。社員も下請けの人間もどんどん辞めていき、疲労と絶望に苦しみました」

真一は自分で酒を注いだ。

「お義父さんや早田住職の考え方が分かって悩みま

した。実家に移った一番の理由は、今だから正直に話しますけど、お義父さんと顔を合わせるのが辛かったんです。里美とこれから夫婦としてやっていけるのか自信がだんだんなくなってきて悩みました」

そのことは真一には分かっていた。洋平の言動から容易に想像することが出来た。

真一は、里美も洋平のそんな心の内を薄々気が付いていているのではないかと思っていた。しかし里美は、そのことは一切口にすることはなかった。

「尊敬していた武田所長が亡くなった次の日、里美は一歩を連れて東京に避難すると言い出しました。あの時ほど、孤独に苛《さいな》まれた時はありませんでした。心の支えである妻と子どもに捨てられたような気になって、体から力が抜けていきました。でも、一方でそうさせたのは自分だとも思い、将来に希望が持てなくなった僕は、里美の言うことに従うしかありませんでした。一歩の健康が一番大切だから仕方のないことでした。ある時、会社の食堂で、東電の社員の妻と子どもがどこかに避難したと、陰口が聞こえてきました。僕のことではないみたいでしたが、憂鬱な気分になりました。お義父さんや里美からも、世間からも、同じ会社の人からも疎外されたような気になって、何も気にせず落ち着いていられる場所がほしかった。それが実家だったのです。広野に帰ると、だんだん、里美にも連絡をしなくなって……」

洋平は声を落として話した。時々、前のテーブルに座っている男と女の客を気にしていたが、二人は結婚式の話に夢中になっていた。

「廃炉作業に一生関わっていく気にはなれません。かといって、今の仕事を辞めることも考えていません。希望の持てない毎日に嫌気が差し、ただ、上司に言われるままに仕事をこなし、だらだらと生きているようにさえ思えています。でも、自分で選んだ仕事ですから、なんとかやっていこうと思っています。家族のために。里美と一歩のためにも」

自らを奮い立たせようと無理をしている、そう思った真一は腕を組み、また、ふむと小さく唸った。

「里美と一歩が東京に避難して半年になります。この間、僕は仕事のことばかりを考えて、いい夫でも父親でもありませんでした」

洋平は淡々と話した。余計な感情がない分、洋平の話は真一の心に沁みていった。

「里美と一歩と別居して、初めて家族とは何だろう、って考えるようになったんです。夫婦はやっぱり一緒にいなくちゃいけないって思いました。別居の原因は原発事故にあるわけですから、そのことを冷静に見なきゃいけないとも思いました。繰り返しの話になりますが、僕は退職も離婚も考えていません。ですから、原告側が分析した『長期評価』を確かめるためにも傍聴に行ったんです」

真一は初めて顔を崩した。洋平の正直な気持ちだと思った。そして、空いた洋平の盃に酒を注いだ。

「お義父さん、人生って……。人間はどう生きていったら、いいのですかねえ」

そう言うと洋平は、「三十にもなって恥ずかしいですが」と、頭を掻《か》いた。

真一は洋平の照れた笑顔に、里美との結婚を申し込みに来た当時の正直な青年の面影を見た気がした。

真一は洋平をじっと見つめ口を開いた。

「どう生きるかなんて難しい質問には答えられないけど、原告になって学んだことが一つあるんだ。自殺や孤独死をした人に共通して言えることは、地域や社会との断絶が根底にあるように思うんだ」

「地域や社会との断絶？」

「そう。どちらも人間が生きていく上では欠かせない。地域や社会との断絶が生きる意欲を徐々に喪失させ、自らを殻の中に封じ込めていくように思うんだ」

洋平は盃を呷《あお》ると、「そうですね」と溜め息をついた。話を合わせているのではなく、心からそう思っているようだった。

「原告団のスローガンに原状回復がある。原状回復とは道路や建物、農地が元の状態に戻ることだけをいうのではなく、人間の尊厳の回復のことだと私は思っている。避難者や帰還者、そして避難しなかった人たちが等しく元の生活を取り戻し、人間らしく生きる、事故の本当の修復、復興とはそういうことだと思うんだが、どうだろうか」

「そうですね」

洋平の言葉の響きに蟠《わだかま》りは感じられなかった。

「洋平君、東邦電力の社員として、事故の本当の修復、復興に力を注いで下さい。里美も一歩も、心からそれを望んでいると思う」

洋平は真一の話の途中から下を向いた。長い間、呑み込んだままになっていたものを吐き出し、心を軽くしたような表情が真一には見てとれた。

洋平は親指と人差指で目頭を押さえると顔を上げ、「はい」と答え白い歯を見せた。


里美は真一の話を黙って聴いていた。洋平の表情を想像しながら「家族のために」と言った洋平の言葉が胸に突き刺さっていた。

「この話をすると、お前は次の日にでも洋平君に会いに行くと思ってね。そうすると却って洋平君が気を使う。少し時間を置いた方がいいと思って今日にしたんだ。どうだろう、そろそろ一歩を連れて洋平君に会いに行ったら。洋平君に希望を与えられるのは、里美と一歩しかいないと思うんだ」

真一の顔が霞《かす》んで見えた。

――洋平は、私と一歩が東京に避難したことを変に思っていなかった。一歩の加害者だなんて馬鹿みたい。お父さんとのことだって、考え方の違いはあっても、理解しようとしていたんだ。洋平、ごめんなさい。

「お父さん、ありがとう」

里美は、唇をぎゅっと結んで台所に向かった。流し台の縁を両手でつかみうなだれた。

真一がそっと近づき肩を叩いた。

「さて、一緒に一歩を迎えに行こうか。その前に顔を洗いなさい」

第三章

帰郷

洋平に会いたい。そう書いて里美は日記を閉じた。カーテンの隙間から外を眺めると、夜半から降り出した雨が街灯に浮かぶ樹々を濡らしていた。揺れる若い葉を眺めているといわきの家の柿の木が恋しく思えた。

――洋平に会いに帰ろう。

七月下旬の土曜日の午後、里美は一歩を連れていわき駅に降り立った。改札を出て右に曲がると、日焼けした顔をほころばせた洋平が待ち構えていた。

「パパだ」

里美より早く洋平を見つけた一歩は、腰を落として両手を広げている父をめがけて走った。洋平は一歩を両手で抱き上げると一回転して、そのまま肩に乗せた。一歩は、「もう一回」と父親にせがんだ。洋平はせがまれる度に一歩を肩からそっと通路に下ろし、それを三回ばかり繰り返した。

「元気か」

一歩を肩に乗せた洋平は、労《いたわ》るような眼差しを里美に向けた。曇りのない澄んだ瞳をしていた。

――真一に胸の内を打ち明けたことで、わずかではあっても心の負担が軽くなったのではないだろうか。もしかして洋平は、立場の違う義父に心を開いたことで、オリエが言っていた、他者を理解しようとする入り口に立ったのかもしれない。

里美は、「元気か」の一言で十分幸せであった。

「はい」

洋平は元気そうに見えた。それが里美の心を軽くさせた。

「暑くなったな」

「梅雨も明けたからね」

二人で会うのは、一歩が東京のI病院で二回目の受診をして以来だから五か月ぶりになる。どことなくぎこちない二人の会話だった。

しかし里美は、洋平の広い肩に跨がっている一歩を後ろから眺めていると、人生で最も幸せな時間の中にいるように思えた。長い間離れ離れになっていた父と子は会った瞬間に溶け合った。家族とはそういうものかもしれない。

真一に語った洋平の苦しみを訊くことは止めよう、洋平が話してくれるまで待てばいいのだ。メールや電話など来なくてもいい。わたしはこれまでのような受け身ではなく、積極的に洋平を見守っていこう。父の肩の上ではしゃいでいる子の歓びを誰も妨げることは出来ないのだ。

里美は洋平の横に並んだ。

里美の声は弾んでいた。

「そこの食料品売り場で買い物をしたいの。今日はステーキにする。私が作るの。それにお母さんが育てた野菜のサラダ。チラシ寿司に茶碗蒸しもいいかな。それから」

「そんなに食べきれないよ。なあ、一歩」

「ボク、食べられるよ」

「そうか、一歩は食べられるか」

洋平は真夏の空に目を遣り、眩《まぶ》し気に笑った。

家に着くと、早苗が玄関から飛び出して、「お帰りなさい」と迎えた。一歩は、照れて里美の後ろに隠れたが、遅れて出てきた真一に手を握られると素直に付いて行った。

車を柿の木の下に停めた洋平が、「ご無沙汰しています」と、早苗に挨拶をして、三人一緒に家の中に入った。洋平は真一に、「先日はありがとうございました」と礼を言い、奥座敷の仏壇の前に座った。

仏壇には夏海の小さな遺影と小さな骨壺《こつつぼ》が置かれていた。洋平は、線香を立て、鈴を打ち、合掌した。

「ごめんなさいね。納骨はもう少し待ってほしいの」

里美は、洋平にそう言い、隣で瞑目した。

里美は早苗と台所に立ち、真一が風呂を洗った。風呂が沸くと洋平と一歩が最初に入ることになった。一歩の笑い声が風呂場から谺《こだま》のように響く度に、里美は早苗と顔を見合わせ微笑んだ。

「洋平さん、少し落ち着いたみたいね」

「わたし、洋平君に求めてばかりいたような気がする。淋しかったし、周りの人たちへの信頼も持てなかった。でも、洋平君の方が何倍も辛い思いをしてたんだって、お父さんの話を訊いて初めて分かった」

「責任感の強い人だから、何もかも背負って、一人で苦しんでいたのね。多分、栄太郎さんや杏子さんにも話せなかったんじゃないかしら」

風呂場のドアの開く音がして、一歩が裸のまま飛び出してきた。体から湯気が立ち上っていた。里美は、早苗が用意していた真新しい浴衣に着替えさせた。

夕食は中座敷で摂ることになった。座卓にご馳走を並べて、それぞれが席に着いた時だった、台所で里美のスマホが鳴った。里美は、「先に始めていて」と言い、席を立った。

電話は友人の横田百合子からだった。帰省していることを伝えると彼女は喜び、真一と洋平に話があるので明日の日曜日、訪ねたいと言った。

次の日の朝、石橋を渡る車の音で里美が外に出ると、オリエが百合子を助手席に乗せて入って来ていた。百合子と一緒の、突然のオリエの訪問に里美の胸が騒いだ。そういえば、昨夜の百合子は元気がなく、声もいつもの張りがなかった。

「ゆうべ、百合子から電話をもらって、今朝早く東京から車を飛ばして来ちゃった」

いつになくオリエは硬い表情をしており、百合子の髪はやや乱れ、目は充血していた。

里美が二人を中座敷に案内すると、百合子は断りもなく奥座敷の襖を開け、仏壇の前に膝を着き、夏海の小さな遺影に手を合わせた。百合子の奇異な行動に、里美はオリエの顔を窺ったが、オリエは、今は何も言えないという目をして首を振り、百合子の隣に座った。仕方なく里美は二人の後ろに控えた。合掌を終え、夏海の遺影をじっと見つめている百合子は、しばらくして両手を畳に突き、肩を震わせた。泣いているようだった。

オリエが百合子の肩を抱きかかえるようにして立たせ、中座敷まで連れ戻り、縁側の硝子戸を背に座らせると、反対側の台所へ通じる襖が開き、洋平と真一が入ってきた。いつもと違う百合子の様子に洋平は訝《いぶか》しがり、真一は心配そうに百合子を見つめた。

「すみません、夏海ちゃんの顔が見たくて。写真を見たら悲しくなって。だって、もうすぐ直太朗は四歳になるんだけど、夏海ちゃんが亡くなったのは四歳でしょ。可哀相《かわいそう》で」

百合子はバッグからハンカチを出し、両手で瞼を押さえた。

里美には、百合子の言った意味が分からなかった。四歳で亡くなった夏海と、今年四歳になる直太朗とどういう関係があるのだ。部屋に入るなり、いきなり夏海の前に座ったことも理解しがたかった。

里美と洋平、真一は八人用の座卓を挟んで、オリエと百合子に向き合った。

「百合子、どうしたの？　何があったの」

百合子はハンカチを瞼に当て俯《うつむ》いたままでいた。

「私が代わりに話すわ」

オリエが百合子に代わった。

「順番に話すわね。実は、今年五月に受診した二巡目の県民健康調査の結果が六月下旬郵送されてきて、直太朗ちゃんC判定だったの。百合子は軽い腺腫様甲状腺腫だったんだけど、心配ないって」

「えっ」

里美は、全身に鳥肌が立つのを覚えた。

原発事故が起こった年の三月末、サーベイメータを使った飯舘村役場での検診で直太朗には異常がなかった。また、翌年の二月、福島県立医科大学で一巡目の「子どもを対象とした甲状腺検査」を受けた時もA2の診断で心配はないとされた。ところが、わずか一年三か月の間にC判定の診断が下されたというのだ。

一歩は一巡目の検査では異常がなかった。が、一年四か月後の昨年の七月、東京のI病院で再検査をするとA2と診断されたのだが、今は落ち着いていた。

A2からBを飛び越え、直ちに二次検査を要するCの診断を聞いた時の百合子の心中を察すると、里美は百合子にかける言葉が見つからなかった。

「二次検査は申し込んだのか？」

洋平が他人ごとではないといった口調で訊いた。

「七月の初め、受診したらしいの」

オリエが答えた。百合子はゆうべ、泣きながら電話でオリエにこれまでの経過を話していたのだった。

「超音波検査や、血液・尿検査、細胞診と詳しく検査をしたらしいの」

百合子はハンカチを膝の上に置き、バッグからティッシュを取り出して鼻をかんだ。そして、オリエに目を遣り、「これから先は私が話すわ」と言った。

「一昨日《おととい》、二次検査の結果が医大から福島の家に届いて、直太朗が甲状腺がんだって分かったの」

百合子のかすれた声は語尾が聞き取りにくく、泣き明かしたのではないかと思われた。

緊迫した雰囲気の中、襖の開く音がして、早苗が麦茶を持って入ってきた。里美がそれを受け取った。

「一歩を連れて畑に行ってくるね」

早苗は一歩が話の邪魔にならないよう気を使ってくれたのだ。

麦茶を半分ほど飲んだ百合子は、もう一度鼻をかみ、ほとんど鼻声で続けた。

「六月下旬、医大からC判定の検査結果が届いてから、家の中がおかしくなったの。次の日、夫の恭一郎が二次検査の手続きをしてくれたんだけど、その日から彼の機嫌が悪くなって、何かにつけて、お前のせいだと責めるんです。お義父さんやお義母さんも、必要なこと以外は殆ど口をきかなくて、冷たく当たるようになって……」

百合子はまた赤く腫れた鼻をかんだ。

「一昨日、直太朗が小児甲状腺がんだと分かると、恭一郎は人が変わったように、お前は母親失格だと酷《ひど》いことを言ったの。その時の目が、なんて言ったらいいか、私を蔑《さげす》むような目をしていて……。C判定の結果が届いた六月の終わり頃からずっと針の筵《むしろ》に座っているような日が続いていて、私はいたたまれなくなって、昨日、直太朗を連れていわきの実家に帰ったの。恭一郎は私が出て行くのを止めようともしないで黙って見ていた。止めなかったのよ、私が出て行くのを。私、恭一郎が信じられない」

　里美が、そっと百合子の傍に座り、

「直太朗ちゃん、どうするつもり？」

と、尋ねた。

　百合子は、

「勿論、手術するわ。ここで」

と、当然でしょと言わんばかりに、里美に目を剥《む》いた。が、「ごめん」と小さな声で里美に謝った。

「昨日の夜、お義母《かあ》さんから電話があって、勝手に出て行ったんだから好きにしなさいって。恭一郎さんも同じ気持ちだって言われたの。どうしていいか分からなくなって、オリエに電話をしたの」

　百合子は、残った麦茶を飲みほし、ほっと溜息をついた。

　百合子が真一に会いたかったのは、直太朗の手術をいわきの病院で受けさせようと考えていて、実績のある病院を紹介してもらうためだった。百合子の父は、茨城県の車の部品を作る工場で働いているため、そうしたことに明るくなかった。

　真一は、うーむと声を漏らし、腕を組んだ。病院に心当たりはあるだろうが、本当にそれでいいのかと懸念しているような顔をしていた。

　里美が代わりに答えた。

「百合子、手術する病院だったら、一歩とわたしが掛《かか》っている東京の病院だってあるし、他にもあるわ。でもね百合子、そんな大事なこと恭一郎さんと相談しないで勝手に決めていいの？　向こうのお義母さんだって、孫ががんになったと知って一時的に取り乱しただけかもしれないし。恭一郎さんだってきっとそうよ」

「違うわ里美。お義母さん、勝手に出て行ったんだから好きにしなさいって言っているのよ。恭一郎さんも同じ気持ちだって。恭一郎、黙って見てたのよ」

　百合子が赤い目を里美に向けた。

「一時的なんかじゃない。Cの結果が出て一か月も経っているのよ。昨日の恭一郎、私と直太朗が家を出る時、もうお前には子どもを生んでもらうつもりはないって、はっきり言ったわ。直太朗の前でよ。病そんなこと、一時的な気持ちで言えるわけないじゃないの。お義父さんもお義母さんも襖の陰から覗いてた。誰も止めてくれなかったのよ。もう帰るつもりもないし話し合う気もないわ。もういいのよ」

百合子は憮然《ぶぜん》として言い放った。気が小さくて優しい分、その裏返しとして、怒ると見境なく大胆な行動に出ることはこれまでにもあった。子どもは生まなくてもいいと、女性として傷つけられた百合子の自尊心も分からなくはない。恭一郎との話し合いをいくら勧めても、今の百合子の耳には届かないような気がした。

「直太朗君が甲状腺がんになった原因に、何か心当たりはありませんか？」

真一が百合子に訊いた。

「といっても、その原因を特定するのは難しいことですが、しかしがんになった原因を探るのは重要です。二年前の健康管理調査の会議では、〈甲状腺の異常が見つかっても、福島第一原発事故による被曝の影響ばかりとはいえない〉という結論が先にあったと聞いています。その考え方は今でも生きているようです」

百合子は何か閃《ひらめ》いたように顔を上げた。

「C判定の結果が届いてから、ずっとそのことばかり考えていました。可能性があるとしたら、事故が起こった後の三月十五日前後のような気がします」

百合子はそう言うと洋平を見た。意表を衝かれたような驚きの表情を洋平は浮かべた。

三月十五日といえば夏海の葬儀を行った日なのだが、直太朗が甲状腺がんになったことと何か関係があるのだろうか。

「後で聞かされたのですが、三月十五日は、もの凄い量の放射性物質が風に乗って、浪江町から飯舘村方面に流れてきた日です。十四日に村の一部で電気や水道が復旧したので、避難されてきた人たちのために、村女《そんじょ》消防隊や婦人会で炊き出しをしました。私も七か月の直太朗を背負って手伝いました」

真一は、「ちょっと失礼します」と席を外し、厚く膨らんだシステム手帳を手にして戻ってきた。夏海の三回忌に見せた手帳とは違うものだった。

「横田さん、あの混乱の中で、避難者の方々によく尽くされましたね」

真一が百合子に労いの言葉をかけた。

「今、横田さんが言われたことはとても大切なことです。三月十五日は重要な意味を持つ日だったのです。ここにメモがあります」

真一はシステム手帳を開いた。

「三月十五日の飯舘村の『いちばん館』のモニタリングポストでは、午後六時二十分頃、毎時四四・七マイクロシーベルトを記録しました。十九日には採取した原乳から放射性ヨウ素一キログラムあたり五二〇〇ベクレル、翌日の二十日には、簡易水道の水から放射性ヨウ素が九六五ベクレル検出されています。横田さんが言った通り、三月十五日前後の飯舘村には大量の放射性物質が降り注いだことになります」

真一は手帳を閉じると嘆息した。

洋平は下を向いたまま、身じろぎもしないでいた。

放射線や放射能を計る代表的な単位にシーベルトとベクレルがある。シーベルトは放射線を受けた時の人体への影響を表わし、また、ベクレルは放射性物質が一秒間に出す放射線の数を表わす。焚火にたとえると、体の熱さ、温まり具合がシーベルト、炎の強さがベクレルということになる。

また、食品衛生法の規定に基づいた放射性ヨウ素131の摂取制限に関する暫定規制値は、飲料水や牛乳などは三〇〇ベクレルとされ、乳幼児に関しては、一〇〇ベクレルを超えるものは使用しないよう指導されている。つまり、一〇〇ベクレルを超える水を与えたり、粉ミルクなどに使用してはいけないのである。

国際放射線防護委員会（ICRP）は、自然放射線やレントゲンなどの医療による被曝を除いた平常時の一般住民の線量限度、つまり安全基準値とされる数値を年一ミリシーベルトとしている。

年一ミリシーベルトは、毎時〇・二三マイクロシーベルトと計算されている。これは一日八時間を屋外、十六時間を木造家屋にいると仮定した場合の一時間当たりの空間線量を指している。一マイクロシーベルトは、一ミリシーベルトの一〇〇〇分の一の単位である。

里美は、真一が言ったシーベルトやベクレルなどの単位と人体への影響についてはすでに理解していた。一歩がＡ２の診断をされて以来、放射能と小児甲状腺がんの関係について勉強を重ねていたのだった。

「さっき、若林さんが言われた原乳や水道水の数字は、後になって知りました。でも、その時は分かりませんでした。その後、自衛隊から水の供給があり、また、役場の職員がペットボトルを全戸配布しました」

百合子は当時のことを思い出しながら言葉をつないだ。

「ただ、たくさんの方が逃げてきているのに何もしないのはいけないような気がして。私は婦人会の一員だからこんな時こそ手伝わないと、横田の家の恥にもなると思って出かけました。それなのに、夫も、舅《しゅうと》や姑《しゅうとめ》も分かってくれませんでした。舅や姑は、地震で家の中が片付いていないのに外に手伝いに行くなんてとんでもない、と反対しました。でも私は、その時は、炊き出しに出たことを後悔していませんでした。避難者の方に心から感謝されました。だから私は、友だちである洋平君に一つだけ聞きたいことがあるの」

百合子は思いつめた目を洋平に向けた。

その視線を受け止めるように洋平は、百合子を見つめ直した。

「洋平君はメルトダウンをいつ知ったの」

メルトダウン（炉心溶融）とは、原子炉が冷却されず、燃料棒が自らの発する高熱で融《と》け出すことをいう。冷却できなくなった原子炉が破損し、漏れ出した水素ガスが爆発して多量の放射性物質を飛散させた。

洋平の表情が次第に険しくなっていった。

「洋平君は現場にいたんだから、東邦電力に八年もいるんだから、メルトダウンがいつ起こったのか、いいえ、いつ起こるかもしれないと知ったのか、それを知りたいの。だって、三月十五日にオフサイトセンターから政府のなんとかいう組織が撤退したんでしょ」

「原子力災害現地対策本部のこと？」

「そんな名前だった。撤退するということは、危険な状態だったからでしょ。情報が早く分かる偉い人が真っ先に逃げて、何も知らされていない私たちは、雪に震えながら避難して来た人の食事を作ったり、一生懸命世話をしたのよ。皆、必死に頑張ったのよ。その結果、直太朗ががんになってしまった。そんなことってある？　私、納得できない」

「違うんだ、百合子。オフサイトセンターは一Ｆから五キロしか離れていなくて、放射線量が高く、停電もあって、いろんな物が壊れて、仕事にならないから福島県庁に移ったんだ」

テーブルを挟んで、百合子と洋平は対座していた。

「放射線量が高いのは、メルトダウンしてそのあげく、建屋が爆発したからでしょう。なぜ、教えてくれなかったの。教えてくれていれば直太朗はがんにならなかったかもしれないのに」

黙って聴いていたオリエが百合子の肩を抱いた。

「百合子、その日は夏海ちゃんの葬式の日よ。メルトダウンとか災害本部が逃げたとか、そんなこと洋平君が知っているわけないじゃない」

「分かってる、分かってるのよ。でも、どうしようもないのオリエ、私どうしたらいいのよ。どうしていいのか分からない」

百合子は膝に顔を埋め、ハンカチを握りしめた手で畳を叩いた。

しばらくの間、百合子の嗚咽が中座敷を支配した。落ち着きを取り戻すかに見えたが、直太朗の話になると百合子は取り乱した。百合子が体を震わせて泣く姿に、言葉をかけられる者はいなかった。

たまりかねたように洋平が口を開いた。

「百合子、すまない」

「僕も人の親だから百合子の気持ちはよく分かるよ。十二日に一号機が爆発して、十三日には政府が、〈メルトダウンは十分可能性があるということで、その想定のもとで対応している〉、と言ったことは電話で聞いていた。だから、メルトダウンの可能性は知っていた。十四日、三号機が爆発し、十五日の早朝、二号機から放射性物質が大量に飛散し、四号機の建屋も爆発した。その日の午前九時頃、一

Ｆの正門付近では、一万一九三〇マイクロシーベルトを計測した。昼前には、政府が二〇から三〇キロ圏の住民に屋内退避を出し、夕方には、浪江町が全町民に避難を指示した。夏海の葬儀中とはいえ、東電の社員としてそういった情報を集めて、親戚や友人には知らせるべきだった。だから百合子、すまないと思ってる」

洋平は百合子に頭を下げた。

「洋平君、ちょっと待って」

洋平の謝罪にオリエは不満を抱いたようだった。

「いくら東邦電力の社員だからって、自分の娘の葬式の日にそこまでする人っている？　夏海ちゃんを静かに送ってあげることに全神経を使ってよかったのよ。それに、里美から聞いたけど、事故後、洋平君は不眠不休で働いたんでしょ。過剰に責任を感じるのっておかしくない？　そんなのおかしいわよ」

洋平に自らの考えをぶつけたオリエは、今度は百合子の手を取った。

「百合子、洋平君を責めてはいけないわ。今、洋平君が言ったことは、国とか東電の上層部がやることよ。スピーディだってそうよ。上層部が情報をきちっと流していれば、状況は違ったものになっていたと思うわ。そういう意味では、国と東電、福島県の責任は大きいと思う。洋平君が責任を感じなくていいと言っているのではないの。百合子が今言ったことは、国や東電、福島県に向けて言うことだと思うの」

オリエは百合子にそう訴えると、再び洋平に顔を向けた。

「いくら東邦電力の社員だからって、何でもかんでも責任を感じて自分を卑下することはないと思うわ。洋平君には洋平君の責任の取り方があるはずよ。それは里美や一歩君を守ることなのよ。私はそう思うわ」

オリエは興奮気味に心情を洋平にぶつけた。洋平の責任の取り方は里美や一歩を守ることだと言った。里美はそんな風に考えたことはなかっただけにオリエの気持ちが嬉しかった。

真一が手帳を捲《めく》った。

「篠原さんがスピーディのことを話しました。スピーディの予測データが素早く官邸トップに上がり、避難指示の意思決定に影響を与えていれば避けられた被曝もかなりあったと思います。地震直後の伝送システムの故障や、三月十五日、オフサイトセンターから現地災害対策本部が予測データなどを持ち出せなかったことで混乱を招きましたが、しかし、放射性物質の飛散情報や各地のモニタリングポストの空間線量、風向きや強さなど、国と東電、県が一体となって情報交換し対策を立てていれば、少なくとも放射性物質が大量に飛散した方面への避難は、避けられたように私には思えます」

真一は静かに語った。

洋平は腕組みをしたまま黙って聴いており、異論を唱えなかった。

スピーディは、正式には緊急時迅速放射能影響予測ネットワークシステムといい、原子力施設で事故等が起こった場合の緊急時に、放射性物質の拡散状況を的確に把握し、国や地方公共団体の防災対策に寄与することを目的としているものだと、真一は簡単に説明した。

スピーディは、三月十二日に飯館方面、十五日は北西部に放射性物質が飛散すると計算していたが、この情報が避難指示に用いられることはなかった。

里美は、首相官邸前の反原発の集会で『NO MORE HIROSHIMA』のゼッケンを付けた女性を思い出した。信念に満ちた目と、控えめでありながらも凛として構えている姿は忘れられるものではなかった。あの時、女性は〈母は広島で被爆し、私を生んで二年後に亡くなった〉と語った。母の無念と、生んでくれたことへの感謝を背負って生きているのだという女性の生き方に、里美は衝撃を受けた。母親の早苗よりも年上のあの女性は、生涯をかけて自分の母の死の真実を知ろうとしているのだと思えた。人生に責任を持つというのは、あの人のように信念に基づいて生きることなのだ。

そんな想いに突き動かされた里美は、洋平の内心を量りながらもある一つの提案を口にした。

「皆さんの話を聴いていて思ったんだけど……。百合子は、百合子の今の気持ちを、裁判で訴えたらどうかしら。百合子と同じ境遇の人はたくさんいるはずだし、その人たちのためにも、百合子自身のためにも」

唐突と感じながらも里美は、ふっと湧き出た想いを洋平にぶつけた。百合子をはじめ皆に聴いてほしいことではあったが、里美は洋平の目を見つめながら話していた。

――夏海を津波で失い、原発事故で一歩が甲状腺がんになるかもしれないという不安を心の隅に抱えながら、廃炉作業に希望を見出そうと苦しんでいる洋平だからこそ、百合子が今抱えている懊悩《おうのう》を受け容れられるのではないだろうか。たとえ、裁判で洋平の耳障りなことを百合子が発言することになったとしても、今の洋平なら分かってくれるはずだ。

洋平はちらっと里美を見て、おもむろに語りはじめた。

「俺は、百合子が原告団に入り裁判で訴えることに反対はしないよ。今まで俺は、東電の社員の立場から事故や被害者のことを見てきた。気が付いたら三年半近く経っていた。今は、オリエが言う様に、父親として、夫として、一人の人間として、この事故を検証しなければならないと考えている」

真一が洋平から百合子に視線を移した。

「横田さん、原告団に入りませんか。仲間がたくさんいますよ。一緒に頑張りませんか」

意見陳述

十一月、百合子がいわき市の裁判所で意見陳述をする日がやってきた。風はなく、空は青く澄み渡っていた。陽だまりでは猫が丸くなり、欠伸《あくび》でもしていそうな陽気である。

百合子とオリエは、昨夜から里美の実家に泊まっていた。百合子から、原告団の弁護士の一人である吉川一郎の協力を得て作成した意見陳述の練習をしたいと求められ、里美とオリエは喜んでそれに応じたのだった。オリエは有休をとって駆けつけた。

裁判所の証言台で陳述することはそうあることではない。裁判官の前に立ち、原告及び被告の代理人弁護士に挟まれ、顔見知りの少ない傍聴者の視線を浴び、真実のみを語る独特な緊張感の中で、自らの主張を余すことなく簡潔に述べるには事前に練習をしたほうがいいと吉川弁護士から教わっていたのだ。吉川弁護士の前で何度か練習をしたのだが、遠慮もあって言葉の抑揚、間の取り方など、百合子が納得できる段階には至っていなかった。舞台で朗読するのではないのだからそれほど神経質にならなくても良いのではないか、と言っても百合子は、直太朗の話をしているうちに感情が昂り余計なことを口走らないとも限らないので、それを避けるために里美やオリエの前で練習をしたい、と引き下がらなかったのである。

里美は早苗の車に百合子とオリエを乗せ、裁判所に近い原告団の集会所になっているいわき八幡宮本殿の駐車場に車を停めた。車から降りた里美は、本殿の奥に聳える楠を見上げ、目を細めた。

「なによ、にやにやして、気持ち悪い」

すかさずオリエが突っ込みを入れてきた。

「そうよ、緊張感が足りないんじゃない?」

訳も分からず百合子がオリエに乗った。

高校三年の冬、この楠の下で里美は洋平からプロポーズされたのだが、二人には話していなかった。

里美は、楠の蛸《たこ》の足のような太い根に想いを残しながら、マイクロバスに乗り込んだ。

いつもはこの集会所で江藤勝也原告団長や原告団事務局長の菅山、それに弁護士らによって、百数十人ほどの原告を前に現状報告があり、当日の裁判の目的、今後の対策などについて話があるのだが、今日は、いわき市内の新川東緑地公園で十二時から決起集会が組まれており、一度ここ、いわき八幡宮本殿に集まってマイクロバスで移動することになっていた。

公園に着くと、団長の江藤勝也がマイクを片手にスピーチをしていた。里美とオリエ、そして百合子は、江藤を取り巻いている一番外側の人の輪の端に加わった。江藤の顔は人垣の隙間からちらちらとしか見えなかったが、声はよく聞こえていた。

小柄で頭髪を五分刈りにした若い男が近づいてきた。

「よく眠れましたか」

男は百合子に声をかけ、里美とオリエに会釈した。

「はい、昨日は、友達の家に泊まりました」

「そうですってね。若林さんからお聞きしています」

百合子は、二人を若い男に紹介した。男は吉川一郎といって、百合子の意見陳述を指導した弁護士だった。吉川弁護士は、里美のことはすでに知っているようだった。

江藤のスピーチが佳境に入っていた。

「原発被害の問題は、賠償のみでは解決できません。私たちの子孫、未来の子どもたちに、豊かな自然のいわきを残すこと、傷ついた地域の回復に必要な措置を求め続けなければなりません。三・一一以前に市民が享受していた生活の質を、回復させなければなりません。元の生活を取り戻さなければならないのです」

「そうだ」、「その通り」と言った声援が起こり、里美たちも惜しみなく拍手を送った。

里美が江藤勝也に会うのは二度目だった。七月下旬、直太朗の小児甲状腺がんが発覚して取り乱した百合子に、意見陳述をするよう進言したのは里美だった。里美は果たしてそれで良かったのだろうかと、帰京してからも気を揉んでいたのだが、盆休みにいわきに帰省した折真一に胸中を打ち明けた。真一は里美の判断に間違いはなかったと言った。が、確信が持てないのであれば、原告団の目的や政策などを江藤から直接聞いてみたらどうかと紹介されたのだった。里美は、江藤に機会があれば会いたいと思っていた。〈朗読会をいわきでも出来ないか〉と、真一に打診してくれたことを快く思っていたからであった。盆休みということもあって、真一は里美を連れて江藤の自宅を訪ねた。

江藤は妻の栞《しおり》とともに里美を歓待した。裁判を起こした理由として、事故は人災であり、国と東電に謝罪と責任を求めるのは当然としながらも、第一に「生命の尊さ」を挙げ、次に、「人間の尊厳の回復」を説いた。それは、高校の教師をしていた江藤の人生哲学であると、里美は思ったのだった。

「それでは次に、日本共産党の県議会議員、松永三郎さんが駆けつけて下さいましたので連帯のご挨拶をお願いいたします」

そう言うと江藤は、柔らかい物腰でマイクを松永議員に渡した。

「ご紹介いただきました県議会議員の松永です」

ややふっくらした松永はマイクを両手に持ち、原発政策に関する福島県の現状を語った。その後、南相馬訴訟の原告団長の支援要請があり、最後に集会の司会を務めている「福島原発事故いわき訴訟」原告団の事務局長の菅山から、今日の行動予定の概要が話された。

「それでは最後の最後に、今日、意見陳述をされる横田百合子さんをご紹介いたします」

菅山は、公共の場であることを考慮したのか、百合子の個人的な情報は省き、簡潔に紹介した。

突然紹介された百合子は面食らったようだが、覚悟は十分出来ているらしく、人垣の僅かな隙間に「すみません」と声をかけながら歩み出て、菅山からマイクを受け取った。

「横田百合子と言います。一児の母親です。母親の立場から意見陳述いたします。どうぞよろしくお願いいたします」

百合子は一度度胸が据わると、後は堂々と対応することが出来る性格なのである。

励ましの拍手の中、百合子は人の輪を割って里美とオリエの元に戻った。

「堂にいったものね」

オリエが冷やかした。

「昨日、練習したせいよ。なんかこう、腹が据《す》わったっていうか、もう心配なんかしていない」

百合子は落ち着いていた。

「今からデモに入ります。レンガ通りから左折して、突き当たりのコンビニの前で解散です。一時三十分から傍聴の抽選がありますので、一時二十分には裁判所に集合して下さい」

菅山の号令で、百五十人を超す原告団のパレードが始まった。先導車を先頭に、『元の生活をかえせ・福島原発事故いわき訴訟原告団・弁護団』と書かれた横断幕が車道や反対側の歩道の人たちが見えるように、四列縦隊の右端の列に沿って広げられた。十人位の警察官がパレードを挟むようにして誘導していた。

「国と東邦電力は、原発事故の責任を取っていません。そこで私たちは裁判を起こしました」

パレードの先導車の中から、裁判を起こした理由などが、柔らかい口調の女性の声で市民に訴えられた。そして、シュプレヒコールが発せられた。

「国と東電は原発事故の責任を取れ」

「原発再稼働反対」

「第二原発を廃炉にしよう」

「子どもたちの健康を守れ」

決起集会は、通常いわき八幡宮本殿の集会所で開かれることが多いのだが、その日の目的によっては、いわき駅2F広場や新川東緑地公園などが利用された。

「里美、どうしたの。なんだか元気ない」

隣で歩いているオリエが声をかけてきた。

「ううん、何でもないの」

里美はごまかすように苦笑した。

「さっきまでと、なんか違う」

オリエの左から百合子が顔を覗かせた。

「ごめん、ちょっと考え事をしてたの。なんでもないから気にしないで」

何でもなくはなかった。里美にとってシュプレヒコールは二度目なのだが、首相官邸前の時は参加者とともに安倍首相や東邦電力幹部に対して迷うことなく抗議の声を上げることができた。だが、今回は引っかかるものがあるのだ。コールする度に洋平の顔がちらつくのだった。

隊列の先頭には江藤が「いわき訴訟　裁判勝利」と書いたゼッケンを胸と背中に付け、右腕で横断幕を脇に挟んで歩いている。真一は江藤より四人後ろを歩き、さらにその五人後ろを里美たちが行進していた。シュプレヒコールのスローガンは、被災者の切なる叫びでありその内容に異論はなかった。しかし、高校時代、洋平と一緒に歩いたこの道を、今は洋平の勤めている会社を糾弾しながらパレードしている現実に、里美は戸惑っていたのである。

里美がこのパレードに加わっているのは、百合子の意見陳述を応援する為だけではなかった。原発事故による一人の被災者として、一歩の生命や未来を守るためでもある。里美の心情と主張を洋平は理解しているはずで、百合子を励ますようにも言ってくれた。しかし、このレンガ通りは二人がよくデートをした思い出の場所でもあり、里美の心は複雑に揺れていた。

「コールが言い難《にく》いんでしょ。洋平君に逆らっているみたいで」

オリエが耳元でさらりと言った。

オリエの言う通りだった。オリエには里美の心の内が手に取るように分かるらしい。

「無理してコールしなくてもいいと思うな」

「……」

里美は前を向いたまま黙っていた。

視線の落ち着き先がない里美は、何気なく反対側の歩道に目を遣《や》った。すると、手を振っている若い女性が見えた。胸には赤ん坊を抱いている。しばらく眺めていると目が合った。するとその女性は、里美に一段と手を振り挙げて声援を送った。「がんばって」と言ったように見えた。反射的に里美も手を振って応えた。女性は里美にお辞儀をして返した。里美は手を振りながら軽く会釈をして前を向いた。

里美は不思議とその女性が気になった。考えすぎかもしれないが、偶然通りかかったついでに声援を送ってくれたようには見えなかったのだ。そしてもう一つ心に引っかかったことがあった。

――わたしは、純粋にあの女性《ひと》の声援を受け止めたのだろうか。あの女性の声援に手を振って応えた時、わたしの心はわたしの行為に伴っていたのだろうか。連帯の意思をその場の雰囲気に呑まれて、ただ、形だけのものにしてはいなかっただろうか。純真に声援を送ってくれる人の期待を裏切りたくない。

再び歩道を見返すと、女性は里美を見つめたまままだ手を振っていた。

里美は三日前、洋平から届いたメールを思い出した。そのメールは百合子を気遣うもので、里美はその件《くだり》を覚えるほどに何度も読み返していた。

〈七月下旬、里美の実家で食事をした時、首相官邸前抗議行動にオリエと一緒に参加したと聞いて、正直驚いた。でも、里美が原発の是非を知ろうとする気持ちの反映だから俺は尊重しようと思った。だから次の日、百合子が原告団に入り、公の場で訴えることに反対はしなかったんだ。仕事があるので裁判の傍聴には行けないけど、百合子には思っていることを心置きなく述べてほしいと思う。百合子を励ましてやってほしい。今の俺は、百合子や被害者の本当の姿を見届けなければならないんだ〉

洋平からのメールは、里美が首相官邸前の反原発集会に参加したことへの理解と百合子の意見陳述への賛意が記されていた。が、それればかりではなく、原発事故で苦しんでいる被災者の本当の姿を見届けたいとまで書いていた。

洋平の偽らざる気持ちであろう。しかし、どこか無理をしているようにも思えた。

洋平は生真面目な性格である。ある面、頑固といってもいい。思い込んだら納得しない限り服さないところがあった。

――何が洋平をそんな想いにさせたのだろうか。

里美には、思い当たる節がないわけではなかった。洋平が仕事に意欲を失ったのは、尊敬していた武田所長が原発事故から二年四か月後に食道がんで亡くなったあたりからであった。次の日一歩は東京の病院でA2と診断された。そして直太朗が小児甲状腺がんを発症した。百合子の慟哭《どうこく》も少なからず影響していると思われた。夫婦の別居や家族の離散を目の当たりにしてきた洋平が、更に原発事故がもたらした悲劇の実相を直視しようとしている。そのことは今後の洋平の生き方に波紋を投げかけるに違いない。しかし、それらから目を背けて生きることは出来ないと洋平が考えたのであれば、被害者の本当の姿を見届けたいと言った真意も里美には納得できるような気がしていた。

夏海が亡くなって三年八か月が過ぎていた。いつだったか、月初めの金曜日に洋平が上京した日の夜のことだった。夏海の遺影と遺骨の前で洋平はショルダーバッグからタブレットを取り出し、口の周りに生クリームを付けて笑っている夏海の写真をじっと見つめていたことがあった。夏海が四歳の誕生日の時の写真だった。洋平は「夏海のことは一日も忘れたことはない。時とともに夏海の存在が俺の中で大きくなっているように思う。人間の命って、掛け替えのないものだとつくづく思うよ」と言ったのだ。

　東邦電力の社員として過剰に責任を感じた時もあったが、今は人間が生きることの本質をつかもうと喘《あえ》いでいるように思えるのだった。

　そう考えると、里美は歩くことが憚《はばか》られた。このまま皆と一緒に国と東邦電力を糾弾する声を挙げながら歩いていいのだろうか。原発に生涯を掛けようとした洋平が、立場の違う人たちの理念や思想を理解しようと苦悶しているのなら、洋平を応援すべきではないか。

　――でも、そうかもしれないけど、洋平はきっと分かってくれるはずだ。〈百合子を励ましてやってほしい〉とも書いていた。今の洋平なら、わたしが皆と一緒に歩いている姿を見ても落胆なんかしない。むしろ、頑張れと背中を押してくれるに違いない。きっとそうだ。そうに決まってる。

　里美は今日、プロポーズされた楠の下を十年ぶりに見て、また、二人でデートしたレンガ通りを歩いたことで若干神経質になっていたのかもしれなかった。

　里美は惑う心を吹き払うように、高い空に向かって両手を広げ、大きく息を吸い込んだ。

　――わたしは、赤ちゃんを抱いて声援を送ってくれたあの女性の期待に応えたい。あの女性は、私を原告団の一員として見ていたに違いないのだから。

「オリエ、百合子、わたしのことは心配しないで」

　里美は二人に笑顔で答えると、

「オリエ、百合子、ちょっと恥ずかしいけど、思いっきり声を出さない？　だって私たち、原発事故で苦しんでいる人たちを代表して歩いているのよ、ちゃんと声を出さないと、声援してくれる人たちに申しわけないわ。ねっ、そうでしょ」

と、逆に二人を煽《あお》った。

　狐につままれたような顔をした二人だったが、

「そうだね」と、オリエが賛成した。

「百合子、もっと大きな声、出しなさいよ」

と、今度はオリエが百合子をけしかけた。

　百合子も負けてはいなかった。

「歌とコールは違うのよ。私、節がついていないと駄目なの。それより、オリエこそ、こういうのって得意でしょ」

シュプレヒコールが発せられる度に、三人は声を合わせて、澄んだ秋の空に向かって声を上げた。

コンビニの前でパレードは解散となり、里美たちは地下道を潜り裁判所に続く道路に出た。この坂道を登りきったところに裁判所がある。

信号のない交差点の角に、ワゴン車が停まっていて、その前に菅山が立っていた。

「足の悪い方、坂を上るのがきつい方、この車にお乗り下さい」

原告団が用意した車だった。

里美とオリエ、百合子は菅山に目礼をして坂を登っていった。

原発の被害者は健康な人たちばかりではない。弱い立場の人の意見を汲み取り、反映させ、一緒に闘おうとしている原告団の姿勢が里美は嬉しかった。

坂の中腹辺りで、里美の口から歌声がこぼれた。

「青い空は　青いままで　子どもらに　伝えたい」

先を歩いていたオリエと百合子が振り返った。そして二人は顔を見合わせ、もう一度、同時に里美を見た。

オリエは微笑みながら里美の横に来ると一緒に「青い空は」の歌を口ずさんだ。

「青い空は」という歌は、一九七一年の第十七回原水爆禁止世界大会で発表され、平和と愛、友情、命の輝きを歌っている。里美が中学生の頃、母親の早苗がよく口ずさんでいていつの間にか覚えた歌だった。

百合子は、「二人とも、緊張感が足りない」と怒ってみせたが、直太朗の様子を聞くと言ってスマホを耳に当てた。

二か月前の九月、直太朗は小児甲状腺がんの手術を、真一が紹介したいわきの病院で受けていた。

直太朗の甲状腺右葉《うよう》には、大豆ほどの結節性病変が、甲状腺内部には豊富な血液信号が認められ、「悪性の可能性が否定できません。ほぼ間違いなく癌《がん》ですから手術をした方が良いと思います」と医師に言われ、百合子と恭一郎は承諾したのだった。

百合子は福島の家を出てから、恭一郎と電話で連絡を取ってはいるものの夫の元に帰ろうとはしなかった。手術に立ち会った恭一郎は、術後、四歳になったばかりの直太朗の喉にできた一文字の傷と、左肩の付け根付近に血液を出すチューブが埋め込まれている姿を見て絶句した。百合子ばかりを責めていた愚かさに気づいたのだ。彼女に謝り、戻って来るよう懇願したらしいのだが、百合子は頑としてきかなかったという。

こうと決めたら動じないのが百合子の性格なので、里美たちはしばらく様子を見るしかなかった。十数日間の入院だったが手術は成功し、今は、百合子の母親が直太朗の世話を焼いていた。

「直太朗君、元気だって?」

里美が訊いた。

「うん、元気にしてるって。でも、なんだか疲れやすくなったみたい」

「そう……」

「これから私は、直太朗と一緒に闘っていくの。肉体的にも、精神的にも強くならなければいけないの」

百合子は深呼吸をすると唇を噛み、空を見上げた。気持ちはすでに法廷に飛んでいるようだった。

里美とオリエは、壁際の傍聴席の最前列に四席ある記者席の後ろに並んで座った。

「それでは開廷いたします」

裁判が始まった。

記者専用の二席は空席となっていて、裁判長やその両隣の陪席裁判官の目の動きまでよく見えた。

法廷の中は、証言台を真ん中にして左が原告席、右が被告席となっていて、双方ともに、最前列に細長い机が二脚ずつ縦に並べられ、それぞれの机に二人の代理人弁護士が座っていた。被告側の裁判官寄りの机には一〇センチはあるだろうか、分厚いファイルが三冊背表紙を手前にして立てられ、傍聴席に最も近い四人目の、前髪を垂らした若い代理人の前にはノートパソコンが開かれていた。その後ろに椅子が二列に並べられ、原告席と被告席、それぞれ総勢二十人ほどの関係者が座っていた。

「最初に、原告側の意見陳述から始めます。どうぞ」

裁判長は意外にも小声であった。五十代半ばであろうか、丸顔で頭髪は薄く柔和な顔立ちをしており、それぞれの代理人に丁寧な対応をしていた。

百合子は、原告側の机の傍聴席寄りに座っている吉川弁護士の横で、用意されたパイプ椅子に腰を浅く掛けていた。吉川弁護士が百合子に目で合図を送ると、彼女は中央の証言台に向かった。

「横田百合子です。私には四歳になった息子がいます。直太朗と言います。二か月前、直太朗の喉に、メスが入りました。小児甲状腺がんの手術をしたのです」

記者席を除いた傍聴の四十席は全て埋まっており、三分の二は女性であった。同情と憐憫《れんびん》の混ざったような溜息が廷内に洩れ、傍聴席の全ての視線が百合子の背中に注がれていた。

「私は、高校を卒業すると福島市にある銀行に就職しました。二十四歳の時、同じ銀行の上司と結婚し、夫の実家である飯舘で暮らすようになりました。一年後、直太朗が生まれ、美しい自然の中、大地の幸に恵まれ幸せな日々を送っていました」

裁判長をはじめ、廷内にいるほとんどの人は百合子のことを知らない。意見陳述の場合、まず、本人の身上をよく理解してもらうことが大切だ。百合子自身の紹介が足りなくても多すぎてもいけない。

百合子は吉川弁護士に陳述する内容を見てもらい、里美たちの前で声を出して練習したせいか、陳述は傍聴席の原告や支援者の心理にも訴えた滑り出しとなった。

「それが、東邦電力福島第一原子力発電所の事故を境に、環境が一変致しました。私の家族は、崩壊に向かって転がっていったのです」

大袈裟な言い方ではあったが、百合子が言うとそれらしく聞こえた。

百合子は裁判長に直言した。これから話すことを真剣に聞いて下さい、全身でそう訴えているように里美には感じられた。

百合子は、三月十四日、震災で破損した家の片付けも終わらないまま、直太朗を背負って避難者のボランティアに出かけたことや、「希望の泉館」でおにぎりと味噌汁を作り小学校に届けたこと、また、翌日の十五日の夕方には寒さに震えながら雪の降る中で、同じようにボランティア活動をし、十六日には吹雪の中で雪掻きをしたことなどを話した。

廷内には、百合子の切々とした声だけが響いていた。

裁判長は表情を変えることなく、穏やかな眼差しで百合子の陳述に耳を傾けていた。被告席では、奥の机に座っている代理人二人が平然と百合子を見つめ、三番目に座っている代理人は机上の書面に目を落とし、四番目の前髪の代理人はノートパソコンを眺めていた。

原告側の椅子席の一列目の最も手前に真一が座っており、その奥隣りに江藤の姿があった。真一は百合子を原告に誘い、意見陳述をするよう説得した責任を感じているのか、娘を案じるような顔をしてじっと彼女を見つめていた。江藤は膝上の意見陳述書の文面を追いながら、時々、百合子に目を凝らした。

「国の方に申し上げます」

百合子は、意見陳述書を片手に持ったまま、体を九十度、被告席に向けた。

声量のある百合子の声に、手前に座っている二人の代理人が同時に顔を上げた。突然名指しされたことに驚いたようであった。一番手前の代理人は前髪を手ぐしで掬った。だがそれも一瞬の出来事で、すぐに元の気だるそうな態度に戻っていた。しかし、意見陳述者の発言に耳を塞《ふさ》ぐわけにもいかないので、二人の代理人は神妙な顔を作り、姿勢を正した。

大柄な百合子が機敏に体の向きを変え、傍聴席側の代理人を一目し、「国の方に申し上げます」ときっぱりとした口調で言ったので、二人の代理人は虚を衝かれたような表情を浮かべ百合子を注視した。

奥の二人が東邦電力の代理人で、傍聴席側の二人が国の代理人であることは里美にも分かっていた。

開廷してから被告席の代理人の事務的な態度に嫌悪を抱いていた里美は、心の中で百合子に拍手を送った。

「私が、一番納得できないのは、事故後の放射性物質の飛散の情報を教えて下さらなかったことです」

そう言って百合子は、再び陳述書を読み始めた。

「地震発生直後にデータ伝送システムが故障したため、スピーディの本来の機能が活用できなかったとされていることは存じています。しかし、後になって分かったことですが、スピーディは、三月十二日に飯館方面、十五日は北西部の広い範囲に放射性物質が飛散することを計算していたはずです」

一番手前に座っている前髪の代理人がノートパソコンからデータを拾い、百合子の発言内容を確認しているようだった。彼の奥に座っている代理人は百合子を一瞥した後、再び手元の書類に目を落とした。

「しかし、原子力安全・保安院、文部科学省、原子力安全委員会もスピーディの予測を避難に役立てようとする発想はなかったと、福島原発事故独立検証委員会の『調査・検証報告書』には記載されています」

百合子は、スピーディの情報が公表されなかったのは、地震による関係機器の故障だけが原因ではなく、国の機関と官邸との意思の疎通が不十分で、しかも積極的に避難者を救おうとする姿勢が弱かったからではないかと追及した。

しかし二人の国の代理人は、百合子の詰問に対して反応することはなかった。

百合子は五月下旬、直太朗が二巡目の県民健康調査でC判定の通知を受けて以来、原発事故後のプルームの動きや放射性物質の飛散状況、ふくしま健康調査検討委員会が公表する、十八歳以下の甲状腺がんやその疑いがあると診断された人数などには神経をとがらせていた。血肉を分けた子ががんになるかもしれないという恐怖におびえ、ともに生きることは残酷である。それは里美も同様だった。夏海を突然亡くした里美には、百合子の直太朗に対する想いが痛いほど分かっていた。

「東邦電力の方に申し上げます」

そう言いながら百合子は、裁判官寄りの東電の代理人弁護士をそれぞれに目視した。

「東邦電力が試算した放射性物質の飛散状況ですが、二〇一一年の五月二十四日の報道によりますと、事故の翌日から三月末までに外部に放出されたヨウ素131やセシウム137などの放射性物質の量は、九十京《けい》ベクレルとあります。一万の一万倍が一億、一億の一万倍が一兆、一兆の一万倍が一京だそうで、ゼロが十六個も並ぶそうです。三週間で、九十京ベクレルも飛翔したのです。三月十四日から十六日までの三日間、私が避難者の方の支援活動をしていた頃ですが、浪江町や飯舘村に大量の放射性物質が飛散したことは疑いようがありません。事故後、大量の放射性物質が爆発した建屋から飛散しているのを知っておきながら、なぜ、教えてくれなかったのですか」

百合子は、東電の代理人弁護士に体を向けたまま、陳述書のページを捲《めく》った。

「国は福島県にスピーディのデータを送ったと言い、福島県は国からの情報は無かったと言いました。食い違いが生じています。福島県が原子力安全・保安院からファックスで受信したのは三月十三日と聞いています。本当のところはどうなのでしょうか」

前髪の国の代理人がパソコンのキーを叩き、食いいるように画面を睨んでいた。

「避難指示は出しても逃げ道は示していただけませんでした。住民はどこに逃げていいかも分からず、ただ西へ西へと逃げたのです。入院患者やお年寄り、寝たきりの人たちがたくさん犠牲になりました。自分たちの責任を転嫁するように色々な理由を付けて、情報を発信しなかった国と県の罪は大きいと思います。誠意を持って当たっていると言われるのであれば、国は、国民を放射能被曝から全力で救おうとしなかった怠慢をお認めになるべきだと思います」

百合子は正面を向き、裁判長に黙礼した。

「裁判長、息子の直太朗はかなりの甲状腺を切除いたしました。四歳の息子は、生涯、がんがいつ再発するかもしれない恐怖に脅えながら、甲状腺ホルモン剤を長い間飲み続けなければならないのです」

百合子は手に持っていたハンカチで目尻を僅かに押さえ、軽く深呼吸をしてから裁判長を見つめ直した。

「青空の下で思いっきり両手を広げて深呼吸をす

る、そんな当たり前のことにも躊躇《ちゅうちょ》するのです。どこに行っても息を詰めて生活しなければなりません。多感な男の子にそんな生活を強いるのです」

里美は、百合子の背中をじっと見つめていた。見つめていると夏海の顔が浮かび、徐々に滲んで見えた。

——百合子、立派よ。

里美は心の中で呟いた。

「ふくしま健康調査検討委員会の鈴原教授は、一般的に小児甲状腺がんは百万人に一人か二人程度発症する珍しい病気だとおっしゃいました」

里美も真一から聞いていた。

「今年の三月で一巡目の甲状腺検査が終了し、約三十八万人の子どもたちが受診したとされています。その中で、百十人ががんやその疑いがありと判定され、八十六人ががんと確定されました。百万人に一人か二人しか発症しないと言われている小児甲状腺がんが、三十八万人の中で八十六人も発症したのです。でも、私にとって重要なことは確率の問題ではありません。百万人に一人であろうが、一千万人に一人であろうが、その一人に、一人息子の直太朗がなったという事実が問題なのです。納得できないことはまだあります。八十六人の小児甲状腺がん患者が確定された一つの理由として、『過剰診断』による多発だと唱える専門家がいることです。そうかもしれません。でも、八十六人のうち何人が『過剰診断』だったのでしょうか」

「過剰診断」とは、将来、命を脅かすことのないがんを診断で見つけることをいう。がんの中にはゆっくり成長するもの、そのままの状態にとどまるもの、やがて消えるものがあるといわれている。つまり、そのままにしておいても大丈夫ながんまで発見したことによって、がん患者が大幅に増えたというのだ。

「結果には原因があります。私は直太朗に、生まれつき、小児甲状腺がんになるなんらかの要因があったとは思えません。放射性物質が大量に降り注いだ三月十四日から十六日の間に、初期被曝をしたと考えるのが妥当だと思います。でも、今となっては証明することはできません、放射性ヨウ素の半減期は八日間と短いからです。証明できないから初期被曝ではないとすり替えるのは、卑怯なやり方です」

半減期とは、放射性物質の数が半減する時間をいう。

母親として逞《たくま》しい百合子の後ろ姿であった。そこにいるのは、臆病な反面、激すると感情に流されやすい百合子ではなく、我が子のために切実な想いを全力で訴える一人の母親であった。

――百合子、あなたの訴えは、私の訴えでもあるわ。頑張って。

百合子は、陳述書を両手に持ち替え、背筋を伸ばして続きを読み始めた。

「直太朗の初期被曝と小児甲状腺がんの関係を証明することはできません。でも、三月十五日、『希望の泉館』の近くの『いちばん館』のモニタリングポストでは、午後六時二十分頃、四四・七マイクロシーベルトを記録していました。十九日には採取した原乳から放射性ヨウ素、一キログラムあたり五二〇〇ベクレル、翌日の二十日には、簡易水道の水から放射性ヨウ素が九六五ベクレル検出されました。その日のうちに、『いちばん館』をはじめ、『希望の泉館』など村に開設したすべての避難所が閉鎖されました」

真一からも教わった当時の飯舘村の汚染状況を述べた百合子は、原告側の傍聴席寄りに座る真一を振り向いて見た。百合子の視線を、真一はしっかりと受け止めていた。

「二十一日になって職員がペットボトルを配布してくれる日まで、直太朗には水道の水で食事を作り、牛乳を飲ませていました」

百合子は裁判長を見て訴えた。そして、再び陳述書に目を戻した。

「三月二十三日、文部科学省が、飯舘村の土壌から、放射性ヨウ素一キロ当たり一一七万ベクレル、セシウム一キロ当たり一六万三〇〇〇ベクレルを検出したと発表しました。原子力安全委員会からスピーディによる試算が公表されたのも三月二十三日のことでした」

静かに意見陳述書を閉じた百合子は、裁判長に向かって顔を上げた。

「最後に裁判長に申し上げます。子どもたちの命は、日本の未来の希望です。直太朗は私にとって全てです。確率とかがんになった因果関係の証明とか、そんなことではなく、司法の力で被曝した子どもたち全員に温かい手を差し伸べて下さい。子どもたちが安心して学び遊べる環境を作って下さい。それが、小児甲状腺がんになった子どもの母親の切なる願いです」

百合子は、深々と裁判長に頭を下げた。

光と影

百合子が意見陳述をしてから一か月が過ぎ、里美と一歩が暮らす東京の町にもクリスマスソングが流れていた。街路樹などが電飾され、二〇一四年もあと十日ばかりで暮れようとしていた。綺麗だけれども、こんなにチカチカされたのでは木だって休む暇がない、ちょっと可哀相だな、と思いながら里美は、一歩の手を引いて保育園からの坂道を下っていた。

百合子の意見陳述は、一歩も小児甲状腺がんになるかもしれないと怯えながら暮らしている里美に少なからず勇気を与えていた。幸いにして、一歩の甲状腺から嚢胞や結節がわずかながら減少傾向にあることは救いではあったが、場合によっては、百合子に代わって自分が証言台に立っていたかもしれなかったと思うと、決して他人事ではなかった。それにしても、百合子は逞しく見えた。

「寒くない？」

一歩は、里美を見上げると手を解き、緩やかな坂を下って行った。

「危ないから、ゆっくりね」

まるでダッフルコートがちょこちょこと坂を下っているようで、一歩は振り向くこともなく駆けて行った。

里美は以前から働くことを考えていた。必死に裁判長に訴える百合子の背中は母親としての力強さに溢れ、直太朗とともに生きようとする気概が漲《みなぎ》っていた。母が子の惨状を訴え、闘う姿は美しい。前を向き、自身が働いている姿を一歩に見せることが大切ではないかと、百合子の背中を見ていて改めて自身に問うたのである。そのことを洋平に電話で話すと、彼は、「親父の背中でなくて母親の背中か、それもいいかもしれないな」と、賛成してくれた。が、声はなぜか沈んでいた。

短大の卒業時、里美は保育士の資格を取っていた。昨日、中野区役所の本庁舎に行って、保育園の臨時職員採用候補者登録申込書に必要な事項を記入し提出した。欠員が出た時のパートの仕事ではあったが、午前十時から午後四時位の勤務時間であれば、一歩を育てながら仕事をすることは可能であった。それに、対話を通じて、心の痛みを感じている人に寄り添い、精神的な支援に当たる精神対話士の資格も取ろうと準備していた。

里美は、団地自治会と避難者との懇談会にも積極的に参加し、避難者の苦しみに耳を傾け、力になりたいと考えていたのだった。

一歩が団地に通じる短い橋の袂で里美を待っていた。

里美が手を差し出すと、一歩は近づいて来て母の手を握った。

――一歩、ママと一緒に頑張ろうね。パパも、都合をつけて月に一度は来てくれるようになったし、頑張ろうね。

里美が一歩の手を強く握ると、一歩はまた里美の手を放し駆けだして行った。

一歩を寝かせると里美は、文机に座り、昨日着いた洋平からのメールを読み返した。〈話があるみたいなので、一月の二日か三日、広野の家に行こう〉という箇所が気になっていたのだった。洋平に電話でそのことを訊ねると、父親の栄太郎が里美に聴きたいことがあるというのだが、詳しいことは分からないと言う。栄太郎と杏子に会ったのは、夏海の三回忌の時だからもう二年近くも前になる。里美は、無沙汰していることを気にしながらも、大きくなった一歩を見て二人が喜ぶ姿を想像した。

洋平の提案で、広野の家には年明けの三日に行くことにして、二日は里美の実家で、オリエと百合子を呼んでささやかな新年会を持つことになった。初めて洋平が四人の新年会を企画したのだが、理由を尋ねると、「いや別に」と、取り合わない。何か魂胆があるように思えたが、それ以上のことは聞かなかった。オリエたちに会うのも百合子の意見陳述以来だ。あの時は周りにたくさんの人がいて慌ただしく別れたので、ゆっくり話が出来るのは楽しみでもあった。

年が明けた二日、洋平がオリエと百合子を家まで迎えに行った。帰りは早苗が送ってくれるという。

直太朗は実家に預け、百合子は一人で来た。

中座敷に料理が運ばれ、司会は当然のように洋平が受け持った。

「それでは年頭のご挨拶と、乾杯の音頭をお義父さんに執っていただきます」

真一は、四人の新年会に声をかけてくれたことの礼を言い、原発事故の現状や原告団の今後の予定などを簡単に報告し、みんなで乾杯の唱和をした。

一歩は早苗の膝の上で正月料理に忙しく箸を動かしていた。

早苗以外は酒を注ぎ合い、百合子の意見陳述のことやそれぞれの近況などがこもごも語られ、会は盛り上がりを見せていた。洋平が大袈裟《おおげさ》に咳払いをした。

「皆さん、聴いて下さい。百合子が重大な発表をします」

洋平の声で皆が一斉に百合子を見た。

里美の向かい側にはテーブルを挟んで洋平、百合子、オリエの順に座っていた。

真一の前に座っている百合子が膝を正した。

「去年の七月、直太朗のことで皆さんには本当にご心配をおかけいたしました。すみませんでした」

まず百合子は世話になった礼を述べ、喉に痛みが残っているものの快方に向かっている直太朗の術後の経過や、意見陳述をしてよかったこと、それに自身の腺腫葉甲状腺腫も心配ないと医師から言われたことなどを上気しながら話した。

話し終えた百合子は盃に口をつけ、大きく吐息をついた。すると彼女の白い頬にうっすらと朱が射した。百合子は額に滲んだ汗をハンカチで押さえると、もう一度呼吸を整えた。

洋平は盃を片手にどこか楽しんでいるようだった。

やっぱり何か企《たくら》んでいる。

「どうしたの百合子、具合でも悪いの？」

心配した里美に、百合子は首を振った。そして、

「実は私、恭一郎の元に帰ることにしました」

と、はずかしそうに言うと更に顔を赤くした。

洋平は盃を嘗めると含み笑いを浮かべていたが、他の者は声を呑み、互いに顔を見合わせた。が、一呼吸おいて、それぞれが百合子に祝福の言葉を述べた。

全く百合子には驚かされる。

百合子は恐縮して体を固くしていたが、

「洋平君のおかげなんです」

と、洋平を見てそう言った。二度と帰らないと見栄を切っていただけにどこかばつが悪そうだった。

「意見陳述をした後、洋平君から電話をもらって会ったの。陳述した内容を話すと、洋平君は直太朗のことを心配してくれたの。そして、夏海ちゃん、一歩君、里美への想いを話してくれて、家族は一緒に生活しなきゃ駄目だ、離婚なんかしてはいけないと言ってくれたの。洋平君がしみじみと話す言葉の裏側には、里美と一歩君、夏海ちゃんへの愛情が溢れていたわ。私、洋平君の話を聞いているうちに泣いてしまって。その時、恭一郎ともう一度話し合ってみようと思ったの。あの時、洋平君が話してくれなかったら、私、恭一郎とやり直すことなんか、なかったと思う」

真一は腕を組んで百合子の話を聴き、早苗は瞳を潤ませ一歩を抱いていた。オリエはじっと百合子を見つめ、洋平は神妙な顔つきで下を向いていた。

——なぜ、洋平は百合子と会ったことをわたしに教えてくれなかったのだろう。洋平の話に百合子は泣いたと言ったが、どんな話をしたのだろうか。でも、洋平は悩みながらも、一歩とわたしのことを心配してくれていたんだ。

里美はそっと洋平を見つめた。

「洋平君がね、夫婦は力を合わせて直太朗を守れって言ってくれたその夜、偶然にも、恭一郎から電話があったの。いわきの支店に転勤願いを出したと言い、それに、私の実家の近くでマンションを借りるつもりだとも言ってくれたの。恭一郎の話を聴く気

になったのも、洋平君のおかげなの」

そう言って百合子は、はじらうような笑みを浮かべた。

一歩が早苗の膝の上でパチパチと手を叩いた。百合子の話の内容が分かるはずはないのだが、笑顔と涙目で語る百合子を見て何かを感じ、思わず手が動いたようだった。

皆も拍手を百合子に送った。

「新年早々、いい話を聴かせてもらいました。百合子さん、良かったですね」

百合子にそう言うと、真一は洋平に発言を求めた。洋平は真一に小さく頷いた。

「百合子の陳述の内容が気になっていたので、去年の十一月の末に会いました。だいたいは里美の手紙で知っていたんだけど、東電の社員の一人として、小児甲状腺がんになった子どもの母親の気持ちや直太朗との日々の生活のことなどを知っておきたかったんだ」

——洋平は、また〈東電の社員として〉という言葉を使った。おそらくそれは、加害者としてという意味が含まれているように思う。洋平には、東電の労働者でいる以上そのことがいつまでもついて回るのだろうか。同じ団地の三階に住む上原は、〈ご主人だって、国と東電の犠牲者ではありませんか〉と言ってくれた。いつになったら洋平は、東邦電力の社員という呪縛から逃れられるのだろうか。

「七月の下旬、百合子は僕がメルトダウンを知ったのはいつかと聞いた。教えてくれれば直太朗はがんにならなかったかもしれないとも言った」

「洋平君ごめん。あの時は興奮していて、つい……」

百合子は洋平に軽く頭を下げた。

「いいんだ百合子、そのことは気にしていない。気になっていたのは、百合子の家族のことなんだ。原発事故が原因で壊れていく家族を見るのは耐えられなかった。だから俺に出来ることをしたかった。結果的に百合子が家族と暮らすことになって俺は嬉しい。そのことを百合子の口から皆に話してほしかったんだ」

「ありがとう、洋平君」

――洋平が家《うち》で新年会を開きたいと言った目的はこれだったんだ。

百合子に対する洋平の思いやりを感じて、里美は温かい気持ちに包まれた。

――洋平は、私と一歩の三人で暮らすことを望んでいる。それができないことにじっと耐えているんだ。手術を受けた直太朗には、いつも傍にいて励ましてくれる父親が必要なのだ。洋平は父親と離れて暮らす一歩の寂しさを直太朗に重ねたのかもしれない。せめて直太朗には家族と一緒に暮らしてほしいと。

里美は精神対話士になりたい動機を顧みた。自らの生き方の反映として望んだことだが、もしかすると洋平の役に立ちたいという想いが心の隅に潜んでいたのかもしれない。

「わたしもお話があります」

里美は意を決して立ち上がった。洋平が自らの真意を明かした以上、里美も負けてはいられなかった。

皆が里美に視線を注ぎ、洋平は目を見張った。

「わたし、東京で働くことにしました」

それぞれが驚きの声をあげた。

「保育園の臨時職員だけど、いつか本採用になったらいいと思っている。それに、精神対話士にもなるつもりなの」

精神対話士とは、疎外感や孤独感など心に痛みを感じている人に寄り添い、生きる希望が持てるように精神的な支援に当たる人のことをいう。養成講座を受け面接試験に合格すれば資格が得られる。

「夏海が突然津波で亡くなり、わたしは生きる希望が持てず、自分を責めることしかできなかった。そんな時、本当にわたしを救ってくれたのは家族でした。オリエや百合子だったの。だから、苦しんでいる人に寄り添って、少しでも力になりたいの」

次の日、里美は一歩とともに洋平の車で広野の家に向かった。

「お義父さんの聞きたいことって何かしら。何だか気になってきた」

後部座席から里美は、ルームミラーに映る洋平に訊ねた。

「いや、本当に知らないんだ。直接里美に訊く、の一点張りなんだ」

「何となく嫌な予感がする」

「考えすぎだよ。一歩に会いたい口実じゃないかな」

「わたしもそう思ったけど、家が近づいて来ると何だか不安になってきた」

洋平は取り越し苦労だと笑った。

洋平の実家は、常磐自動車道の広野インターチェンジから国道六号線を右折して四、五分走った所にあり、東邦電力広野火力発電所の聳え立つ煙突が目の前に見えた。この家は、洋平が高校を卒業して東邦電力に入社した直後、栄太郎が購入したもので、いわきから引っ越して十二年が経とうとしていた。

洋平の後に続いて清水家の玄関を入ると、義母の杏子が出迎えた。里美と一歩は奥座敷に通された。栄太郎は一歩に満面の笑顔を向け、「よく来た、よく来た」と手招きをした。一歩が栄太郎の傍に近寄ると、祖父は孫の頭を撫《な》で、「はい」、と徳利の横に置いていた白い小さな封筒を渡した。お年玉であった。一歩は「どうもありがとう」とちょこんと頭を下げ、栄太郎の傍に座らされた。里美は、畳に両手を突いて栄太郎と杏子に新年の挨拶をした。

欅の一枚板の座卓には、杏子自慢の正月料理が並び、中央には舟に盛られた鯛《たい》の姿造りがあった。一合徳利が一本横になっており、それほど強くない栄太郎は顔を赤くし、すでに出来上がっている様子だった。

杏子が一歩の横に着くと、栄太郎が乾杯の音頭をとった。里美は帰りの運転があるため、一歩とともにジュースにした。

栄太郎はこまめに一歩の世話を焼き、時折り、機嫌よく豪快に笑い声を立てた。

里美と一歩の東京での生活ぶりや近況を聞いた栄太郎は、水を一口飲むと、改まって里美を見つめた。

「どうだろう里美さん、一歩が小学校に上がる年に儂《わし》は定年を迎える。一歩を広野小学校に通わせては。出来ればそうしてもらいたいんだが」

里美は耳を疑った。一歩を広野小学校に通わせることなど考えたこともなかった。

栄太郎はあと三年で六十五歳になる。確かに、一歩が小学校に上がる年に定年を迎える。

返事のできない里美は、横にいる洋平を見た。

洋平は栄太郎を睨むように見つめていた。

「三年もあれば、一歩の甲状腺がんの心配もなくなるはずだ。広野も原発事故があった年の四月に避難準備区域に指定されたが、九月には解除になった。次の年の三月三十一日には、町長発令の避難指示も解かれた。八月には小学校や幼稚園、保育所までが再開され、給食だって出るようになった。それだけ放射能は少なかったということだ。三年後には全く心配しなくてもよくなっているはずだ」

「ちょっと待ってよ。里美と一歩にこの家に入れと言ってるの」

怖い顔をして、洋平が口を挟んだ。

「出来ればそうしてほしいと思っている。母さんとも話したんだが、そうするのが一番いいと思うんだ」

里美はわずかに体を引いた。洋平から言われるのであればともかく、義父から突然突きつけられた要望に動揺した。一歩が恐がって体を小さくしていた。里美は一歩に「おいで」と声をかけ、控えめに両手を広げた。

「洋平、里美さん、広野はこれから変わるよ。今年の四月には、『ふたば未来学園高校』が開校する。広野は、『教育復興ビジョン』に則《のっと》って、国際的な町に生まれ変わろうとしている。一歩の将来を考えたら、小学校からこの町に住んだほうがいいと思うんだ」

「止めてくれよ。一歩の将来は、俺と里美の問題なんだ。親父やお袋にレールなんか敷いてほしくない。それに、そんな話、初耳だ。いきなりそんなことを言われて、返事なんか出来るわけないじゃない。里美だって困ってるじゃないか」

洋平は憮然として、酒を喉に流し込んだ。

「洋平、落ち着いて考えてちょうだい。里美さんも聞いて下さいね」

杏子が座り直した。

「孫の面倒が見たいの。事故が起きて、強制避難させられた里美さんたちは、本当ならこの家に来るべきだったのよ。でも、広野も避難指示が出され、私たちも避難しました。里美さんたちがいわきの実家に避難したのは仕方なかったかもしれないけど」

杏子は、里美の膝に座っている一歩を見て微笑んだ。

「里美さんは清水家の大切な嫁です。一歩は清水家の跡取りです。だから、出来れば一緒に暮らしたい。洋平もここに住んでいるし。すぐにというわけではないけど、三年の間に考えてほしいの」

――考えたこともなかった。しかしそう言われれば一歩は確かに清水家の跡取りに違いない。それに、私は洋平の妻であり、姓も清水を名乗っている。でも、それはそうだけど……。

「親父やお袋の老後に、一歩を巻き込まないでよ。親父とお袋の老後は俺が考える。一歩は東京の保育園にやっと慣れたところで、それに、里美は東京の保育園で働くことになっているんだ。勝手なことを言わないでよ」

「働く？　里美が東京で……」

栄太郎の目の色が変わった。


「洋平の言ったことは、本当ですか」

栄太郎の鋭い視線が里美に向けられていた。

里美は栄太郎に小さく頷いた。

「そうすると、この家には入らないということですか？」

「いいえ。そういうことではありません。でも、今は」

そう答えるのが精いっぱいだった。

洋平は、里美が働きながら一歩を育てることの意味や、精神対話士となって避難者の力になることの意義を二人に説いて聞かせた。

「里美は俺のために、いや、東邦電力の社員のために、孤独や苦痛に耐えている避難者に寄り添おうとしているんだ。そうすることで、俺や親父の力になろうとしているんだ。分かってやってよ」

栄太郎は、杏子に茶を頼んだ。

杏子が淹れた茶を含むと、栄太郎は喉に痞《つか》えていたものを呑み込むように、ゴクリと音を立てた。そして、

「会社や近所への、対面が保てないんだ」

と、呟いた。

酒好きの杏子のグラスには、まだ半分以上のビールが残っていた。

「どういうこと?」

洋平が栄太郎に訊ねた。

「去年の十一月の、若林さんが原告に入った裁判だが、里美さん、傍聴に行ったそうだね」

里美の全身に緊張が走った。

隠しているつもりはなかった。しかし、敢えて報告しようとも思わなかった。義父の存在を軽んじているわけでもない。だが、義父から裁判の傍聴に行ったことを言われると、里美は何か悪いことをして責められているような気になって居心地を悪くしていた。

「十二月、本社に用事があってね、同期入社の山口に呼び止められた。あいつは部長に出世しているんだが、裁判所で、〈原告団の人と親しく話している里美さんを見かけた〉、って彼に言われてね。人違いだろうって返したら、〈結婚式の写真で確かめたから間違いない〉って、はっきり言われたよ。その上、里美さんの家族を調べたらしく、〈君の息子の嫁さんの家族はアカらしいけど、洋平君は大丈夫か〉って鎌《かま》をかけられた」

感情的になりやすい栄太郎だが、今日は珍しく落ち着いていた。話の合間に茶を啜り、冷静を保とうと努力しているようにも見えた。

それが却って里美を身構えさせていた。

——お義父さんは、わたしが原告団を支持していることを確かめたかったのかしら……。

「それだけじゃない。この先にある役場に行った時、一階のスーパーのレジに並んでいたら、後ろの方で、東電社員の嫁と子が親を残して、東京に避難した話をしていた。田舎だから、人の口に戸は立てられないんだ。一言ひとことが耳に突き刺さったよ」

「東電社員の嫁って、里美のこと?」

「いや、どこの誰ってことは言ってなかったけど、儂には同じことだ」

「しっかりしてよ。里美が東京に行っているのは一歩のためなんだ。専門の病院があって、線量を気にしなくても遊べる。それが一歩にとって一番大事なことなんだ。広野の線量は心配いらないって言ったけど、何を根拠にそんなことが言えるんだよ。国は避難指示解除の一年間の積算放射線量を二〇ミリシーベルトに設定したけど、俺は間違ってると思う。だってそうでしょ、A2と診断された一歩を、二〇ミリシーベルトの地域に住まわすなんてできないよ。空間線量と地表の線量では雲泥の差があるんだ。一歩は、砂場に座ったり芝生に寝転んだりして遊ぶ。ホットスポットがどこかなんてわかるはずもない。身長の低い子どもにとっては、地上一メートルで測定した線量なんか基準にはならない。俺は、解除の線引きは一ミリシーベルトにすべきだと思ってる」

洋平は父親としての真情を栄太郎に弁じた。

「親父、もしかして、一歩をここで育てたいというのは、世間体を気にしてのことなのか」

「洋平、お父さんになんてこと言うの」

「お袋から孫の面倒を見たいって聞いた時は嬉しかった。だけど、お袋も親父と同じなの？」

「洋平さん」

「里美は黙っていてくれないか」

洋平はいつになく興奮していた。

「洋平、お前変わったな。前はそんなことは言わなかった。いつからそんな身勝手な人間になってしまったんだ」

「身勝手？　俺が身勝手だっていうんですか」

「そうじゃあないか。大熊、双葉の第一、富岡、楢葉の第二、広野の火力、浜通りは東電によって栄えた。お前が高校で野球が出来たのも東電のおかげだ。東電に近いここに家を建てたのもお前のためだ。ひいては一歩のためでもある。事故があって計画は崩れたが、恩になった東電に弓を引くことだけはできない。それが人間というもんだ。それをお前たちは」

そこで栄太郎は口を閉じた。お前たちは恩になった東電に背いている、とまでは言えなかったのかもしれない。

里美は新たな難問に突きあたった。嫁という立場である。

洋平と里美は結婚後、富岡町のマンションに新居を構えた。いわきより一Fに近く、町民も「東電さんの奥さん」と気さくに声をかけてくれた。やがては洋平の家族と同居することになると漠然と思いながらも、原発事故で状況が一変した。一歩の健康を優先し、洋平の家族と同居する意識はどこかに消えていた。

「高校で野球に打ち込めたこと、東邦電力に入れたこと、里美との結婚を許してくれたこと、みんな親父に感謝している。でも、親父が俺にしてくれたように、今度は俺が一歩にしてやる番なんだ」

「当たり前だ。そうやって家は代々繋がっていく。家とはそういうもんだ。家は、ご近所がいて地域があって成り立つ。いいか洋平、町が寂れるということは、今まで培ってきた広野の歴史や文化までもが否定されることになるんだ。だから、国や県、自治体は当然それを容認しない。儂も、それを認めるわけにはいかん。町は絶対、無くしてはいけないんだ」

義父の口から、広野の歴史や文化という言葉が出たことに里美は驚いたが、しかしそれは栄太郎なりに洋平や一歩の行く末を考えてのことなのだろう。東邦電力が原子力発電所や火力発電所を立地した村や町は潤い、住人は仕事に恵まれ、近隣の村は発展した。事故さえなければ、里美も東電社員の妻として、原発の安全神話に疑問を持つこともなく、やがて、洋平のために買ったこの家で栄太郎や杏子と暮らすことになったかもしれない。そうなれば、地域に溶け込み、この地の歴史や文化に馴染んだことだろう。栄太郎はそうなることを夢見ていたのかもしれない。

――なぜ、東邦電力は大熊町と双葉町に原子力発電所を立地したのだろう。

「町から人が出て行ったのは事故のせいなんだ」

洋平の目に力がこもっていた。

「放射能から身を守るためには仕方がない。原子力発電という国策が地域に産業をもたらし、雇用を生み、村は繁栄したかもしれないけど、今は逆に、原発事故が人の命を奪い、家族を離散させ、歴史と文化のある故郷を取り上げ、人の住めない地域にしたんだ。俺は、東邦電力に就職できたことを誇りに思って生きてきた。親父が望むように、一歩にも東邦電力の社員になってほしいと考えたこともあった。でも、廃炉作業をするなかでその考え方に疑問を持つようになった。村の繁栄や経済の発展は、人の命や暮らしを守るためにあるはずなんだ。人の命を犠牲にしての経済の発展なんてあってはならないんだ」

洋平は思いの丈《たけ》をぶつけた。栄太郎はつとめて冷静を装い、洋平の話に耳を傾けているようだった。が、栄太郎は茶を啜ると、強張った顔で洋平を睨んだ。

「世話になった東邦電力に弓を引くというのなら仕方がない、この家を出て行ってもらう。この件はなかったことにしてくれ」

「お父さん」

杏子が栄太郎の腕をつかんだ。お前は黙っていなさい、とでもいうように、栄太郎は杏子の手を振り払った。

「いいですよ。俺もこの家にいるのが息苦しくなっていたんだ。でも親父、これだけは言っておく。俺は東邦電力に弓を引いたつもりはない。俺なりのやり方で責任をとっていくつもりだ。それが分かってくれるまで、俺はこの家には帰らない」

洋平は里美を促し静かに席を立った。

心を広野の家に残したまま里美はハンドルを握っていた。

――義父は、もうわたしを清水家の嫁として認めないかもしれない。

一緒に暮らしたいと言ってくれた義父の気持ちに応えられなかったことで、里美の心は沈んでいた。

里美の憂鬱はそれだけではなかった。栄太郎にとって洋平は自慢の息子である。洋平もまた父親の背中を見て育ち同じ会社に就職した。そんな父と子が対立し、息子が家を出ることになった、その原因を作ったのは自分だという気持ちに苛まれていたのだった。

二年前の夏海の三回忌のとき栄太郎は、原発事故の原因は想定外の津波のせいで起こった自然災害だと言った。その理屈を突き詰めると東邦電力も自然災害の被害者であることにたどり着く。事故から四年が経とうとしている今でもその考えに変わりはなさそうで、国策で導入された原子力発電所で働き、家族を養ってきた栄太郎は、事故が起きた現実を認識しながらも、町興しに躍起になっているように見えた。町や村が以前にも増して復興しなければ、国と東邦電力への批判は消えることはないし、社員としての栄太郎の自尊心も保てないと思っているのだろう。

栄太郎の父親の栄作は、双葉町で農業を営んでいたと聞いている。原発の誘致が持ち上がった一九六一年頃、五人の子どもを抱え生活苦に喘いでいた栄作は、東電と県の職員からの原発誘致話に飛びつき、土地を売り、その金でいわきに小さな家を建てた。貧農で中学しか出ていない栄作は、小学校二年生になっていた長男の栄太郎にはせめて高校だけは卒業させたいと、いわきに移住したと洋平から聞かされていた。

「ごめんなさい、こんなことになってしまって。私、どうしていいのか分からない。お義父さんに申し訳なくて。それに、洋平の住む所も」

里美は軽く唇を噛んだ。

洋平は、助手席で腕を組み、常磐自動車道の片側一車線の陸橋の下に広がる村の風景を眺めていた。

「気にしなくていいよ。なあ、一歩」

洋平は後ろを向き、一歩に声をかけた。

一歩は幼児番組のＤＶＤを夢中になって見ていた。

「時間が経ったら、何食わぬ顔で訪ねてみるよ。住む所は会社の寮にでも入るから心配ないよ」

洋平は意外とサバサバしていた。

「東電に対して親父は、揺らぐことのない一念を持っている。でも俺は、武田所長が亡くなってから、いや、夏海の三回忌の時、お義父さんや早田住職の言ったことを聞いた頃から原発とどう向き合ったらいいのか、迷っていたんだ。あの時は自分が否定されているようで反発したけどね。あれから二年、いろいろあったし悩み考えた」

「そう」

「安全神話は狡猾な策略だったし、安全で安いとされた電気も危険で高いことが証明された。俺の中の東邦電力に対する誇りと希望が粉々に壊れてしまった。辞めようかと悩んだ時もあったけど、そんな時、お義父さんが声をかけてくれた」

「いわきで飲んだ時？」

「ああ、あの時。お義父さんと話して気持ちが折れずにすんだ。原発のことも客観的に見つめ直そうと思った。そして、今日親父と話しているうちにあんなことを言ってしまった。親父に言いながら、今喋っていることが俺の本当の気持ちなんだと気が付いた。実は自分でも驚いているんだ。だから、気にしなくていいんだ」

洋平は、胸に痞《つか》えていたものを吐き出したような、すっきりとした表情をしていた。

「家にいるのが息苦しいって、どういうこと？」

「一歩が生まれた時、病院でプルサーマル発電の話をしたよね」

「はい」

「資源小国日本、地球温暖化、増え続ける核のゴミ、これらを考えていたら、核燃料サイクルシステムが今後の日本のエネルギー産業の柱になると思っていたんだ。核兵器の原料となるプルトニウムがどんどん溜まっているからね。しかし、絶対安全だと言われていた原発が事故を起こしてから、疑問を持つようになった。日米原子力協定だって、アメリカの気分次第で無理難題を押し付けられることだってあり得る。絶対的信頼関係なんてないんだ。それがあの時は分からなかった。たくさんの人が亡くなり、故郷を追われ、人生を奪われた。利益優先の政策が悲劇を生んだ」

「東京に避難した人も苦労をしてる」

「君と一歩にも苦労を掛けている」

「わたしと一歩は大丈夫よ」

「すまないと思ってる。俺はこれからどう生きていったらいいか、漠然とだけど見えてきたんだ」

里美は洋平を見つめた。

「運転してんだから前を向いて」

「はい」

「俺は原発で電気を作るのではなくて、地球と人間にやさしい電気作りに将来を掛けてみようと思う」

「地球と人間にやさしい電気?」

「ああ、再生可能エネルギー、自然エネルギーのことだ。太陽光、水力、風力、バイオ熱、地熱など、電気を産む再生可能エネルギーを利用するんだ」

「再生可能エネルギー」

「東邦電力でも、再生可能エネルギーの発電量の割合を増やしていっているんだ。特に、神奈川や山梨のメガソーラー発電の規模は大きい」

「そうなの? 知らなかった」

「二〇一二年頃から運転してる。だけど、新たな問題も抱えている。地元の人たちの理解を得て、環境を壊さないことが大前提なんだが……」

「……」

「原発と人類は共存できないって分かった。やがて原発は淘汰《とうた》される。いくら検査を厳しくしたって事故は必ず起こる。事故が起これば避難計画通りに逃げられるかどうか疑問なんだ。想定外は想定の外ではなく想定の内にあるんだ。国と会社の幹部は、事故が起これば想定外だと言って、逃げ道はちゃんと用意している。二手も三手も先を読んでね。俺が再生可能エネルギーの勉強をしていることを親父は知っていてね、その話になると急に不機嫌になった。俺も親父の前で自然エネルギーの話はしづらくなっていた」

「だったら最初からそう言ってくれればいいのに」

「勉強を始めたところだしね。秘密にするつもりじゃないけど、大っぴらにしたくはなかった」

「秘密はよくないと思うわ」

「そうだな。話は変わるけど、この三月でいわきの裁判所の裁判長が異動になるみたいだよ。本社の友人から聞いた。そうなれば、五月は更新弁論になるな」

「更新弁論?」

「新しい裁判長に今までの経過を説明するんだ」

「そうなの。一つ訊きたいことがあるの。百合子にわたしと一歩のこと、夫婦のこと、なんて話したの?」

里美は洋平の眸《ひとみ》の奥を覗くようにして聴いた。

「それは秘密だよ。前を向いて」

洋平はそう言って、空の彼方《かなた》を眺め、笑った。

真実の証明

「福島原発事故いわき訴訟原告団長の江藤勝也です。三船芳夫裁判官が新たに担当されることになりましたので、子ども二百五十六人を含む千五百七十四人の原告を代表して更新弁論を行います」

最初に団長の江藤勝也が証言台に立った。濃紺のスーツが白いYシャツと控え目な色のネクタイを引き立たせ、それでいて峻厳《しゅんげん》な気配が漂っていた。

里美とオリエ、百合子は壁際で、最前列の四人の記者席の後ろに座っていた。廷内との仕切りを挟んで被告席の正面であった。証言台は左斜《ひだりはす》にあり、江藤の右耳と眼鏡の一部が見えた。四十席ある傍聴席に空席はなかった。原告席と被告席は、ともに二十人ほどの代理人や関係者で埋まり、それぞれが机や膝にある書面を眺めていた。真一は原告席の二列目に座っていた。

里美は、栄太郎と同期入社で本社に勤務する山口という部長を探したが、本社の部長が被告席に座ることは稀有《けう》なことで、それらしい人物を特定することは出来なかった。もしかすると、山口部長が里美を見かけたのは法廷内ではなかったのかもしれなかった。

今日の更新弁論では、新たに着任した裁判長に訴訟の目的やこれまでの経過、現時点における到達点などを認知してもらう必要があり、以上の弁論は江藤が受け持ち、原発事故における「責任論」と「損害論」については原告団の弁護士が担当することになっていた。

「まず、私たち福島原発事故いわき訴訟の原告団は裁判を通じて、次の五つの政策の実現をめざしています」

江藤は、瞬間、陳述書を見たようだったがすぐに顔を上げ、裁判長を正視した。内容は記憶しているようであった。

五項目の政策とは、一、特に子どもの健康を維持するための政策を確立すること。二、特に子どもが発病した場合には原因論争に終始せず、安心して治療が受けられるようにすること。三、放射線量を三・一一以前に戻すよう東電と政府の責任で推進すること。四、県内十基の原発はすべて廃炉にすること。五、いわれなき偏見による差別を出さないように放射能についての学校教育・社会教育を推進すること、であった。

これら五つの政策は、原告団の闘いを展開していく上での旗印とも言えた。子ども被災者支援法が形骸化されている現在、百合子が原告団に入る決め手になった指針であった。

続いて江藤は、訴訟の目的を要約して述べた。

「私たちが東電と政府に対して満腔《まんこう》の怒りを持って提訴に踏み切った第一の理由は、今回の事故は想定外ではなく、想定されていた災害であるにもかかわらず、遺憾なことに、その事実を東電と国は認めようとしていないことにあります」

江藤は、〈満腔の怒りを持って提訴に踏み切った〉と表現し、〈想定外の事故ではない〉と断じた。

そこまで言い切っていいのだろうか。里美は改めて、江藤の覚悟のほどを見せつけられ、身を引き締めた。

里美は、以前、父・真一とともに江藤を訪ねたことがあった。その時里美は、提訴に至るまでの江藤たちの闘いの経過を聴いたのだが、なかでも、東電の社長と国の原子力機関に原発の安全性について詳細な提言をしたが、まともな回答は得られず、不誠実な対応に憤ったことがあったと聞いていた。〈満腔の怒り〉とはそのことを言っているのではないかと思った。また、江藤が〈想定外の事故ではない〉と断言した時、里美の脳裏に洋平の顔が過《よぎ》った。洋平は実家からの帰路、〈想定外は想定の外ではなく想定の内にあるんだ〉と言ったが、そのことを思い出したのだった。

里美は、東電と政府機関に提言した「申し入れ書」のコピーを江藤から貰っており、それをそっとバッグから取り出した。江藤の陳述に合わせて目で追った。

二〇〇五年五月、江藤は原発の安全性を求める福島県連絡会議の代表である早田重夫とともに、福島第二原子力発電所を訪れ、東電社長の勝田正久氏に、チリ津波級の引き潮、高潮時に耐えられない東電福島原発の抜本的対策を求める申し入れを行っていた。

地震や津波に対する原発の安全審査については、かねてから問題提起をしてきたが、社団法人土木学会が二〇〇二年二月にまとめた「原子力発電所の津波評価技術」に照らし合わせても、福島原発の場合、現状のままではチリ津波級によって発生が想定される引き潮、高潮に対応できないことが、これまでの「福島県連絡会議」と東電のやり取りで明らかになっている。チリ津波は一九六〇年のことで、このことは、本来、東電は承知のはずであり、福島第一・第二原発の建設・運転にあたって、当然、対策が措置されているべきものである。だが、福島県内の各原発は、これらの欠陥を放置したままで、建設・運転されていたことになり、極めて重大な事態である、という内容であった。

さらに江藤は、二〇一〇年十月、『原発問題住民運動全国連絡会議』の筆頭代表委員として、一九七九年のスリーマイル島原発事故、一九八六年のチェルノブイリ原発事故、一九九五年の兵庫県南部地震（阪神淡路大震災）から得た教訓をもとに、電気事業連合会会長、原子力委員会委員長、原子力安全委員会委員長、原子力安全・保安院長に、万全な耐震対策と緊急時避難計画について申し入れをしていたのであった。

しかし、電事連と政府関係機関も、「大事故が起きないよう十分な対策を取っており、心配はいらない」と文書ではなく口頭で、判で押したような傲慢な態度で回答をよこしたのだった。

傲慢な態度と言えば、洋平が、発電機や配電盤を高い場所に移動するよう申し入れた時も、東電上層部は、「出しゃばるな」と、逆に洋平らを叱責した。そのことを里美は思い出し、巨大企業の体質の一片を垣間見た気がした。

江藤は、大きく深呼吸をして話を続けた。

「なぜ、想定されていた災害だったのでしょうか。被告東邦電力は、敷地高を超える津波対策を怠ったからです。二〇〇二年七月、文部科学省地震調査研究推進本部の地震調査委員会が、『長期評価』を発表しています。また、原子力安全・保安院及び原子力安全基盤機構は、二〇〇四年のスマトラ沖地震、二〇〇五年の宮城県沖地震を受けて、二〇〇六年五月に溢水《いっすい》勉強会を開きました。東電はこれにオブザーバーとして参加し、その際、『小名浜《おなはま》港工事基準面＋《プラス》一〇メートル』の高さの津波により非常用海水ポンプが機能を喪失し、炉心損傷に至る危険があること、『小名浜港工事基準面＋一四メートル』の高さの津波により、建屋への浸水に伴い全電源喪失に至る可能性があることを報告しています。二〇〇六年といえば原発事故が起こる五年も前のことです。さらに、二〇〇八年の時点で、福島第一原発2号機で九・三メートル、五号機で一〇・二メートル、敷地南部では一五・七メートルもの高さに津波がなることを予見していました。従って東電は、原子炉施設が全交流電源喪失に陥ることを十分認識していたことになり、結果回避措置を取るべきだったのです。東電と国は、原発事故の原因は、想定外の津波に遭ったので法律上の責任はないとしています。しかし私は、想定しようと思えば想定できたのに想定しなかった、これが真相だと思っています」

東邦電力と国の代理人弁護士はそれぞれ二人ずつ、席に着いていた。裁判長寄りの二人が東邦電力の代理人弁護士であった。机の前には、準備書面などを綴ったと思われる幅一〇センチ以上のファイルが背表紙を手前にして数冊立てられており、その横には同じようなものが城壁の様に積み重ねられていた。どんな質問や意見も即座に受けて立ち、完璧に答えてやるといった様相を呈していた。傍聴席に近い国の代理人の二人も、百合子が意見陳述をした時と同じ弁護士であった。一番手前に座る前髪を垂らした代理人は、恐ろしいほどのスピードでノートパソコンのキーを叩いていた。その後ろに座した関係者は、書類に目を通している者、メモを取っている者、目をつぶっている者など様々であるが、傍聴席の様子を窺う者はいなかった。

江藤は続けた。

「次に、事故発生による原告千五百七十四人の精神的経済的苦痛について述べます。これまでの公判で二十四人の原告が意見陳述をしています。生業《なりわい》を失った方、営業不振による倒産、転職、移転、小児甲状腺がんの恐怖、故郷喪失による絶望、長期の休漁で地元の魚が食べられず、山菜を収穫しても売れない風評被害、海水浴も出来ない、加えて、関連死や孤独死をした関係者の痛苦など、深刻なものばかりです」

震災と原発事故による当時の市民の混乱や惨状を詳細に取材していた江藤は、原告らの苦悩に耳を傾け、時には励まし対策を講じてきた経過や実情を語り、同時に新聞やテレビ、市の災害対策本部の調査や情報も分析し、新任の裁判長に分かり易く説明していった。

「いわき市の除染の状況について申し上げます。平《たいら》地区などではようやく自宅の除染が実施されるようになりましたが、四年以上放置されている個所が多々あります。また、除染をしても、例えば、七十二の小学校、四十の中学校、四十四の保育所、二十二の幼稚園では、未だに汚染土壌が校庭などに埋められていて運び出せないままです。仮置き場や現場保管が続いています。側溝汚泥は取り除いても市が回収できないことから、この四年以上、多くのところで放置されたままになっています」

里美は江藤の陳述を聴きながら、決起集会で配布された、更新弁論の発言内容が記載された資料を目で追っていた。たまに横を向くと、オリエは熱心にメモを取り、百合子は目を丸くして聞き入っていた。

江藤の更新弁論が大詰めを迎えていた。

「被害が続いているのに東電と国は損害賠償は終わったという態度をとり、事故の法的責任を認めていません。国家賠償法一条には、国の公権力を行使する公務員が故意又は過失によって他人に損害を与えたときは国に賠償する責任があると示されており、また、東邦電力には、民法七〇九条に記されているように、故意又は過失によって他人の権利を侵害して生じた損害に対しては賠償する責任があるのです。国及び東電にも過失の法的責任があるのは至極当然なことなのです」

江藤は、眼鏡に手をやり息をついた後、再び陳述書に目を落とした。

「国策として始めた原子力の研究開発及び利用について定める原子力基本法は、原子炉の設置や核燃料物質の保有等につき、電気事業者は全面的に政府の規制に従うものとしています。また、原子炉等規制法及び電気事業法は、原子力発電所の計画から運転、廃止に至るまで、国が原子炉の安全性確保のため全面的な規制を行う権限を有するものと定めています。特に、電気事業法において、経済産業大臣は、原子炉等が省令で定める技術基準に適合していない時は、事業者に対し、修理、改造あるいは使用の一時停止等を命じることが出来るのです」

オリエは時折り頷きながら凄い速さでペンを走らせている。百合子はじっと江藤の背中を見つめていた。

「省令で定める技術基準は、人体に危害を及ばさないようにすることとされ、事業者は原子炉を技術基準に適合するよう維持しなければなりません。それは多数の国民の生命、健康に対し、甚大かつ深刻な被害をもたらす蓋然《がいぜん》性が高く、かつ、世界的にも高度な専門技術的分野であることから、その規制を一事業者ではなく国の責務とする趣旨に他ならないのです。従って、原発施設の安全性に関する国の規制基準の行使は重大なのであります」

ここで江藤は裁判長に視線を向けた。

裁判長は平然と江藤を見つめていた。

「私たちは、被告らがもたらした未曽有《みぞう》の公害発生に対し、人間の名においてその責任を追及します。裁判所がこの歴史的問題に対して、公正かつ歴史に耐えられる判断を下さるよう強く求めます」

江藤が一礼をして自席に戻ると、隣に座っている真一がねぎらうように迎えた。

江藤の意見陳述には、人間の尊厳と、生と死に関わる千五百七十四人の原告の切実な叫びが貫かれていると、里美は確信した。

里美は、〈人間の名においてその責任を追及します〉と明言した江藤の決意に全身が震えるような感動を覚えた。そして江藤に畏敬の念を抱いた。江藤の言葉は、〈人間として原発事故を検証したい〉と言う洋平の考えとも重なっていた。一度事故が起これば広大な大地は人を寄せ付けず、人々は遺民となって彷徨《さまよ》うしかない。人間の名において責任を追及し、人間として原発事故を検証するという、崇高な理念遂行の先頭に自分は立てなくとも、人間として生きる権利と子どもたちを守るという意志は、里美の中で一層強固になっていった。

江藤に続いて原告代理人である鈴木弁護士による「責任論」の更新弁論が始まった。

「責任論」とは、原発事故が起きた原因の究明、及び、被告東邦電力と国の責任を法律的な観点から論理的、理論的に論証しようとするものである。鈴木弁護士は東電と国の過失責任、適切な津波対策を怠った不法行為、そして、経済産業大臣が、福島第一原発が津波に対して脆弱《ぜいじゃく》性を有していると認識していたにもかかわらず、不合理にも規制権限の行使を怠った過失があり、国家賠償法上、責任は免れないと追及した。

そして「損害論」については、担当の渡瀬弁護士が立った。すでに開廷して一時間が経とうとしていた。

渡瀬弁護士は、「うつくしまふくしま」と言われる福島県を愛し、豊かな自然に恵まれたいわきでの生活が根本から崩された悲しみや怒り、金銭などでは到底補填《ほてん》できない不可逆的被害を人間の生活に与えてしまう原発事故の恐ろしさを、生き証人として後世に伝えていかなければならないことを説いた。そして、いわきが、「強制避難区域」と違い、「自主的避難対象区域」となったことで起きた差別や住民同士の分断・軋轢《あつれき》の実態を例に挙げて示した。

最後に吉川弁護士が、「初期混乱期以降の継続被害について」と題した弁論で、約二時間にわたる原告団の更新弁論が終了した。

裁判長が被告の東邦電力と国に発言を求めたが、東邦電力の代理人は、民法七〇九条の解釈の違いを言い、国の代理人は原告の弁論を受けて立つことを示し、反論などは次回の期日に持ち越されたのだった。

第四章

希　望

江藤勝也の更新弁論から一か月が過ぎた二〇一五年六月下旬のことだった。里美が一歩を保育園に預けて団地に戻ると、集会所の前に人集《だか》りができていた。副会長の天城と上原、それに一歩が以前三輪車を貸した三人組の男の子の母親たちも集まっていた。

「何かあったんですか？」

里美が母親の一人に声をかけた。

「菅原重吉さんが睡眠薬を飲んで自殺を図ったらしいの。さっき、救急車で運ばれて行った」

「えっ」

自殺という言葉に里美の呼吸が一瞬止まった。避難者が自死をした話は何度か耳にしたことはあったが、まさか、同じ号棟の一階に住む喜代枝の夫がそんなことをするとは思いもしなかった。それだけに里美は強い衝撃を受けた。里美は天城の傍に駆け寄った。

「菅原さんは大丈夫でしょうか」

天城からは確かなことは聞けなかった。が、救急隊員に病院は指定したと言う。天城としては、今後のこともあり入院先は知っておきたかったのだろう。

「その病院ならわたし知っています。友人の叔母が勤務している病院です。菅原さん、一人で、知らない土地で心細がっていると思います。わたし、今から行ってみます。様子が分かったらご報告します」

「分かりました。そうしてくれると助かります」

天城と上原は、交流フェスティバルに参加を予定している、地域の絵手紙や絵画同好会、書道研究会などの文化サークル団体との打ち合わせが十時から入っているため、身動きが取れないとのことだった。

昼前、病院に着いた里美は、オリエの叔母である斉藤悦子を訪ねた。重吉の容態を訊くためだった。

悦子によると、朝、喜代枝が台所に立ったすきに、眠れない日のために医者から処方されていた睡眠薬を多量に飲んだということだった。朝食の準備ができたので重吉を起こしに行くと、死んだように動かないのであわてて救急車を呼んだのだった。重吉は揺れる救急車の中で吐き気をもよおし、救急隊員の手を借りて大半の睡眠薬を吐いたことが幸いし、大事には至らなかったということだった。

六人部屋の病室に入ると、五人の患者たちはそれぞれに昼食を摂っていた。

里美は皆に会釈をして、一番奥の僅かに開いているカーテンの隙間からそっと中を覗いた。

里美が中を覗くと、喜代枝が丸椅子に座り重吉をぼんやりと見つめていた。

里美は、音を立てないようにカーテンを開けた。

喜代枝が里美を見上げた。憔悴《しょうすい》した顔に白髪が数本鼻先まで垂れ、眸に光はなかった。

里美は喜代枝を見つめたまま会釈をした。

しかし、喜代枝に反応はなかった。

重吉は、点滴を受けながら静かな寝息を立てていた。

喜代枝はベッドの柵に手をかけて立ち上がり、里美を一瞥《いちべつ》したあと先に歩き出した。やや前屈《まえかが》みで歩く喜代枝の背中のこぶが大きく見えた。

ロビーの談話室の隅のテーブルに腰を下ろした喜代枝は、口を閉じたまま、手提げ袋から一枚の紙きれを取り出した。新聞の折り込みチラシだった。裏に文字が殴り書きされていた。

〈ワシらはすてられた。いまさら、村には帰れん。せんぞ様にもうしわけが立たん〉

「二週間ほど前の新聞を、何度も何度も、読み返してだ。その日から、なんにもしゃべんなぐなった。飯もくわねぐなった」

里美にはピンとくるものがあった。

二〇一五年六月十二日、政府は「帰還困難区域」を除く地域の避難指示を二〇一六年度で解除する方針を決め、福島県はそれに追随し、同時期に、「避難指示区域外」からのいわゆる「自主避難者」の住居の無償提供も打ち切ると発表した。避難指示を解除した地域に帰還しないのは本人の自由であるが、しかし、その場合は自己の責任で生計を立てろというのである。身寄りのない八十五歳と八十歳の老夫婦にどうやって生きろというのだ。

喜代枝が口を開いた。

「わだしらの考えに関係ねぐ、故郷を追い出しておいで、こんなコンクリばっかの町に住ませ、それごそ息ひそめで四年半を過ごしてきた。やっと少しは慣れできたど思ったら、今度は帰れだど。墓石《はかいし》は倒れだまま雑草の中さ埋まって、家はネズミの巣になってるわい。帰るとごなんて、もう、なぐなったんだ」

里美は政府と福島県が出したこの方針は知っていた。一年ほど前の七月、真一が里美を訪ねてきた時、区域外避難者の住宅支援が打ち切られそうだと聞かされていたのだった。

里美は、チラシを丁寧に畳み喜代枝に返した。

「国も県もひどいね」

里美はそんな言葉しかかけられなかった。

「いいや、東電が一番悪《わり》んだ」

喜代枝は、里美を刺々《とげとげ》しい目つきで睨《にら》んだ。

「そうですね」

里美は俯き小さな声で肯定した。

いたたまれなくなった里美は、「ちょっと失礼します」と言って席を外した。

売店でおにぎりとお茶を買って談話室に戻ると、喜代枝の姿はなかった。病室に急ぐと、喜代枝は虚《うつ》ろな目をして重吉を眺めていた。

里美は、喜代枝の前に、「少しは食べて下さいね」と言っておにぎりとお茶を置いた。

喜代枝は反応しなかった。口を結んだまま、虚空に焦点の定まらない視線を泳がしていた。

「わたし、夜の七時頃、お迎えに来ます。この病院は完全看護で、泊まれないみたいなので」

喜代枝の耳元で囁くように言った里美は、改まってお辞儀をした。

「やんだ」

喜代枝が里美の手をつかんだ。そして、幼児《おさなご》が母にどこにも行くなとせがむような目を向けた。里美は、「ごめんなさい」と言って、そっとその手を解いた。

里美はやり切れない気持ちを引きずりながら病院を後にした。「やんだ」と、顔を歪めた喜代枝の表情が頭から離れなかった。

喜代枝は心細かったに違いない。飯舘と違って、心の許せる人のいない東京での入院となれば、誰か傍にいてほしいと願うのは当然のことなのだ。

ふと里美に、団地の庭で背中を丸めて草取りをしていた喜代枝の姿が思い起こされた。

――草の匂いに飯舘を偲び、寂しさにじっと耐えていたんだ。重吉さんが助かって本当によかった。

息子たちを震災で亡くし、その上、重吉にまでこんな形で死なれてはたまったものではない。天涯孤独となった喜代枝はどうやって生きていったらいいのだ。病気の介護の果ての死別であるならば、互いに遺された時間を愛惜し、慈しみ、覚悟を決めることだってできたかもしれない。突然の死を受け容れなければならないほど辛いことはない。重吉は幸いにして命は取り留めたが、万が一のことがあったら喜代枝はどうするのだろうかと考えると、里美の胸は締めつけられた。

団地の集会所に戻ると、正面の簡易テーブルに座っていた団地自治会長の大石と副会長の天城が立ち上がり里美を迎えた。三十人くらいの避難者が集まっていた。

里美は同じ団地の避難者の前に立ち、経過を語った。

里美の報告が終わると、大石が立った。

「菅原さんが助かって本当に良かったと思います。避難指示解除準備区域から避難した菅原さんにとって、住宅支援の打ち切りと、東電からの精神的賠償が二〇一七年三月までで打ち切られることに絶望したのかもしれません。国の出した政策に私も驚いていたいます。除染が進んでいることをアピールしたいのかもしれません。今後のことは一緒に考えていきましょう」

大石は自治会長としての挨拶をした。

天城は、重吉への同情をそのまま顔に映しているようで、沈痛な面持ちをしていた。

集会所を出ると上原が里美を呼び止めた。

「清水さん、菅原さんの奥さんは私が迎えに行きます。それに、ナースステーションで重吉さんの今後のことなどを訊いてきます、親戚の者だと言って。大丈夫です、そうさせて下さい」

「でも」

「そうさせて下さい。そうしたいんです。清水さんは一歩君の傍にいてやって下さい」

「分かりました。ではそうして下さい」

里美は上原に礼を言い、部屋に戻った。

水道の水をグラスに注ぎ、喉を湿らせると溜息をつき、重い足取りで夏海の遺骨の前に座った。

オリエの声が聞きたくなった。電話を掛けると彼女は、今晩訪ねると言って切った。

一歩を迎えに行くまでにはまだ二時間ほどあった。昼食を摂っていないことに気が付いたが食欲はなく、コーヒーを淹れ、文机に座った。

机の端に、人間の心と体、医学から見る人間探求の書物や宗教から見る死生論、それにメンタルケアに関する専門書が十冊ほど積まれていた。精神対話士の資格を得るには、これらの基礎講座を十五回受け、実践課程を受講し、精神対話士派遣業務参加選考試験に合格しなければならない。その上で、業務委託の契約を締結した者が精神対話士資格証の交付を受けられるのだ。里美は、机の正面にある洋平と夏海、三人で夜の森の桜見物に行った時の写真を眺めた。

人間の心と体に関する専門書を開いたところで里美は、喜代枝の縋《すが》りつくような双眸《そうぼう》を思い出した。八十歳の年老いた女性にとって、孤独の中に生き甲斐を見つけるのは簡単なことではない。どのようにすれば心を開いてくれるのだろうか。里美はそれを考えながら専門書の頁を捲った。

オリエが里美の部屋のチャイムを鳴らしたのは夜の九時を回っていた。一歩が寝入った直後であった。

里美はコーヒーを淹れた。そして今日一日の出来事をオリエに話した。

「上原さんが八時過ぎに来たの。重吉さん、明日には退院できるって、そう言ってた」

「そう、ひとまず安心ね」

「オリエ、傷ついた人の孤独や絶望に寄り添うって簡単じゃない。手強《てごわ》い」

「精神対話士の本髄を、体験から学んでいるわけだ。さすが里美」

「茶化《ちゃか》さないで。私は真剣に話しているの」

「分かってる、茶化してなんかいない。人に寄り添うなんて簡単に出来ることじゃないって思うよ。私には出来ない。夏海ちゃんが突然亡くなって里美は半狂乱になった。一歩君がA2になって母親として苦しんだ。洋平君と別居して孤独に耐え、そんな中でも百合子を励ました。それにPTSDも克服した。そんな里美だから出来る仕事だと思うわ。私、応援してるの。でも七月から、保育園の臨時職員の仕事も始まるんでしょ。大丈夫？」

　オリエはいつも先回りして心配してくれる。気が付けば傍にいてくれた。誰かが見守ってくれていることがどんなに心強いことか。そう思った瞬間、里美は何か閃いたように自らに言い聞かせた。

　――見ているだけでいいんだ。何か特別なことをしなくても、その人が手を差し出した時、その手をしっかり握ってあげればいいんだ。きっとそうだ。


「どうしたの？　なんか深刻な顔をして、ぶつぶつ呟いて」

「ううん、何でもない」

　オリエは里美の独り言を気にしながらも、

「実は相談があるの」

　と、里美に向き直った。

「聞くわよ」

　里美も座り直した。

　オリエは気持ちを静めるようにコーヒーを啜った。そして、正座をして里美と見合った。

「江藤さんの更新弁論で私、色んなことを考えた。そして今回の菅原さんの自殺未遂もショックで。原発事故が起こって四年三か月になるわ、被災者や避難者の苦しみはますます酷《ひど》くなっているように思う。国や東電、それに経済界や原子力村は建前と本音を使い分けている。安倍首相は日本でオリンピックを開催したいもんだから、一昨年《おととし》のIOCの総会で、〈フクシマは統御されている〉って言ったわ。全く分かってない。少なくとも、福島の実態と真実は語らなかった。私はそう思う」

「相談て、今、話したことと関係あるの？」

「ちょっと前置きが長くなったかな。でも、今言ったこと、頭に入れておいてほしいの」

オリエはそう言うと足を崩した。

「分かったわ。で、相談て何？」

「その前に、ビール飲まない？　喉が渇いちゃった」

「いい加減にして、もったいぶるの」

「ごめんごめん」

里美は冷蔵庫に立ち、缶ビールとグラス、それに三角形のチーズを盆に乗せてきた。

「で、話って？」

オリエはいたずらっぽい目を里美に向けた。こういう顔をするときは決まって里美に何か頼みごとをするときなのだ。

「実は、原発ゼロのシンポジウムを開きたいの」

「シンポジウム？　原発ゼロの？」

「そう、原発ゼロのシンポジウム。今、福島は忘れられつつある。風化されようとしている。政府は強引に避難指示を解除して、無理やり帰還させ体裁を整えようとしている。原発事故の総括や教訓も引き出そうとしないで、福島の現実と実態に蓋をしようとしている。でも、東電の事故の実態や真相が明らかになりつつある今、それらを検証して真実を見極める必要があると思うの。そのためにシンポジウムを開きたいの。できればいわきでね」

「いわきで？」

「うん。実は、うちの雑誌でそういった特集を組めないかって上司に相談したの。そうしたらやっとオッケーがでたの。でも、低予算が条件なの。だから馴染みのあるいわきでやりたいの」

ビールを一口飲むと、オリエはふうと息をついた。

「オリエ、あなた、議員さんか企画部の部長さんみたい」

「冗談でしょ」

「そんな感じ。ホント」

オリエはまんざらでもない顔をした。

「原発事故って、一言で言うと、どんな言葉を想像する？　一言では言えないだろうけど」

突飛な質問だった。里美は戸惑ったが二つの言葉を口にした。

「小児甲状腺がんと別居」

「そうね、里美にとってはそうだわよね」

「急にそんなこと言われても、思いつかないわ」

「そうね。でも、原発事故が起こって、未だに五万人以上の人が避難しているのよ。一人ひとり、人に言えない苦しみがあると思うの。原発という、日本の国に飼われている怪物をどう見たらいいのか分からなくなって。だから里美のイメージを聴きたいの」

里美はオリエの話を聴きながら、一歩の三輪車がいたずらされたことが懇談会で話題に上った夜、原発に関する単語を日記に綴ったことを思い出した。

「ちょっと待って」

里美は文机の引き出しから日記を持って来た。

そしてそのページを開き、

「原発事故をイメージする言葉なんて、とても一口では言えない」

と言いながら、日記から原発をイメージする文字を無造作に拾った。

「精神的慰謝料、賠償金、差別、分断、絶望、いじめ、疎外、尊厳の否定、軋轢、コミュニケーションの崩壊、誹謗中傷、不信、地域社会の断絶、国策、離婚、家族離散、関連死、孤独死、自殺、棄民、遺民、まだまだあるわ。言葉で言うのは簡単だけど、被災者や避難者はそれぞれにこの言葉の意味の重さに苦しめられているのよ」

「そうね、一人ひとり、事情は違っても苦しみながら前を向こうとしている。そのことは凄いことだわ。でも私は、東電や国は、そんなふうに精一杯生きている避難者を横目にしか見ていない気がする。今は、被害者も避難者も広く世論に訴える時だと思うの」

オリエは強い口調でそう言った。

里美は頷き、パチンと音を立て日記を閉じた。

オリエが里美に訊ねた。

「さっき、里美が言ってた〈いみん〉て、どう書くの?」

「遺された民って書くの。統治者などが治めていた国が滅んで、遺された民のことをいうの。帰還困難区域の人たちは遺民になってしまったと思うの」

オリエは、「そうだよね」と相槌《あいづち》を打った。

「菅原さんの帰る故郷はもうないの。土地はあっても、そこはもう、菅原さんが生活できる場所ではなくなっているの。原発事故が人の住めない土地にしてしまったの。浪江や飯舘の人たちの中には、満州から引き揚げて入植し、『やませ』に苦しみながら必死に山を切り拓き、荒れ地を田畑や牧場に変えた人も多いわ。人生のすべてをかけて開拓した故郷を追われた村の人たちは、思い出も、繋がりも、生きてきた証《あかし》すら奪われてしまったの。村の人たちは、茫然《ぼうぜん》として安住の地を求めて彷徨《さまよ》っているのよ」

里美は、オリエの質問に答えているうちに、夏海の無念や一歩の苦痛を菅原夫婦の苦境に重ねていた。

——喜代枝さんも重吉さんも、無念と苦痛を抱えて、何も語らず、じっと耐えて暮らしているんだわ。

「そうね、原発事故は取り返しのつかない過ちを犯したわね」

「過ちではすまないわ」

「そうよ、そうなのよ。だから私は原発事故って何だったのか、皆で考えたいの。ほんの一握りの真実でもいいから明らかにしたいの。オリンピックのために上辺だけを整えようとしている今だからこそ、私は意味があると思うの」

オリエはグラスに残っていたビールを飲み干した。

「一握りの真実を明らかにする。なんか、やらなければならないような気がしてきた」

「ありがとう。そこで里美に相談があるの。若林さんと江藤さんの力を借りたいの」

「若林さん？」

「何いってんの、里美のお父さんよ」

「そうか、話が大きいもんだから、どこか大きな団体の役員の人かと思った」

「あなたのお父さんも人望があり影響力を持っている方よ」

「分かったわ。父に話してみる。その上で、江藤さんには、父とオリエとわたし、三人で相談に行こうか。きっとうまくいくと思う」

　菅原重吉が退院した二日後の午後、里美は天城と上原の三人で喜代枝を訪ねた。昨日、退院していたのは分かっていたのだが、一日経ってからの方がいいという天城の判断に従った。ドアを開けた喜代枝は天城を見ると恐縮し、何度も腰を折った。天城を先頭に三人は手前の居間に通された。天城は、「すぐ帰るのでお構いなく」と言ったが、喜代枝は三人に茶を出した。そして、畳に額を突けて謝った。

　奥の部屋とを仕切る襖が一枚開いていて、ベッドの軋《きし》む音が聞こえた。重吉が臥せっているのだろう。

「大事《おおごと》にならなくて良かった。辛いこともおありでしょうが、でも、皆で力を合わせて頑張りましょう。この団地の住人は家族と一緒ですから。東京都としても基本的には支援していますから」

　天城はそう言って、上着の内ポケットからお見舞いと書かれた熨斗《のし》袋をテーブルに置いた。

「そんなごどしてもらっては困るでば」

　喜代枝は熨斗袋を天城の前に押し返した。

「ここの団地の決まりなんです。入院した皆さんにこうしています。ほんの気持ちしか入っていませんｎ」

　天城にきっぱりとそう言われた喜代枝は観念したらしく、また畳に頭を突けた。顔を上げると、今度は里美と上原に世話になったと礼を言った。

　里美は、「何の力にもなれなくてすみません」と改まり、上原は、「とにかく良かった」と安堵《あんど》した表情を喜代枝に見せた。そうして三人は部屋を出た。

　次の日の午後、里美は一人で再び喜代枝を訪ねた。チャイムを鳴らすと喜代枝がドアを開け、里美を見るとまた礼を言った。昨日と同じ居間に通され、里美は持参した手鍋とラップをかけた小皿をテーブルに置いた。喜代枝の双眸には、病室で〈東電が一番悪《わり》んだ〉と言った時の刺々しさは消えていて、むしろ草を刈っていた時に見せた穏やかな色が漂っていた。向こうの部屋には、重吉が横になっている気配が感じられた。

「ちゃんと食べていないんじゃないかと思って、これ、作ってきました」

里美は手鍋の蓋と小皿のラップを取った。

「なんだい、これは」

里美は、蓋を取った手鍋とラップをはがした小皿を喜代枝の前にすべらせた。

「鍋は『かぼちゃの団子汁』です。小皿の方は『インゲンのじゅうねん和《あ》え』です」

喜代枝は細い目を見開いた。

「団子は、『いいたて雪っ娘《こ》かぼちゃ』で作りたかったんですが、九月にならないと手に入らないので、スーパーで買った普通のかぼちゃです」

「いいたて雪っ娘かぼちゃ」は福島県飯舘村の特産のかぼちゃで、秋口から収穫が始まる。皮は薄く、艶やかな黄色い果肉はほっこりとした食感で、煮ても美味いのだが、団子にして、豚肉や他の野菜と一緒に味噌仕立てで食べると格別の味を楽しむことができる。「じゅうねん」とは、荏胡麻《えごま》の別称で、擦りつぶして、味噌や酒、みりん、砂糖で味を調え、ウドなどと和えて食べると十年は長生きすると飯舘では言われている。

「『いいだで雪っ娘かぼちゃ』は、おらいの畑《はだけ》でも作ってだ。インゲンも作ってだ。爺さん、ちょごっときて見れ。ほれ、かぼちゃの団子汁とインゲンのじゅうねん和えだど」

奥の部屋からベッドの軋む音がして、パジャマを着た重吉が襖につかまり姿を見せた。重吉はテーブルの端に両手を突いて胡坐《あぐら》をかいた。耳の周りに白い髪の毛が申しわけなさそうに残っているだけで、頭のてっぺんは艶やかに光っていた。が、伸び放題の白い無精髭《ぶしょうひげ》が重吉の心の中を表しているようだった。しかし、手鍋の中の団子を見た重吉は、僅かではあるが、表情を緩め眸を輝かせたように見えた。

重吉はしばらく団子汁を眺めたあと、大きなため息をつき、里美をじっと見つめた。何か言おうとしているように見えたが言葉にはならなかった。「うー」と声を漏らすとよだれが一筋、糸を引いた。慌てて喜代枝がティッシュでそれを拭った。重吉は僅かに頭を下げると、テーブルに手を突き立ち上がり、襖を頼りにベッドに戻った。

「愛想なくて悪《わり》がったな。今晩、ごっつぉになっから」

喜代枝はそう言うと、里美をベランダに案内した。奥の部屋の突き当りがベランダになっていた。重吉は体を壁に向け薄い毛布を頭から被っていた。眠ってはいないようだったが、里美は重吉の傍を音を立てないようにそっと通り抜け、ベランダに出た。

「えっ」

思わず里美は片手を口にあてた。

出入り口の一枚の硝子戸を除いて、ベランダの壁一面に花が咲いていたのである。三段になった鉄骨の棚にプランターがぎっしりと並べられていて、まるでいわきの早苗の花壇を斜めにしたようなベランダの花園であった。

里美は感嘆の声を上げた。

黒い土の埋まったプランター毎に野菜や花の名札が差し込まれていて、色とりどりの花が初夏の風にそよそよと揺れていた。

一段目の棚は奥行きがあって、ジャガイモやピーマン、それにそら豆に大葉、三つ葉などの野菜が植えられ、二段目は、トルコギキョウが横一面に紫の花を付けていた。夜明け前のような暗紫色《あんししょく》であるが、夏の光に一段と鮮やかに映えていた。三段目は、ガーベラやシラン、他に名前を知らない黄色やピンクの花など、比較的背の低い花で埋まっていた。

喜代枝はベランダの端の倉庫から木製の踏み台を持って来て腰を下ろした。

「土はわだしらの命だ。山を切り拓いて畑をこしらえだ。雨が降っても雪で凍っていでも鍬《くわ》を持った。土には汗と血、涙が沁み込んでんだ。良い土を作るのには十年はかがる。土がながったら生きていがんにえ。放射能で汚された土地には、この歳じゃあ帰らんにえべ。んだがら、しょうがなぐ、こうして畑の真似事をしてる。土をいじるのが、わしらの楽しみだべ。世話を焼がねがったら、すぐ枯れっちまうが虫に食われる。手をかげだらかげだだけ応えてくれる。花は正直だ。まるで子どもみでなもんだ」

士と花の話になると、喜代枝は穏やかな顔で能弁になった。

喜代枝は、「やれやれ」と一声かけて立つと、倉庫から籠と鋏を取り出し、ピーマンとそら豆、それに大葉や三つ葉を摘み、五本ばかりのトルコギキョウに鋏を入れ里美に抱かせた。

「仏さんに供えでくんちぇ。清水さんの娘のごどは、上原さんから聞いで知ってる。気の毒なことだったな」

喜代枝は部屋に入ると手を洗い、自分の場所に座った。

「あんた、東電から金、貰わねがったってな。上原さんが言ってだど。すまながったな」

「菅原さんも、津波で息子さんの家族を亡くしたとか、天城さんから聞きました」

里美がそう言うと、喜代枝は視線を空《くう》に泳がせ眉間に皺を立てた。里美は、息子夫婦と二人の孫が津波の犠牲になったと聞いていた。喜代枝は、耐えがたい記憶が脳裏を掠めたのか、顔を歪めた。

「四人とも車の中で見つかったんだ。よかったら線香でもあげでくんろ」

仏壇は、居間の和箪笥《だんす》と洋服箪笥の間に置かれており、四人の家族写真がこちらを見ていた。里美は、仏壇の前に座って線香を立て、鈴を打ち、手を合わせた。

「重吉も息子も晩婚だったもんで、孫は二人とも小学生だった」

喜代枝が細い声で呟くように言った。

振り向くと、重吉が居間のテーブルの前に座っていた。里美は元の場所に戻った。

重吉は喜代枝に、団子汁を見つめたまま顎をしゃくった。

喜代枝は、手鍋をつかみ台所に立った。

里美は啞然として眺めていた。一言も交わさずに気持ちが通じているのだ。そればかりではない、重吉の態度は一見居丈高に見えたが、喜代枝に対して偉ぶっているようには感じられなかった。里美にとっては不思議な光景だった。長い年月をともに生き抜いてきた二人だけの阿吽《あうん》の呼吸のような気がした。

団子汁は数分で温まった。喜代枝は団子汁の入った椀と箸を重吉の前に置いた。重吉は、箸を指に挟み、椀を両手で包むと匂いを嗅《か》いだ。腹の底まで団子汁の匂いを浸み込ませているように見えた。そして音を立て汁を啜った。ズーズーと啜っては、ふうと息を吐いた。椀を置くと、かぼちゃの団子に箸を入れ、その欠片《かけら》を口に運んだ。熱いのか、急いで入れ歯のない口をもぐもぐ動かすと、ごくんと飲み込み、また汁を啜った。同じような動作を二回ばかり繰り返して、重吉は箸を置いた。箸を置くと正座をした。両手を膝に乗せ、しばらくうなだれたまま動こうとしなかった。重吉を見ていた喜代枝の顔にうっすら赤みが差したように見えた。

「うめがったが」

喜代枝が訊くと、

「うめがった」

と重吉は答え、テーブルに両手を突き立ち上がると、沈んだ双眸《そうぼう》を里美に向けた。

「いいだでのかぼちゃの味、思い出した」

重吉は弱々しい声で里美に礼を言うと、

「おらは、生ぎでで、いいんだべが」

と、掠れた声でそう言った。うっすらと目に涙が溜まっていた。

里美は瞬間、重吉の言ったことが理解できなかった。確か「おらは生きてていいのか」、と言ったように聞こえたのだ。

テーブルに手を突き、よろっと立ち上がっていた重吉は、体を斜めにして襖を両手でつかみ、答えを請うような眸《ひとみ》で里美を見た。

重吉の視線に里美はたじろいだ。俗世の喧騒を断ったような清閑な眸をしていたからだった。その視線は、里美の心の中までも見透かしているようだった。「あんたのいうとおりにするよ」、そんな目の色をしていた。生と死を分けた細い丸木橋の上に立っていて、風の向きでどちらに転んでも構わないといった危うさを含んでいる。里美が首を横に振れば、重吉はもう一度自死を試みるかもしれない、と感じられた。自らの生死を、それほど懇意にしているわけでもない里美に託すこと自体常軌を逸しているように思えたが、それだけ重吉は追い詰められているに違いないのだ。

夏海の死後、生きていることが罪悪だと懊悩《おうのう》し、死の淵に佇《たたず》んでいたことがあった里美には、重吉の心中が分からなくはなかった。死線を彷徨っているときは些細なことで一線を越えることがあるのだ。

里美は、重吉の問いに答えられなくはなかった。

「死んではだめです」、と言えばいいのだ。しかし里美は、そのひと言を口にすることができないでいた。飯舘の山を切り拓き、大地に根を下ろし、自然が育む生命とともに生き抜いてきた八十五歳の重吉に、軽々しく「死んではだめです」、などと言えるはずはなかった。

生きていてもいいのかと里美に聴いた重吉の心中が切なく、哀れであった。

――何が重吉をこれほどまでに追い詰めたのだろう。二〇一五年六月、政府は「帰還困難区域」を除く地域の避難指示を二〇一六年度で解除する方針を決めた。飯舘から有無も言わせず追い出しておいて、今度は帰れるようにしてやったから帰れというう。帰っても生きてはいけない。もしかして重吉は、将来を悲観してというより、身勝手な国の政策に抗《あらが》うために死を選ぼうとしたのかもしれない。

――いや、国の政策に抗って自死をしても何も変わらないことは分かっていたはずだ。動機は、飯舘の山で生きることへの絶望や身勝手な政府への抵抗だけではないような気がする。失意の中で息を潜めて暮らしている一徹な男にとって、どうしても許せないものがあったのではないだろうか。生命の芽生える山を取り上げ、今度は廃滅した山へ帰れという。山とともに生きてきた男にとってこれほどの屈辱はないのかもしれない。大地に生きた男の誇りを、重吉さんは命を賭けて守りたかったのかもしれない。

里美の脳裏に、震災の翌日、富岡の海岸で夏海を探し出した時の光景がよみがえった。瓦礫に挟まれ、裂けた太腿《だいたい》から骨が飛び出し、そこに海水がぽたぽたと滴《したた》っていた。どんなに苦しかったことだろう、どんなに痛かったことだろう。

夏海には未来があった。社会の中で多くの仲間たちと学び合い、いつの日か恋をする。人を愛することの切なさとときめきを知りやがて結婚をする。そして母になり、命のつながりに歓喜するのだ。里美が早苗を誇らしく思うのと同様に、夏海もまた里美を敬愛し、互いに人としての人生を歩んでいくはずだった。死んではいけない、死んでなんか絶対にいけないのだ。

重吉を見つめている里美の目から涙が頬を伝った。

重吉は里美の涙に眸を潤ませ、片方のパジャマの袖で瞼を押さえた。

喜代枝が傍に行き、重吉に肩を貸して奥の部屋のベッドに寝かせた。

居間に戻った喜代枝は、重吉の席に座り、椀と箸に手を伸ばし、自分の前に寄せた。しばらく眺めたあと喜代枝は、ズーズーと音を立てて重吉の椀の汁を啜った。二口ぐらい啜ると、重吉の割った団子の欠片を口に運んだ。喜代枝は噛みしめるようにゆっくり口を動かした。団子を噛みしだくと嚥下《えんげ》し、もう一度、汁を啜った。喜代枝は里美を見てわずかに微笑んだ。初めて見た喜代枝のどことなく寂しげな笑顔だった。

「いいだでのかぼちゃの味、思い出したでば」

喜代枝は重吉と同じことを言った。重吉の気持ちに自分の心を重ねているように思えた。

里美は襖に向かって声をかけた。

「菅原さん、お花とお野菜、いただいて帰ります。どうぞおだいじにしてください」

里美は喜代枝の心づくしの野菜と花を胸に抱いた。

冬　萌

江藤勝也の自宅は、里美の実家から車で十分とはかからない好間《よしま》川の土手沿いにある。

「江藤さん、草を刈ってる」

真一が、後部座席の里美とオリエに声をかけた。

「ほんとだ。ほらオリエ、あそこ」

好間川の川幅は四、五メートルくらいであろうか、それほど大きな川ではない。しかし、水辺から車が一台通れるほどの土手までは緩やかな斜面になっていて、大人の背丈ほどに育つ葦《あし》やすすき、セイタカアワダチ草などが群生している。梅雨が明けると一気に育ち、子どもたちにとっては危険な遊び場所となるのだ。

真一は、クラクションを短く二度鳴らした。

「お父さん、家《うち》じゃないのよ」

里美が注意した。

「そうだったな。つい、癖が出てしまった」

真一は車で自宅に帰ると、裏の畑で仕事をしている早苗に分かるように、二度、クラクションを鳴らしていたのだ。

「小父《おじ》さん、江藤さんが手を振ってる」

江藤は土手から庭の駐車場に車を入れるよう身振りで指示した。

車から降りた三人は、土手に出て江藤を待った。

江藤は、長靴が隠れるほどの長く厚い生地の前掛けをして、肘から先は腕カバーを付けていた。土手を上がったところで麦藁《むぎわら》帽子と防護眼鏡を取り、首に巻いていたタオルで額や首の汗を拭った。

「お待ちしていました。さあ、どうぞ」

江藤は、草刈機を肩にかけ直し、先に歩き出した。

玄関に入ると、江藤の妻の栞が出迎えた。江藤は、草刈機を納屋に仕舞い、手を洗ってから入ると言い、真一たちは応接間に通された。里美は二度目の訪問であったが、オリエは初めてであった。

オリエは部屋の大きさに目を丸くした。二十畳はあるだろうか、江藤の大きな机が窓を背にどんと置かれ、本や書類が積まれていた。書斎とリビングルームを兼ねており、二つ面の壁には天井まで届く特注の木製の書棚に、小林多喜二や宮本百合子などの全集をはじめ、プロレタリア文学、日本や世界の名作作品集などが整然と並べられていた。

里美たちが長いソファーに腰を沈めていると、栞が茶を持って来た。栞と挨拶を交わしているところに江藤が入ってきた。

真一はオリエを江藤に紹介した。

「篠原さんがシンポジウムの発案者だと若林さんから聞いています。私もその企画に賛成です。それでいろいろと考えてみました」

江藤はそう言って、自分のデスクから冊子を二部ほど持って来て、パーソナルチェアに座った。横には栞が背筋を伸ばして同じような椅子に座っている。どうやらこの椅子は江藤と栞の愛用の椅子のようだ。

「これは東電の反論を私が纏《まと》めたものですが、責任回避のための身勝手な主張となっています。お聞き下さい」

江藤は、ページを捲り要点を幾つか述べた。

訴訟の中心的な争点である津波については、予見していたにもかかわらず想定外の高さだったと責任を回避し、逆に、経済効果を声高に主張している。震災後、いわき市の人口は増加に転じ、大型小型店等の販売額は事故前に比べて伸びている。建築確認申請受付件数では、二〇〇パーセントを超える月があり、また、公共工事等受注額は、二〇一三年には前年同月に比べて三十倍もの額を受注していた。求人倍率は地震前と比べて二〇〇パーセントから三〇〇パーセント超の水準を維持しており、いわき市は、地震や原発事故発生後、復興需要の影響で経済が大きく回復しているというのである。

「市民の困難と苦労を無視し、こんなに捻じ曲げた理屈を私は認めるわけにはいきません。ですから、篠原さんの企画は必要な企画だと思いました」

「ありがとうございます」

オリエは顔を紅潮させ、立ち上がってお辞儀をした。

「真実が大きな力に捻じ曲げられそうになっている気がします。多くの人は本当のことを知りたがっていると思います。どうぞ、よろしくお願いいたします」

そう言ってオリエは腰を下ろした。

続いて、江藤の目をまっすぐ見つめていた里美が口を開いた。

「実はわたしの住んでいる同じ団地の人が、住居の無償提供と精神的賠償の打ち切りが発表された直後自死しようとしました。幸い、助かりましたが、区域外避難者の方々は途方に暮れています。将来に不安を抱え、希望が持てないでいます。希望が持てないと人間は生きていけません。それに、小児甲状腺がんの子どもを持つ親の心配も切実です」

二人の話を聴いた江藤は、テーブルに地図を広げた。

広げられたいわき市街地図のほぼ中央に赤い印が付いていた。その場所はいわき市役所の隣の「平市民中央公園」であった。真一と里美、オリエは江藤を注視した。

「篠原さん、里美さん、提案なのですが、シンポジウムをもっと規模の大きなものにしませんか。例えば、メーデーや赤旗まつりのミニ版のような、大きな公園で四、五百人の人が参加できる集会です。実は、事故から四年四か月が経って新たな事実も明らかになってきていて、全国で行われている裁判も佳境に入っています。福島の革新懇や民主的な団体から集会の要望を受けていましてね、篠原さんや里美さんの提案と合体した集会にしたらどうかと考えていたんです」

里美とオリエは顔を見合わせた。

江藤はゆっくり茶をすすった。

二人に考える時間を与えたような間の取り方だった。

「実行委員会を作って、多くの団体や賛同者の協力を得ながら一緒に作っていく、いかがでしょうか。私は、全国革新懇の代表世話人の一人ですので、幅の広い方々の支援を取り付けられるかもしれません。篠原さんの言う真実を抉《えぐ》り出し、里美さんの懸《け》念《ねん》している避難者の実情を多くの人に知ってもらい、小児甲状腺がんの現状をアピールする場にするのです。それに、原発の問題はいわき市民だけの問題ではありません。全国に避難している避難者や被災者のためにも、もっと言えば、この国のあり方を問う問題でもあると思うのです。ですから、多少の苦労はありますが、やってみる意義は大いにあると思います。いかがでしょうか」

江藤の提案を食い入るように聴いていたオリエは、頬を上気させ身を乗り出した。

「私、今の江藤さんのご提案に賛同いたします。今こそ事故の真相を明らかにしなければならないと思っているからです。江藤さんがおっしゃったような集会ができるのは最高だと思います。里美はどう？」

里美はオリエと顔を見合わせ、「勿論、わたしも賛成よ」と、快諾した。

オリエは、改まって江藤と栞を見つめた。

「実は私、高校生の時、三年間、里美と同じ演劇部でした」

江藤、栞、真一が興味深そうな眼差しをオリエに向けた。それは里美も同様だった。

――オリエは何を話すのだろう。

「文化祭で『ロミオとジュリエット』を上演したのですが、その時、私はロミオを演じました」

「はい、若林さんから聞いています。二本松の仮設で朗読したことも。評判がよかったそうですね」

江藤がにこやかに答えた。

「ありがとうございます。その時、私、ロミオを演じながら学んだことがあります。なぜ人間は争うのだろうということです。争いのない間柄であれば、ロミオとジュリエットは死ななかったはずです。確執やねたみ、名誉や面目などの理由で争い、人間の運命が左右されるなんてあってはいけないことだと思いました」

江藤は腕を組み、真一は「うむ」と声を漏らした。

「N県の高校の演劇部に取材に行った時のことです。福島の女子高校生が原発事故で祖母のいるN県に避難し、いじめを受けたのです。福島出身ということでその生徒は、〈目の前から消えてくれ〉、〈死ねばいい〉などと言われカッターナイフを渡されました。自殺も考えた頃、七十九歳の祖母から被爆体験を聴きました。祖母は指定された被爆地域のわずか外で被爆したため『被爆者』とは認められず、医療費や手当などが支給されない『被爆体験者』とされました。祖母は差別やいじめを乗り越え女生徒の母を生んだのですが、母を生んだときの祖母の話に、女生徒は体を震わせて泣いたそうです。しばらくして女生徒は、そのことを題材に台本を書きました。〈ふつうに生きたいだけなのに〉がテーマでした。演出はその女子高校生が受け持ち、演劇部が文化祭で上演しました。全校で話題となりました。それを境にいじめはなくなったそうです。女生徒の心の底からの叫びが周りの人たちを変えたのです。ですから私は、原発事故がもたらしたさまざまな現実を多くの人に知ってもらいたいのです」

「原爆も原発も、国は被ばく者の実態に即さない線引きをしたんですね。あってはならないことだ」

江藤はそう言うと溜息をついた。

里美は江藤に「全国革新懇」について質問をした。広範な人々の支援を得られるかもしれないと江藤が言ったことが気になっていたのだった。

「『全国革新懇』というのは、国民が主人公の政府を作ることを展望しています。思想や心情の違いをこえて、この会の目的に賛同する団体・個人によって構成されていてね、国民の生活向上や民主主義、平和の三つの共同目標にもとづいて活動をしているんです」

江藤の「全国革新懇」の説明に、里美はそういう団体もあるのかと納得して、改めて賛成した。

江藤が机上の地図の中央を指した。

「そうですか、そうであれば、場所はこの地図にあるように、いわき市の中央にある『平市民中央公園』がいいと思います。五百人位は入れるでしょう。雨が降る確率の低い体育の日が空いていていました」

里美とオリエは江藤の提案を歓迎した。この提案は、すでに真一との間で合意されているようにも思えた。が、そんなことはどうでも良かった。シンポジウムが集会に変わったことに、里美もオリエも異存はなかった。会場は江藤が押さえることとし、五人は、集会の内容について話し合った。里美は、避難者が希望の持てる集会にしたいと言い、オリエは、真実の追求にこだわった。

「百合子にも参加してほしいと思っているの」

里美がオリエを見た。

オリエの瞳が輝いた。

「合唱を取り入れようか」

オリエに何かが閃いたようだった。

「そうね、歌は心を一つにして皆をつなげる。何だかイメージが湧いてきた」

江藤と栞、それに真一も賛成した。

集会は、一部が事故原因や避難者の実態、東電と国の無責任な対応を明らかにする内容とし、江藤と真一にスピーチをする人選が任され、二部の合唱はオリエと里美が構成を考えることになった。集会実行委員会の事務局長は原告団の菅山に頼み、9条の会や女性団体、福島全県をターゲットにした広範な団体や個人の協力を得てカンパを募り、大掛かりな宣伝を展開することとし、進捗状況はメールで確認することにした。

会議が終わると、オリエが書棚に近づいた。白い背表紙に、『いわき文学』と書かれた文学誌が第一号から二十九号まで並んでいた。

「いわき文学」

「私たちの文学誌です」

栞が傍に来て答えた。

「文学誌?」

「はい、文学を楽しむ仲間が集まって一年に一回、出版しています」

「そうですか」

栞は隣の部屋から『いわき文学』を三冊持ってきた。

栞は、『いわき文学』を二人に一部ずつ渡した。

「ありがとうございます」

オリエは『いわき文学』を胸に抱き、里美は目次に目を這わせ、江藤勝也が寄稿しているノンフィクション「提訴に至る経過」に目を止めた。そして、ソファーに戻り、前に座っている江藤に訊ねた。

「父は江藤さんの教え子だと聞いています」

「ええ、一九七一年の時の生徒です。八年間の教員生活最後の年の教え子なので、記憶しています」

真一は僅かに赤面していた。

「次の年に市議会議員となられ、県会議員も含めて三十一年間の議員活動を送られたと父から聞きました」

「その通りです」

「わたしは今日、お目にかかったら是非お訊きしたいことがありました」

江藤は、椅子を里美の正面に向けた。

「なんでしょう」

「原発事故は大変な災害を生みました。被災した方、避難を余儀なくされた方、自死してしまった方、事故に関連して亡くなられた方など、たくさんの人が人生を狂わされました。わたしは事故が起こって、一歩がA2と診断されて初めて原発と向き合うようになりました。江藤さんは五十年以上も原発と闘ってきているとも聞いています。江藤さんが原発にこだわっている気持ちと、提訴した理由をお聞きしたいのです。わたしにとっては、とても大切な問題なんです」

江藤は、「そうですか」と呟くと、記憶を手繰り寄せようとしているのか、里美の後ろの壁を眺めた。そして静かに口を開いた。

「小学校二年の時、心臓病で母が亡くなりました。私には母親の記憶がありません。小学校三年から六年まで担任だった女先生を勝手に母親代わりのように思っていました。中学に入り、私は教師になろうと決心しました。一九六〇年、東北大学教育学部に入学して、地域とは何かを基本命題とした地理学を専攻いたしました。入学するとすぐに教師の真似事がしたくて、当時、東仙台の低所得者が住む地域で、先輩の東北大生が放課後子供会を運営していたサークルに入ったんです。大学生による貧民救済活動というんでしょうか、セツルメント活動に積極的に関わるようになり、共同して支え合う精神を学びました。そして大学三年の時には、自治会の委員長に選出されました」

「江藤さんの生き方を決める大学生活だったのですね」

「そうだったと思います。大学に入った一九六〇年といえば、安保闘争の年でした。日米安全保障条約の改定に反対する闘争で、六月、自民党が強行採決しました、ご存知でしょうか」

逆に質問された里美は慌てた。一九六〇年の安保闘争といえば、里美とオリエが生まれる二十五年も前の出来事である。

「名前は聞いたことがありますが、詳しくは分かりません」

里美は顔が火照るのを感じながら答えた。

「私も詳しくは分かりませんけど、確か、その時の総理大臣は岸信介とかいう人で、今の安倍首相のお祖父さんだと聞いたことがあります」

里美は感心してオリエを一目した。そういえばオリエは東京の大学に通っている頃、学業とは別に、民主的な団体が主催する社会科学の学習会に出入りしていたと聞いたことがあった。

「オリエさんのお父さんは確か、高校の歴史の先生だと若林さんから聞いています」

「はい、四倉《よつくら》で教師をしています。十八歳以下の子どもたちの甲状腺がんの実態調査などに関わっています」

「そうでしたか。沖縄をはじめ日本にある米軍基地は安保条約によってアメリカから押し付けられたものです。それに日本の主権が及ばない屈辱的な実態としくみが地位協定によってつくられました。安保条約の反対闘争は全国的に広がり、私もその渦中にいて、憲法や平和、差別、基本的人権などを学びました」

オリエはノートにペンを走らせていた。

「原発だって、形は違っていても、似たような仕組みの中で導入されたと思っています」

栞がコーヒーを淹れて来た。

「その頃の日本は公害で被害を受けた住民たちの訴訟の判決が出始めていましてね。四大公害病裁判の判決は日本中の重大な関心事だったのです」

一九七一年九月、新潟地裁は新潟水俣病第一次訴訟判決で、企業の公害責任を明確にして原告側の主張を基本的に認めた。そして、一九七二年七月、四日市公害患者の原告が勝訴し、続いて同年八月、イタイイタイ病原告団が勝訴した。更に、一九七三年三月には、熊本水俣病第一次訴訟原告団勝訴の判決が下されたのだった。

一九七二年二月、早田を中心とした住民は、「公害から私たちの町を守る町民の会」を結成した。広野町に火力発電所が建設されれば、排出される二酸化炭素や硫黄酸化物、窒素酸化物による大気汚染、また、排水に伴う海洋汚染、さらには周辺地域の騒音などの被害が出るのは必定であり、科学的な裏付けを得るための学習を始めたのである。

「私や早田さんが火力発電所や第二原子力発電所の建設に反対した理由は他にもありました。東邦電力の安全面に対する脆弱性を看過できなかったからです」

「看過できなかった、と言いますと？」

オリエが尋ねた。

「ええ、ご存じのように日本は地震列島です。一九六〇年の五月、チリでマグニチュード9・5という巨大地震が起きました。そのクラスの地震が日本ではいつ起きるとも限りません。国と東電はその対策を真摯に講じようとしませんでした。巨大地震によって原発事故が起これば、未曽有の被害に見舞われることは必至なのです。ですから私や早田さんは何度も万全な耐震対策と緊急時避難計画について国の機関や東電に申し入れを行ったのです」

「そうですね。そうだったですよね」

そのことの詳細は、江藤の更新弁論の時聞いていたことであった。

「しかし、一九七七年四月、東邦電力福島第二原発が営業運転を開始しました。一九七一年三月、福島第一原発一号炉が営業運転して六年後のことでした。広野の火力発電所は一九八〇年に運転されました」

東電福島第二原発が営業運転された二年後の一九七九年三月、米国のスリーマイル島で、九年後の一九八六年四月には、旧ソ連のチェルノブイリで原子力発電史上最悪と言われる原発事故が起きた。

「ちょっと失礼します」

江藤が席を立ち、デスクの引き出しの中から薄い冊子を持って来た。

「裁判の原告の意見陳述書の一部です。やがて本にするつもりですが、今までの被災者の心からの叫びが書かれています。よろしかったらお持ちください」

江藤は、十枚位の陳述書のコピーと封筒を里美とオリエに渡した。

「ありがとうございます」

二人は立ち上がってそれを受け取った。

「国会の事故調査報告書は、原発事故は人災だったと明言しています。しかし、国と東邦電力は責任を取るどころか、想定外の事故だった、と問題の本質をすり替えた主張を繰り返し、再稼働と輸出に躍起になっています」

去年の六月、里美は、オリエと一緒に首相官邸前の反原発抗議行動に行った日のことを思い出した。

「原発売るな」「トルコに売るな」「子どもを守れ」「明日を守れ」と里美もコールしたのだった。

「七〇年代の公害訴訟の勝利は、地域の市民運動が大きな力になりました。原発事故が起これば、最大最悪の公害に発展します。ですから私たちはこの間違いを正すために提訴したのです」

里美は、江藤の、小学校時代の女先生の影響で教師を目指したことや、大学で学んだセツルメント運動の精神を教員として実践し、そして地域の人々のために活動をしてきた生き方に感銘を受けていた。

そういえば、江藤の書いた随想の中に、〈一人はみんなのために、みんなは一人のために〉、という標語のような文言があることを思い出した。里美はその語句に接したとき、今までに感じたことのない新鮮な感覚を抱いた。その言葉は心地よく心の隅々にまで沁み込み、こうした考え方に立てるなら自分にも何かできそうな気がしたのだった。

洋平の希望がかなって東邦電力に就職した年の二〇〇三年十月七日、政府はエネルギー基本計画の中で、ウラン資源の安定供給と地球温暖化対策として優れた特性を持つとされたエネルギーである原子力を、基幹産業として閣議決定した。洋平はそのことを里美に意気揚々として話し、二人は将来の安定した生活を夢に描き、祝したのである。二人にとって東邦電力は生きていく上での生活の基盤であった。湯沸かし器よりも安全だと言われた原子力発電所で働き、将来の生活設計の基盤は盤石であるはずだった。しかし、事故が起き、二人の夢はもろくも打ち砕かれた。

——信じていたものが崩れていく。だからこそ社会や政治、人が生きる意味を自分自身できちんと学ばなければならない。

「江藤さん、今日はありがとうございました。集会の成功に向けて頑張ります」

里美は江藤に心から礼を言った。そして、オリエとともに真一の車に乗り込んだ。

重吉の自殺未遂は殆どの団地住民の知るところとなり、七月の懇談会にはいつも以上の避難者が集まった。重吉と喜代枝の姿はなかった。

自治会長の大石が挨拶に立った。

「今日は二つの議題について話し合いたいと思います。一つは、住宅支援打ち切りに対する対策と、もう一つは十一月に行われる『第五回避難者との交流フェスティバル』の具体化です」

福島県知事の、〈生活環境が整いつつある中、災害救助法に基づく応急救助の継続が難しくなった〉という発表は、帰還困難区域外からの避難者に絶望的な衝撃を与えていた。この団地にも区域外からの避難者は少なからずいた。大石は、応急仮設住宅の提供期間延長を求める署名活動に協力することを提案した。

「東京でも裁判が行われています。その原告団の支援を含めて、個人的には署名活動に協力していきたいと考えています」

会場から大きな拍手が起こった。

続いて大石は、十一月に近くの区民館を借り切って行う『避難者との交流フェスティバル』の詳細について、絵画同好会や書道研究会、福島物産展、それに原発事故の写真展など、二十の作品展や模擬店の各委員会の責任者から現状報告を求めた。

各委員会からは準備の進行状況や課題などが出されたが、今年で五回目の開催ということもあって概ね順調に進んでいた。

懇談会は盛況の内に終わろうとしていた。が、副会長の天城がマイクを握った。

「最後に、清水里美さんから皆さんにお話しがあります。どうかお聴きください」

天城は、一番後ろの壁際に座っている里美に前に来るよう促し、マイクを渡した。

「菅原重吉さんが命を断とうとしたことは悲しい出来事でした」

話題にすることを避ける者もいたが、会場にいる殆どの避難者が心を痛めている出来事だった。沈痛な里美の声に、場内が鎮まった。

「菅原さんは八十五歳です。菅原さんは飯舘で農業をしていて家は山の中にあります。山の中は除染されていません。帰るに帰れないのです。帰っても畑を耕すことはできません。生活することができないのです。原発事故は多くの人から生活の場を奪いました」

重吉と同じ絶望が、いつ、自分たちに襲いかかるか分からない。こうした不安は、すべての区域外避難者が共通に抱えている問題だった。住む場所を奪われ、精神的賠償も支給されないとなれば、老人や母子家庭、病人や働くこともできない弱い立場の人間はどうやって生きていけばいいのか。まだ話し始めたばかりではあったが、里美の発言は会場にいる者たちの関心を引いたようだった。

「住宅支援の打ち切りは、わたしたちにとって死活問題だと思います。でも、わたしたちは、そうした多くの困難に負けるわけにはいきません。生きていかなければならないのです。避難者全員が元の生活ができるようになるまで、わたしたちは諦めたらいけないと思います」

ここに引っ越して来て一年九か月になるのだが、里美は自らの想いを率直に話せるようになっていた。

「十月十二日の体育の日、わたしの故郷のいわき市で、『原発ゼロをめざして　ＦＲＯＭ　いわき』という集会を開くことになりました。そこでわたしの友人と協力して、一日限りの合唱団を作ることになりました。わたしは、この団地の皆さんと一緒にその集会に参加して、皆さんと一緒に歌えたらいいなと思っています。合唱を通して、わたしたちの想いを、日本中の人たちに届けたいのです。突然で驚かれたかもしれませんが、よろしかったら、ぜひ、参加して下さい。稽古《けいこ》はこの集会所で、第二、第四の日曜日の午後行う予定です。よろしくお願いいたします」

里美は礼をしてマイクを天城に返した。

静かだった会場がざわついた。里美の提案に肯定的な意見ばかりではないようだった。

里美は、最後列の自分の席に戻り、かしこまった。

「皆さん、静かにして下さい」

天城だった。

「私は清水さんからの提案、前向きに考えています。実は、数日前に清水さんから相談を受けました。上原さんにも加わっていただきました」

また静かになった。

「実は、私事で恐縮なのですが、私は仙台の荒浜《あらはま》の出身なんです。ご存知の通り、荒浜も津波で大変な被害が出ました。私の卒業した荒浜小学校は、震災遺構として保存されるみたいなのですが、震災や原発事故から得た教訓は風化させてはいけないと思います」

天城は、小学校時代の大切な友人を何人も亡くしたことを打ち明けた。

「こんなことを話したのは初めてです。自然災害であろうと、人災による事故であろうと、私は、もう人の死を見たくありません。菅原さんが助かったのは本当に良かったと思っています」

会場のあちこちでため息が漏れた。初めて語ったという天城の震災に対する心情に同《どう》じたため息のように里美には思われた。

「私たちは黙っていてはいけないと思います。一人ひとりの意志を形にして表すことは大切なことです。それが生きている私たちの務めのように思うのですが、皆さんはどう思われますか」

全員が天城を見ていた。

「団地の自治会としては、全面協力というわけにはいきませんが、個人的には応援したいと思っています。よく考えて、皆さんで話し合ってみて下さい。それから参加人数にもよりますが、当日は七時半に大型バスを手配するつもりです。会費制です。金額は、近づいたら発表します。勿論、私も応援に行きます」

いつだったか早田住職が、「死者は生者の中に生きる」と言い、今日天城は「それが今を生きている私たちの務め」だと語った。里美には同じ意味のように聞こえた。

――夏海は、わたしや洋平の中で生きている。今はそのことが実感できる。わたしは、夏海が幸せだと思ってくれる社会を作るために生きていきたい。そのためにも『いわき集会』を成功させたい、きっと夏海も喜んでくれるにちがいない。

一歩が自治会の天城から三輪車を貰った時、その三輪車を見に来た三人組の男の子の母親が、

「私たちも、参加してもいいかしら?」

と、声をかけてきた。

里美は、「勿論です」と言って、立ち上がった。

これで少なくとも六人が集まったことになった。

天城が傍に来て目を細めた。

「ちょっと古い型なんだが、アップライトピアノが入りそうなんだ。弾ける人がいないと思って貰わなかったんだけど、まだ残っていたんで貰うことにした。この角に置こうと思ってる」

里美は上気した。これで歌唱指導を引き受けてくれた水上のぶよを迎えることができるのだ。

シンガーソングライターの水上のぶよに歌唱指導を頼もうと言い出したのはオリエだった。オリエは学生時代、小さな集会でギターを弾きながら障害児と一緒に歌う水上の歌とその姿勢に感動し、それ以来、水上のぶよのファンになったのだった。水上は、一九七四年に歌手デビューし、「公害」「水俣」の支援活動や枯葉剤被害者支援のベトナム公演、NPT（核不拡散再検討会議）ニューヨーク行動にも参加した。世界各地で歌う一方、地域に根差した音楽活動を積極的に展開していた。里美はオリエと一緒に水上を訪ね、裁判の経過や集会の目的などについて話し、歌唱指導を依頼した。水上のぶよは、趣旨に賛同し、協力を惜しまないと快諾してくれたのだった。

しかし、問題があった。練習のためのピアノがないことだった。にわか仕込みの合唱団であり、団員に加わる者はおそらくピアノの音に慣れていないはずだ。そんな矢先、天城から吉報が入ったのだった。

一回目の合唱団の稽古の日がやってきた。三十分前に一歩と集会所に行くと、すでに鍵が開きエアコンが作動していた。天城が気を使ってくれたのだ。

「一歩君、こんにちは」

一歩は天城の笑顔にはにかみ下を向いた。

「清水さん、アップライトピアノ入りましたよ。このくらいの大きさなら場所も取らないし、いいですね」

アップライトピアノは、オルガンを一回り大きくしたピアノである。

天城はいつものように磊落《らいらく》に笑い、「ちょっと用事があるので」と、言って出て行った。

入れ替わるように上原がやってきた。

「清水さん、これからはパチンコじゃなくて歌でも歌おうかな」

と、里美を笑わせた。

続いて、三輪車を見に来た三人組みの男の子とその母親たちがドアを開けた。

「よろしくお願いいたします」

母親とその子どもたち、六人の来場に一気に部屋が活気づいた。

「一歩君、三輪車で遊ぼう」

一歩が以前、三輪車を貸した男の子が誘った。その子の母親が、笑みを浮かべて二人を見つめていた。

三人組の男の子たちは、同じ保育園で一歩より一クラス上だった。

集会所の玄関の開く音がした。

「里美、来たわよ」

百合子が満面の笑みを浮かべ部屋に入って来た。

「里美、私が来ないと始まらないわよね。ね、ね」

久し振りの再会に百合子はお道化《どけ》た。

百合子の後ろからオリエと、GパンにTシャツ姿の水上のぶよが姿を現した。

里美は、上原と三人の母親たちに、オリエと百合子、そして水上を紹介した。

「歌唱指導をしていただく、歌手の水上のぶよさんです」

「水上です。どうぞよろしくお願いします」

ショートカットにイヤリングが揺れ、白く輝く細いネックレスが清涼感を醸し出していた。

水上は、バッグを集会所の隅の簡易テーブルに置くと、ピアノの蓋を開け鍵盤《けんばん》をたたいた。里美の知らない曲であったが、軽快に奏でられた曲に心が高鳴った。

「調律もされているようね。大丈夫です」

水上はそう言って用意された椅子に腰かけた。

天城が、「避難者との交流フェスティバル」の関係者を十人ほど連れてきた。

「第二集会所でフェスティバルの打ち合わせをやっていたんだが、こっちの方が面白そうだと言う者がいて、半分くらい連れてきたよ」

「そう言ったのは私だよ」

頭にピンクのスカーフを巻いた色白で小太りの中年の女性が、前に出て言った。人気者のようで、周りの中高年の母親から笑い声と拍手が起こった。会場が一気に華やいだ。

これほど集まってくれるとは思わなかった里美は胸を熱くしていた。最初は顔合わせのため、自己紹介と曲目の選定、合唱団名を決める交流の場とし、歌の稽古は次回からということにした。

「あっ、この人、知ってる」

スカーフを巻いた女性が水上を指した。誰かが「水上のぶよ」と声を出し、「あっ、ごめんなさい」と、呼び捨てにしたことを謝った。

水上は笑顔を浮かべみんなの前に立った。

「私は、宮城県石巻の出身です。三・一一以降、震災と原発の避難者の方々を応援しています。歌は希望だと信じています。いわきから世界の空に、私たちの歌声を届けたいと思います」

ひこばえ

八月一日の土曜日の早朝、洋平から電話があった。

「おはよう、早いのね。何かあったの？」

洋平は、今朝の新聞を見たかと里美に訊ねた。まだ見ていないと答えると、昨日、原発事故当時、東邦電力の会長だった勝田正久と副社長の黒田五郎、藤山徹の三人が東京第五検察審査会によって強制起訴され、刑事責任が裁判で問われることになったと伝えた。

里美は「えっ」と声を上げ、「検察審査会？」と聞き返した。

「三人は、二〇一二年、原発事故によって被害を受けた住人から刑事告訴されたんだが、二〇一三年九月、東京地検は東日本大震災クラスの災害が発生する確実な予測は事前には無く、対策の不十分を刑事立件するのは無理だとしてこの三人を不起訴にしたんだ。だけど、去年の二〇一四年七月、一般市民から選ばれた十一人からなる検察審査会は起訴相当とした。でも今年の一月、また東京地検は不起訴とした。だけど昨日、検察審査会は、二回目の、起訴すべきだ、と議決したんだ。二回起訴すべきだと議決した場合、容疑者は強制的に起訴されることになっているんだ」

「そうなの」

分かり易い洋平の説明だった。

洋平は今から上京すると言い、里美の今日と明日の予定を訊ねた。

「月初めの土日は連休にしているのよ。だから今日と明日はお休み、忘れたの？」

「そうだったな、忘れていた、ごめん。ちょっと話があるから、一歩は保育園に預けていてくれ」

と言い、電話を切った
里美は七月から中野区内の保育園に臨時職員として勤務していた。朝の八時頃一歩を近くの保育園に預け、二駅先にある別の保育園で保育士の補助の仕事に就き、午前九時から午後三時まで働いていた。保育園は朝七時から夜の七時まで開園しているのだが、保育士たちはシフトを組んで勤務時間の調整をしていた。基本的には四週八休の勤務だが、臨時職員の里美は、月初めの土日だけは連休にしてくれるように頼んでいた。月に一度、第一金曜日の夜には洋平が訪ねてくることになっていたのだ。残業などで遅くなった場合は土曜日の午後上京し、翌日は一歩と夕方まで遊んだ。月に一度、一泊か二泊して日曜日の夜には楢葉町の新設された東邦電力の寮に帰って行っていた。

新聞の一面は、「東電元会長ら強制起訴へ」と大きく報じていた。四面にわたって関連記事が記載されていたが、詳細に読む時間はなかった。

――お父さんの言っていた通りになった。東京の裁判だけど東邦電力の責任者が起訴されたのだ。これで責任の所在がはっきりする。本当に責任を取らなければならない人がはっきりすれば、洋平は精神的に楽になるに違いない。

夏海の三回忌の席上で真一は、「訴えるのは東電の役員であって、洋平君や栄太郎さんではない」と言った。里美はそんなことはできないと逆らった。しかし今日、真一の言ったことが現実となった。

――父はこうなることを予測していたのだろうか。

里美はベランダに出た。すでに陽は昇り、今日も暑くなりそうだった。真夏の陽射しに灼々《しゃくしゃく》とした朝の空気を思いっきり吸い込んだ。

——何かが起こりそうな気がする。

一歩を保育園に預け、洗濯を終え、部屋の掃除をしていると玄関のチャイムが鳴った。

「早かったのね」

里美を一目した洋平は笑顔を浮かべ、向日葵《ひまわり》の束を渡した。

「わあ、きれい。シロタエヒマワリ」

「毎年思うんだが、この一回り小さな向日葵、夏海のイメージとぴったりなんだ」

「そうね、一歩が生まれたとき、夏海が口を顔にして笑ったことがあったわ。あの時の顔に似てる。夏海は夏に生まれたから、イメージは合って当然ね」

洋平は夏海の遺骨に手を合わせた。しかし今日の洋平はいつもと違ってかしこまり、瞑目も長かった。

「どうしたの、夏海と何か話したの」

向日葵を水切りして花瓶に生けた里美が訊ねた。

「ああ、ちょっと。夏海の考えも訊いておきたかったんだ」

洋平は冗談とも本気ともとれる表情で里美を見た。

「亡くなって四年五か月、生きていれば九歳か、活発でおしゃまな女の子になっていたんだろうな」

テーブルに着くと、里美が出した麦茶を一息に飲み、もう一杯、とグラスを差し出した。

里美が「お昼は？」と聞くと、「朝昼兼用で電車の中で済ませた」と言い、二杯目の麦茶を飲み干すとタオルで顔を拭った。

里美が西瓜《すいか》を半円形に切って出すと、洋平は大きな口でかぶりつき、「美味《うま》い」と顔をほころばせた。

洋平の屈託のない笑顔に里美は僅かに恥じらいを覚えた。

「今日の朝刊読んだわ。びっくりした」

「いつだったか、君のお父さんが言ってた通りになったね。お義父さん、大したもんだ」

「わたしはこうなって良かったって思ってる。やっぱり決定権のある人の責任は追及されるべきだと思う」

「そうだね、俺も良かったんじゃないかって、思ってる。被告が東邦電力という会社だと、社員は居心地が悪い。会社としての責任は追及されなければならないけど、決定権のある役員の責任は明確にすべきだし、避けては通れないことなんだ」

「そうね、わたしもそう思う」

「大勢の社員が辞めていったけど、俺は、親父との関係もあって、いや、クリーンで安全な電気を作りたくって東電に入ったわけだし、辞めないで廃炉作業を続けている」

——今日の洋平はいつもと違ってる。

言うことがどことなく硬く、自分に何か問いかけながら話しているようにも聴こえた。

「廃炉作業をすることが社員として責任を取ることだと思ってた。社員に責任はないと君は言ったけど、俺は違ってたんだ。津波による浸水を確信しながら何もできなかった。上司に『出過ぎるな』と叱責されると食い下がれなかった。巨大な組織の在り方に萎縮して自分がちっぽけな歯車の一つに思えた。そのことで随分悩んだ。だけど今は、社員としての立場ではなく、ここで働く人間として、いや労働者としての責任を追求したいと考えている。今朝新聞を読んでここに来るまでずっとそのことを考えていた、四時間も」

「四時間も？」

「ああ、駅の売店で花を買うときもずっと」

——やっぱり今日の洋平はちょっと違う。瞳の奥に何か強い意志を潜めている気がする。

「労働者としての責任を追求するって、どういうこと」

「ちょっと長くなるけど、順番に話すね」

洋平は里美をまじまじと見つめた。

「はい」

「まず、市民の力が地検を動かしたことを俺は喜んでいる。司法は政界や経済界の出先機関じゃない。全容を明らかにして真実を立証するところなんだ」

「そうね、わたしもそう思う。でも、どうして刑事裁判になるのか分からない」

「うん。里美も知ってる大熊町の双葉病院、それに近隣の病院の患者さんたち、原発事故で避難指示が出たんだけど、どこに避難していいか分からないまま、あちこち連れ回された患者さんもたくさんいたみたいなんだ。事故がなければ……。結局、四十人以上の方が亡くなった。助かった命もたくさんあったと聞いている。無理な移動をしなければ助かった命もたくさんあったと聞いている。それ以上に、原発事故に関連して亡くなった患者さんや障がい者の方もたくさんいて。それを思うと俺は辛い」

「……」

「だから、業務上過失致死傷罪で強制起訴されるのはやむを得ないんだ。当然、刑事裁判ということになる」

「……」

「これから津波対策や安全に対する姿勢がどうだったのか問われることになると思う。俺は、三人に逃げないで真実を語ってほしいと願ってる。そうでなければ亡くなった方たちに申しわけが立たない」

言い終えると洋平は息をついた。

社員が、容疑者となった社長や副社長のことを語ることは気分のいいものではない。しかし、その現実に背を向けるわけにはいかないのだと、里美は洋平の苦衷を察した。

「これまで国やうちの会社の関係者で処分を受けた人はいないんだ。あれほどの事故を起こしていてね。二度と事故を起こさないためにも真実が明かされなければならない。救済制度を充実していくためにもね」

「救済制度」と言った洋平の言葉に、里美は心の隅にほっとしたものを感じた。

検察審査会の議決は、検察の判断と真っ向から対立していた。津波を事前に予見できたかという予見の可能性、安全対策の手立てはしたのかという結果回避の可能性が検察との大きな争点になると洋平は論じた。

津波が原因による原発事故の真相が明らかにされるには、二〇〇六年夏海が産まれた頃から洋平が勉強していた、貞観津波や長期評価が問題にされるのは必至だと里美は思った。本社の地質学に詳しい友人の力を借りたとはいえ、独学で津波の高さを計算した洋平は、刑事裁判で争われる争点を十分理解している。そのことは、どのような判決が下されるにしても、今後の洋平の生き方に大きな影響を与えるに違いない。

洋平は時に目を伏せ、偶《たま》にテーブルを睨みながら話を続けた。

東邦電力は、洋平が入社して五年後の二〇〇八年三月には、社内で津波の高さが十五・七メートルになる試算をしていた。しかし、当時原子力立地本部の本部長だった黒田五郎と副本部長の藤山徹は、東電の原子力部門の方向性に責任を持つ立場にいながらも、一五・七メートルの津波予測は仮の試算だとして、予見可能性の対策を怠った。また、勝田正久は二〇〇二年社長に就任、二〇〇八年から二〇一二年まで会長を務めていたため、その間に安全対策として結果回避の指示を出したかどうか問われることになる。いずれにしても当時の最高責任者として責任は免れないのではないかと洋平は述懐した。

「でも、事故の真相が証明されれば、お義父さんが原告となっている『福島原発事故いわき訴訟』や全国の三十近い原告団は大いに励まされると思う。僕が言うのも変だけど」

「そうね。でも、そんなこと言っていいの」

「社員の俺が、役員を批判して、原告団の肩を持っていると思っているんだろうが、そうではないんだ」

「どういうこと？」

「俺は、これからも東邦電力で仕事を続けようと思ってる。そのためには自分が働いている会社の本当の姿を知りたい、それに、社会に対して誇れる会社であってほしいとも願ってる。その上で、君や一歩との生活設計を立てて、社員としての今後を考えたいんだ」

「洋平君、なんか変わったね」

里美はまた、高校時代の呼び名を口にした。

「洋平君？　やめてくれよ、気持ち悪い」

「ごめん、でも、なんか、そう呼びたくなって」

二人は顔を見合わせて笑った。

「でも俺は、変わったとは思ってないけどな」

「そんなことない、迷いがなくなったっていうか、そんな感じがする」

確かに以前の洋平とは違っていた。加害者であることの呪縛から解き放たれたような落ち着きを感じさせていた。

今度は里美が洋平をまじまじと見つめた。

洋平は真剣な眼差しで里美を見返すと、ショルダーバッグからタブレットを取り出した。

「実はもう一つ話があるんだ」

「えっ、もう一つ？」

元役員の強制起訴の話だけだと思っていたのだが、それだけではなかったのだ。

――やっぱり今日の洋平はいつもと違う。

「実は十一月中旬、一週間ばかりヨーロッパに行きたいんだ。主にドイツなんだけどね」

ヨーロッパに行く？　洋平の突然の提案に里美は戸惑った。仕事も始めたばかりだし、急にそんなことを言われても即座には答えられない。

差し出した洋平のタブレットを覗《のぞ》き込むと、十一月中旬ヨーロッパ研修、と書かれていた。その下にはスケジュールが細かい文字で記されていた。

「ヨーロッパ研修って、何のこと？　わたし聞いてない。誰と行くの、会社の人？」

「今日、そのことを里美と相談したかったんだ。順追って話すからよく聞いてほしい」

「うん」

「去年、俺のいる環境科学部に大学で自然エネルギーを研究していた社員が配属になってね、ちょっと変わった人間だけど優秀な技術者なんだ。彼を中心に再生可能エネルギーの勉強会を持つようになって、もう一年も続いている」

「一年も？」

「それで急に勉強会の成果を確認するために、ドイツに研修に行く話が持ち上がったんだ」

「なんでドイツなの？」

「理由は二つある。一つは、原発事故が起きた年の六月、メルケル内閣は二〇二二年までにすべての原発から撤退すると閣議決定したんだ。いち早く脱原発を宣言したわけだ。あれから四年二か月、ドイツがどう変わりつつあるのかこの目で見てみたい。それにドイツは環境保護に力を入れている国でもあるんだ。再生可能エネルギーの事業化と環境保護政策、地域の人たちの理解は切り離して考えられないと俺は思ってる。だからそのことを学んできたい」

洋平は、タブレットの向きを戻した。

「ドイツは世界有数の風力発電の大国なんだ。日本の電力会社は十社だけど、ドイツでは一〇〇〇社を超えている。ドイツ北部のシュレスヴィヒ・ホルシュタイン州では、今年中に電力供給を完全に再生可能エネルギーで賄うよう計画しているんだ」

――突然、そんなことを言われても、困る。

洋平は里美の困惑など気にするふうでもなく話を続けた。

「また、ミュンヘン市役所が所有する地域電力会社も今年中に、家庭向け電力を一〇〇パーセント、再生可能エネルギーによって供給する方針を立てているんだ」

洋平はタブレットから里美に視線を移した。

「去年、環境科学部に配属になった彼は学生時代ドイツ留学の経験があって、自然エネルギー関係の友人も多い。それで皆で行こうって話になったんだ」

――家族旅行ではないんだ。

「ごめん、家族旅行は一歩がもう少し大きくなってからにしよう」

「そうだね」

――見透かされていた。

「一か月半ほど前の六月十七日、『改正電気事業法』の第三弾である『発送電分離』が成立したんだ」

「そうなの」

「政府は日本の電力状況を大きく変えようとしている。再稼働を進める一方で、電気事業法を改正して電力の自由化を図り競争を煽ってる」

「どういうこと？」

「原発事故が起きた次の年の二〇一二年、政府は再生可能エネルギーの普及促進を目的として、電気の固定価格買取制度を始めたんだ」

この制度は、再生可能エネルギーで発電した事業者の電力を、国が定めた価格で電力会社が買い取る制度で、電力会社は買い取りに必要な資金を「再生賦課金」として電気料金に上乗せしている。

そして政府は次の年の二〇一三年四月、電力システム改革として、広域系統運用の拡大、小売り及び発電の全面自由化、法的分離方式による送配電部門の一層の確保という三段階からなる改革方針を閣議決定し、その後の国会において順番に成立させた。これを受け、来年の二〇一六年四月、第二弾の電力の小売り及び発電の全面自由化が実施されることになった。条件整備を終えれば電力は自由に発電し販売することができるのである。

「電気やガスなどのエネルギーが全面的に自由化になるんだ」

「自由化？」

「ああ、自由化だ」

洋平はタブレットの別のページを開いて里美の前に置いた。

「日本には北海道電力から沖縄電力まで十の電力会社があって、電気を作る部門と、送る部門、小売りする部門が一括されて今まで営業されてきたんだ。だけど、その三つの部門が分割されることになってね、電気を作る部門と小売りする部門は、法的な処理が整えば誰でも参入できるようになった」

「誰でも？」

「ああ、誰でも。東京ガス、生活協同組合、石油会社、広大な土地を持っている地主さんだって、太陽光発電で電気を作って売ることができるんだ」

「そうなの」

「大手の十社以外で発電した電気を売る事業者を新電力っていうんだ」

「新電力？」

「そう、二〇〇〇年から開始されているんだ。来年から電力の小売りが全面自由化になれば、いろんな企業や自治体がどんどん参入してくると思う」

「なんだか大変みたい」

「原発事故が起きて、計画停電をしてパニックに陥ったことがあったよね。そうしたことを避けるためにも、地産地消というか、一極集中型の大規模発電ではなくて、分散型の発電システムが今後は求められていくと俺は思ってる。たとえば、公共施設の屋上で太陽光パネルで電気を作る、あるいは市の浄化槽を利用して小水力発電をする。そうして作った電気を市内の学校や病院、福祉施設などに供給する。こうしたことを目的とした新電力はおそらく急成長すると思う」

　洋平は、水力発電と風力発電についても力説した。

「日本は雨が多い、それに地形からいっても小水力発電に適している。国や都道府県の協力を得て、水源地域の人々の利益や農山村間の交流や発展を考え、環境破壊をしないで自然と共生しながら、クリーンで安全な電気を作りたい。いろんなことがあって俺は、そこに気がついたんだ」

　里美は、夏海の三回忌の席で父親の真一が義父の栄太郎に、「原発がなくても日本の電力は足りている」、と言ったことを思い出した。

「新電力が増えると、洋平の会社、潰れない？」

「潰れるんだったらとっくに潰れてる。国は威信にかけても潰さないさ」

　洋平は確信があるように言い切った。

「今年の正月、実家からの帰り里美に話したように、やがて原発は淘汰されると思う。来年の四月から電力の自由化が始まれば、今でも足りている電力が、再生可能エネルギーによって更に発電されるようになる。原発は無くても電力は十分まかなえるんだ。だから、俺たち若者はこの大きな流れから目を逸《そ》らすわけにはいかないんだ」

「はい」

「東邦電力が本当の意味で原発事故を起こした責任を取るには、再生可能エネルギーに方向転換するしかないと俺は思う。東邦電力が先進企業として生き残るには、未来を正しく見る目が必要なんだ。世界は原発ゼロに向かって舵《かじ》を切っている。大企業の中でも二酸化炭素の排出をゼロにしようとする動きが強まってきている。環境を重視した活動と地域との共生の中で電気を作ることが、東邦電力が生き残る唯一の道だと思うんだ」

　生き生きと語る洋平を見つめていた里美は、ふいに目頭が熱くなった。

「ひこばえ、って知ってる？」

　里美は小さく首を振った。

「刈った稲や木の古株から芽生えた新芽のことをいうんだ」

「……」

「俺はまだ三十だ。ひこばえのように、新たな力を信じたい。東邦電力の社員として再生可能エネルギーを学びたいんだ」

夢みたいな話だったとしても、里美は洋平を応援したいと心の中で誓っていた。

「すごいことだと思う。やっぱり、今日の洋平君は、ちょっと前までの洋平とは違う」

「里美と別居したのが夏海の三回忌のあとだったから、もう二年半になる。里美と一歩には辛い思いをさせた。だけど、おかげで勉強をする時間が持てた。勉強してきたことをこの目で確かめたい。ドイツの実践を学んで来たい。どう思う？　ドイツ行き」

「わたしが反対するわけがないじゃない。行ってらっしゃい。思いっきり学んできて。わたしと一歩のためにもね。夏海だってきっと喜んでいる」

いわき集会

「原発ゼロをめざして　ＦＲＯＭ　いわき」の集会の日がやってきた。水上のぶよを指揮者に迎えた「さくらんぼ合唱団」は、三十人の女性と五人の保育園児で構成され、応援団を含めると総勢五十人の規模になっていた。上原は、「僕は応援団に回るよ」と途中から合唱を棄権し応援団長を買って出た。応援団の中には菅原重吉と喜代枝の姿があった。重吉と喜代枝は里美と上原に説得されて重い腰を上げたのだった。午前七時半、東京中野区の団地を大型バスで出発した合唱団の一行は、途中一回の休憩をはさみ、午前十時三十分に会場である平市民中央公園に着いた。開会の三十分前であった。

市役所の駐車場からオリエが合唱団員を先導した。その後ろを里美は一歩の手を引き、百合子は直太朗と並んで歩いた。直太朗の横に坂井美由紀がいた。坂井は十三年前、高校の文化祭で里美たちが演じたミュージカル「ロミオとジュリエット」の作曲を担当した音楽教師である。「さくらんぼ合唱団」のピアノ演奏を里美、オリエ、百合子から頼まれ、最後の練習日となった昨日、音合わせと稽古のため百合子たちと一緒に上京していた。百合子と直太朗は里美の団地に、坂井はオリエのマンションに宿泊して、今日のバスに同乗したのだった。

合唱団員の衣装は薄いピンクのブラウスと黒いスカートで統一されていたが、三十人が隊列を組んで歩くと周りの人の目を引くため、各自、薄いコートなどを羽織っていた。十五人の応援団は上原が引率した。

道路に沿って松などの針葉樹と赤や黄色の葉を付けた広葉樹が乱立している切れ目から公園に入ると、レンガ通りを背に特設の舞台が目に飛び込んできた。団員たちは大掛かりな舞台に、それぞれが感嘆の声を上げた。舞台の中央後方には櫓《やぐら》が組まれ、そこには四本柱の頑丈な台に胴体の直径が一・五メートルはあるだろうか、横向きになった大太鼓が一《いっ》張《ちょう》、周囲を威圧するように鎮座していた。その大太鼓の前にはウィスキーの樽を立てたような和太鼓が三台、鼓面をやや内側に傾けて置かれていた。櫓下の舞台前方には胴の長い和太鼓が台座の上に垂直に座り、それを囲むように中小の三個の太鼓が斜め台に乗せられていた。

——四種類の太鼓、どんな人が叩くのかしら。

今にも空を突き破るような太鼓の音が聞こえてきそうだった。

アップライトピアノが、舞台下手の後方で静かに出番を待っていた。

舞台前の広場は芝生のなだらかな斜面になっていて、どこに座ってもよく見えそうだった。広場の大部分は人で埋まり、組合や団体のカラフルな幟《のぼり》がいたる所で秋の風に揺れていた。

上原は、通路脇の舞台下手正面に近い土俵くらいのスペースを見つけると、周囲の人に、「すみません、東京から応援に来ました。ここに座らせて下さい」と一人ひとりに声をかけ、控えめに青いシートを広げた。周りに座っていた人たちは、「そうですか、それはご苦労様です」などと笑顔で答えながら、自分たちの席を少しずつ詰めた。

重吉と喜代枝が、持参した座布団に座るのが里美の目に入った。喜代枝はエコバッグから水筒を取り出し、蓋のカップに茶を注いで重吉に差し出した。重吉は口を尖らせ二口ばかり啜ると、喜代枝に何か声をかけカップを返した。喜代枝は口元をゆるめ、カップに残った茶を飲み干した。

里美は、二人の落ち着いた様子にふっと笑みをこぼし踵を返した。

舞台に向かって左側の空き地にスタッフや関係者の大型テントが設営されており、その奥にスピーチをする来賓用のテントが用意されていた。スタッフや関係者のテントの見取り図などは、事前に集会実行委員会事務局長の菅山から詳しく知らされていたので、迷うことはなかった。

屋台のお好み焼きや焼きそばなどの匂いが鼻先に漂い、里美は一歩に、「お祭りみたいだね」と声をかけた。が、一歩の返事はなかった。里美が振り返ると、一歩はお好み焼きを焼いている男にうぐいす笛を吹いて聴かせていた。男は洋平と同年配であろうか、陽に焼けた笑顔で一歩の相手をしていた。

うぐいす笛は二週間ほど前の九月下旬、「いわき集会」の最終的な打ち合わせのためにいわきに帰省した折、竹細工が趣味の真一が一歩に作ったものだった。七センチ位の女竹《めだけ》の胴の一部分の皮を薄く削り、小さな孔《あな》を一つ開け、一回り細い女竹の口先を斜めに切り落とし、その口先と女竹の小さな孔の部分を接合させた笛である。うぐいす笛ができ上がると、真一は縁側に出てわざと一歩に背を向け、笛を吹いた。

真一が笛を吹くと、「ホー・ホケキョ」とうぐいすの鳴き声が聞こえた。目を丸くした一歩は縁側の硝子戸を開け、柿の木のあたりをきょろきょろと眺めたのだが、やがて、その鳴き声が笛の音だと分かると、一歩は口を押えて笑う里美を見て、えへへと照れた。

一歩はその夜、祖父からの思いがけないプレゼントをひと時も離そうとせず、枕元に置いて眠った。

それから二日後、洋平が十月最初の金曜日と土曜日は上京できないと言ってきた。ドイツに研修に行くための打ち合わせや準備で時間が取れないというのだ。

洋平が来ないことを聞かされた一歩は急に黙り込んでしまった。せめて月に一度か二度、父親と遊べることを楽しみにしていたからだった。

一クラス上の三人組の男の子たちは、休日になると父親とキャッチボールに興じ、あるいは車でどこかに出かけていたが、一歩はそれをじっとベランダや通りなどから眺めていた。しかし一歩は、父親に会いたいとか寂しいなどと口にしたことはなかった。そんな一歩の気持ちがいじらしく、里美の胸は痛んだ。

いわき集会の三日前の夜だった。里美が風呂から上がり居間に入ると、一歩が里美の文机の前に座り、洋平と里美、夏海の三人で写った写真を睨むようにして見つめていた。その写真は、夏海が三歳の時、夜の森の桜の花見に行ったとき撮ったもので一歩はまだ生まれていなかった。夏海は黄色い帽子を斜めに被り、ピンクのワンピースにスパッツを穿いてちょっとおしゃまな顔をして写っていた。里美の文机の中にあったものを写真立てに入れ、机の正面に置いていたのだった。

里美が横に座り、「どうしたの？」、と尋ねると、一歩は里美を睨んだ。睨んだ大きな瞳に涙がにじんでいた。

「どうしたの？　ママに話して」

一歩は口を一文字に結んで何度も首を横に振った。

「ママ、何か悪いことしたの？」

一歩は首を横に振るだけで答えようとしなかった。

里美がタオルで一歩の顔を拭こうとすると、一歩はその手を払った。タオルが里美の文机に飛んだ。初めて見せた一歩の反抗だった。

一歩ははじかれたように部屋の隅に走り、里美に瞳を凝らした。そして、

「ぼく、そこにいない」

と、文机の上の写真を指したのだった。

写真を見た里美はそっと立ち上がり、一歩の前で膝を突いた。

「ごめんね、そうだったの。ごめんね」

一歩は、父親が来ない寂しさをじっと我慢していたのだ。そんな時、ふと見た写真に自分が写っていないことで寂しさを募らせていたに違いない。いつもは何気なく見ていた写真ではあったが、この時ば

かりは違って見えたのかもしれなかった。

――ごめんね。ママ、気付かなかった。

里美は一歩の涙を指先で拭いた。

一歩は逆らうこともなくされるままにしていた。涙を拭いた里美は、一歩を膝に抱いた。そして一歩の耳元で、夏海が津波に呑まれて亡くなったことを改めて丁寧に話して聞かせた。四歳にもなれば「死」ということがおぼろげにも分かるような気がした。だがそのことよりも、一歩には夏海という姉がいたことをしっかりと知ってほしかったのだ。

「ごめんね。この写真を撮った時は、一歩はまだ生まれていなかったの。だから、一歩はこの写真には写っていないの」

「おねえちゃん、てんごくにいるの」

「そうだよ」

里美はアルバムを持って来て、一歩と里美、洋平の写っている写真を取り出し、「明日、この写真もかざろうね」と言い、夏海の写真の横に置いた。

一歩は「うん」と答え、里美の膝から降りると里美の真似をして夏海の遺影に手を合わせた。

里美は一歩の横に座った。

「おねえちゃん、一歩がママのお腹にいるとき、何回も大きくなったお腹に口をつけて、〈こんにちは〉とか〈げんき〉って一歩に呼びかけたのよ。それが可笑しいの、そうしたあとは必ずママの顔を見て〈えへへ〉って照れて笑うの。そういえば、一歩も照れた時、〈えへへ〉って笑うね。おねえちゃんと一緒だね」

一歩は里美を見上げた。涙は乾いていた。

「それが終わるとね、おねえちゃん、今度は耳を思いっきりママのお腹にくっつけて、一歩が何か言ってくるのをじっと待ってるの」

「ぼく、なにかいった？」

「うん。一歩はごそごそ動いて、〈げんきだよ〉って言ったって。夏海おねえちゃんには聞こえたみたい」

「ふーん」

一歩は寝室に入ると、子ども用の箪笥の上に置いてあったうぐいす笛をつかみ、自分の布団に座って壁を見あげた。壁には一歩が描いた里美と洋平の顔の絵が一枚ずつ貼られていた。里美の顔は薄橙色だが、洋平の肌は薄い茶色で塗られ、黒い目と、白い歯だけが際立っていた。

一歩は二人の絵の前で笛を吹いた。「ホー・ホ」まではうぐいすらしい音が出るのだが、「ケキョ」がうまくいかない。

里美が、「そろそろ寝ようね」と声をかけると、一歩は笛を口にくわえたまま首を振った。

「パパに聴いてほしいの?」

振り返った一歩は里美をじっと見つめたが、何も答えなかった。

次の日から一歩は、ベランダで笛を吹いた。真一から教わったように、左手で笛を持ち右手の指先で竹の先端の孔《あな》を閉じたり開いたりするのだが、十回に一回くらいは「ケキョ」が出せるようになっていた。

いわき集会の前日、一歩は里美を二人の絵の前に座らせた。「ケキョ」が三回に一回は吹けるようになっていたのである。

里美は、「がんばったね」と一歩を誉めた。

一歩は嬉しそうにうなずいた。そして、

「パパ、あした、ぼくがうたうとき、きてくれるかな」

と、聞いた。

里美は、

「忙しいから無理かもしれないけど、来てくれるといいね」

と答えると、

「ぼく、きてくれなくてもへいきだよ」

と、里美を睨んだのだった。

里美は、お好み焼きの前で笛を吹いている一歩の傍に駆け寄り、店員に「すみません」と頭を下げた。

「いやいや、うぐいすの鳴き声、なかなかのもんだ。うぐいすだって上手く鳴くのもいればそうでないのもいるからね、ははは」

陽に焼けた洋平に似た男は、冗談のつもりで一歩にそう言った。

「うん」

一歩は得意げにその男に答えた。

男は、「頑張れよ」と一歩にVサインを送った。

「この笛、無くさないように首に掛けようね」

笛の先端にうぐいすの形をした竹細工が施してあり、その根の部分に紐が括られていた。

「もしかしたら、パパが来てくれるかもしれないと思って、持って来たの？」

「うん」

「パパに聴いてほしいんだ」

「うん」

里美が一歩の手を引いてテントに入ると、早苗が忙しく合唱団のメンバーに茶を出していた。傍ではスタッフの腕章を付けた一団も談笑しており、菅山が里美に気が付いた。テントの中は、簡易テーブルとパイプ椅子が幾列にも並べられ、五十人くらいは座ることができそうだった。

「お疲れでしょう。あの建物の中の会議室を、合唱団の皆さんの控室として借りていますので、よろしかったらお休みください。出番は、十三時の予定となっていますので、三十分くらい前にここに集合して下されば大丈夫です」

菅山がテントの入り口から、左前方に聳えるビルを指して言った。

「ありがとうございます。子どもたちもいますので利用させていただきます」

菅山は、若い女性のスタッフを呼んだ。

里美とオリエ、水上のぶよと坂井美由紀はテントに残ることになり、女性スタッフが百合子たちを連れて控室に向かった。

「坂井先生、ピアノに触らなくてもよろしいですか。今でしたらまだ大丈夫です」

「菅山さん、あのピアノは、うちの学校のピアノです。毎日触っています」

菅山は、「そうでしたね」と笑い、白髪の混じりはじめた頭を掻いた。

坂井は福島県の教職員組合の女性部に所属していて、積極的に避難者の支援活動に携わっていた。職員会議で熱弁をふるい、ピアノの使用を認めさせたのだ。

「それでは開会いたします」

舞台下手の先端に司会者が立った。

里美たちはテントを出て、舞台を見上げた。

「『原発ゼロをめざして　ＦＲＯＭ　いわき』の司会を務めさせていただきます、新日本婦人の会いわき支部の矢部伊津子といいます」

「オープニングは、地元、『いわき伝統芸能保存会』の皆さんによります和太鼓の演奏です」

司会者の張りのある声が青空に響いた。すると、裏手に控えていた保存会のメンバーが、舞台下手の鉄骨で組まれた幅の広い階段を威勢よく駆け上った。

股引きに腹掛け、袖なしの半纏《はんてん》に捩《ねじ》り鉢巻きをした六人の男たちが先頭を切った。衣装は紺色に統一され、櫓の大太鼓の両側に一人ずつ立ち、それぞれが持ち場に着くと、舞台中央の胴長太鼓を挟むようにして締《しめ》太鼓を腰に下げた四人の女たちが登場した。

四人の女は、上手と下手に二人ずつ分かれて立ち、一様に長い髪を後ろで束ねていた。

衣装は男たちと同じだが、鉢巻と半纏の襟は赤で染められていた。女たちの息遣いが伝わってきそうである。

客席が静まった。櫓の大太鼓の右側に立つ、背が高く筋肉質の体をしていた中年の男が掛け声を発した。

「せいやー」

それを合図に全員が声を出す。

「せいやー、せいやー、せいやー」

気持ちを一つにした奏者たち十人の掛け声と勇姿は荒武者を彷彿《ほうふつ》させ、雲を割って大空に翔《か》け昇る龍を想起させた。

大太鼓の右に立つ男が両手に持った太いバチで鼓面を叩くと、左側の痩身の若い男が負けじと打ち返す。重い音と低い音の饗宴《きょうえん》である。それに目の前のウィスキーの樽を立てたような和太鼓が連打され、櫓下の舞台中央の打ち手が中小四台の太鼓を操る。そして、左右四人の女たちの膝でリズムを取った躍動感溢れる締太鼓がテンポを加速させ、気迫の込もった細いバチがまるで生きもののようにしなっていた。

太鼓の縁やバチとバチを打った乾いた音が、大太鼓や胴長太鼓の重い音を引き立てながら場内に響いた。

和太鼓の演奏は三十分にも及んだ。

「ありがとうございました。『いわき伝統芸能保存会』の皆さんの熱演でした。原発事故は、その土地の暮らしに根づいた伝統や文化に壊滅的な打撃を与えました。保存会の皆さんは、福島の伝統的な文化の復興を願い、また、被災者の皆さんとの連帯を願って今日はボランティアで参加して下さいました。皆さん、もう一度、保存会の皆さんに大きな拍手をお寄せください」

会場が沸いた。拍手に歓声、幟までが踊っているようにはためいていた。

保存会の十人の奏者は、バチを何度も高々と突き上げ声援に応えた。

真一と早苗がパイプ椅子を両手に下げて来た。

「皆さん、座って下さい」

里美は、父と母を水上のぶよと坂井美由紀に紹介した。

真一は、「私はずっとあなたのファンです」と水上を歓迎し、坂井には、「いまだに、『ロミオとジュリエット』の話は時々聞かされます」と言い、「今日はよろしくお願いいたします」と、挨拶をした。

真一が里美とオリエをまじまじと見つめた。

「あなた達二人の奮闘で、今日は特別ゲストを迎えることができたよ」

「特別ゲスト？」

オリエが聞き返した。

「日本共産党の志方和生委員長」

四人は顔を見合わせた。

「江藤さんと志方さんは二人とも全国革新懇の代表委員をしていてね、実現したんだ」

「チラシには書いていなかったけど」

里美が聞いた。

「忙しい方だから、事前に予定が組めなかったんだ。防衛上のこともあって一週間前に決まった。安藤郁生先生の次にスピーチをしていただくことになってる」

安藤郁生とは、原発事故が起こって間もない頃、江藤の紹介で早苗の畑の土壌汚染の測定をした放射線防護学者であった。

真一はそう言って、早苗とともにテントに戻った。

「続きまして、スピーチに入りたいと思います。最初に、『福島原発事故いわき訴訟』の原告団長であります江藤勝也さんからお話をいただきます」

司会者が江藤を紹介した。

黒い背広に身を包んだ江藤が演壇に立ち、丁寧に礼をしてマイクを片手に取った。

舞台下手の大きな紅葉の木の下で見ている里美にまで、江藤の気迫が伝わっていた。

江藤は、原発周辺の大熊町や双葉町、富岡町、浪江町の四町の人口がゼロになり、震災関連死は二千人を超え、「帰還困難区域」内の除染は行われず、帰還計画すらできていないと国と東邦電力を批判した。

「原発ゼロをめざす運動は、大きな国民運動に発展しています。私は、核廃絶、戦争法廃止の運動、国民の生命と安全を守る運動を全力で進めていきたいと考えています」

江藤のスピーチは続いていたが、里美は席を立って広場を見渡した。なだらかな斜面は隙間のないほどの人で埋まっていた。里美はどこかに洋平がいるような気がした。昨夜里美は洋平に電話をして、一歩の気持ちを伝え、短い時間でもいいから舞台で歌っている一歩を見てほしいと頼んだ。洋平は予定が組まれていて難しいと答えたのだが、しかし、努力はしてみると言って電話を切った。広場に目を凝らしたが、幟や歩いている者などが多く、洋平らしい男を見つけることはできなかった。仮にいたとしても五百人以上にも膨らんだ参加者の中から見つけ出すことなどできるものではなかった。

――やっぱり無理だったんだ。でも、仕方ないな、一歩には悪いけど。

「どうしたの、きょろきょろして」

振り向くとオリエがいた。

「洋平君を捜していたんでしょ」

里美は頷き席に戻った。

「続きまして、『社会福祉法人・希望の里』の施設長でありますす早田美絵子さんにスピーチをお願いします」

早田美絵子は演壇の手前でお辞儀をした。腰を折ると真ん中で分けたショートカットの白髪が顔を隠すほどに垂れた。背筋を伸ばし凛《りん》とした所作に、訴えることへの強い意志が秘められているように思えた。

早田美絵子は、楢葉町の宝栄寺の住職早田重夫の妻で障がい者施設を運営していた。

「三月十二日、私たちはいわき市の体育館に避難させられました。そこは避難者であふれていました。薬もなく、障がい者はパニックになりました」

薬も暖房もない冷たい体育館の中で、錯乱状態になった障がい者もいたのかもしれない。それがどれほどの修羅場であったか、里美には想像できなかった。

「そのうち一人が病気で亡くなりました。その後、自殺する者が出て八人の障がい者が亡くなりました。原発事故さえなければ元気で生きられた命でした」

早田美絵子は、伝えることが今の自分にできることだと言い、使命感にも似た想いを滲ませながら言葉を繋いだ。

「一時帰宅で目にしたものは、空き巣に荒らされ、ネズミなどの糞にまみれ、カビだらけになった家でした。私は絵手紙に、〈ウサギ追いしかの山　こぶな釣りしかの川　むかしのことよ〉と描きました」

早田美絵子は最後に、仕事や知人、人生の喜びをすべて奪った原発を許すことはできないと結んだ。

三番目に、京都で公害や放射能の研究をしている安藤郁生教授が紹介された。

安藤は、福島を毎月訪れ、被曝の実態をつかみ、リスクを減らす調査や相談活動を行っていた。そうした実績をもとに、事態を侮《あなど》らず、過度に恐れず、理性的に向き合うことが大切だと科学者の視点で説いた。そして、太陽光発電をはじめとした自然エネルギーに大きく転換させることの重要性をアピールした。

一人十五分の持ち時間であったが、あっという間に四十五分が過ぎていた。

「それでは、ここで特別ゲストをご紹介いたします。日本共産党の志方和生委員長です」

一瞬静まり返った会場は、一呼吸おいてどよめいた。

「戦争法が先月十九日強行成立されました。志方委員長は廃止に向けて先頭に立って闘っています。そんなお忙しい中、『原発ゼロをめざして』のいわき集会に駆け付けて下さいました。大きな拍手でお迎え下さい」

志方委員長は、黒っぽいスーツに白いワイシャツ、斜めのストライプの入ったネクタイをして登壇した。

ひときわ大きな拍手が湧き起った。

いつのまにか里美は、座っていた場所から舞台が良く見える松の木陰に移動していた。傍にはオリエが、後ろに水上と坂井も来ていた。

司会者が演壇に水差しを置いた。

「すごい拍手ね」

「お客さんは正直だから、歓迎したんだわ」

「そうだね」

里美は、この場所にいられる現実が誇らしく、足が浮き立つような感覚が心地よかった。

「安倍政権は、オール福島の声である県内原発全基廃炉に背を向け、到底、帰れる状況にないのに避難指示の解除を進め、賠償すら打ち切ろうとしています」

志方委員長は安倍政権の「福島県民切り捨て政治」を批判した。

「オリエ、志方さん、国会で質問している時と雰気が違うみたい」

確かに今日の志方委員長は、国会で安倍首相を糾弾している時とは違っていた。

「そうね、今日はにこやかに話しているね」

オリエが里美に答えた。

志方委員長は、「安全神話」は完全に崩壊し、日本社会は「原発ゼロ」でもやっていけると断じた。次に、「原発固執政治」と原発という技術システムとの矛盾が限界に来ていると指摘した。民主党政権時に原発の運転期間は、「原則四十年」という方針が出されたのだが、新たな原発の増設が困難である以上、「老朽原発」の運転期間を延長する状況に陥る、とその矛盾を突いたのだ。さらに「核のゴミ」問題についても言及し、「原発ゼロの日本」へ決断すべきだと求めた。また、戦争法に反対する闘いの中で、野党による共闘や市民との連帯によって、日本の政治を大きく変える可能性が生まれてきている現状を熱く報告した。そして、水を口に含むと、
「力を合わせ、原発事故の被災者の方々の支援と一体になって、原発ゼロの日本を作りませんか」
と力強く参加者に呼びかけた。参加者の声援を受け止めた志方委員長は右手で眼鏡を直すと、
「安倍政権を打倒し、立憲主義・民主主義を取り戻しましょう。ご一緒に頑張りましょう」
と、連帯の意を力強く表したのである。

澄んだ空の下、拍手と声援が鳴り響く中、志方委員長は笑顔で応え、両手を振りながら降壇した。

百合子が里美たちを迎えに来た。次にスピーチをする弁護士や市民団体らのスピーチも聴きたかったが、そろそろ出番の準備をしなければならなかった。

テントに戻ると、直太朗を真ん中にして子どもたちが楽しそうに話し合っていた。それほど緊張はしていないようだ。水上が百合子を中心にソプラノのグループを作り、同じように里美のメゾソプラノ、オリエのアルトと声種別に振り分けた。いよいよ出番である。

テントの出口で真一が「楽しんで」と里美に声をかけた。真一の後ろでは江藤勝也、早田美絵子、安藤郁生、そして志方委員長までが笑顔で送ってくれた。

百合子を先頭に、三十人の団員が声のパート別に櫓の前に用意された二段の階段に整列した。

続いて、直太朗と一歩、そして、三人の少年たちが司会者と水上のぶよに連れられて、舞台中ほどの二本のマイクの前に立った。

「それでは、『さくらんぼ合唱団』の指揮を執って下さる水上のぶよさんをご紹介いたします」

水色のブラウスに白いパンツ、肩に黄色いスカーフを巻いた水上が舞台中央に歩み出た。すると、「のぶよさん」と、客席から声が飛んできた。

水上は胸元のピンマイクを確かめ、

「ありがとうございます。私のことを知っている方がいわきにもいらっしゃるなんて光栄です」

と、会場を沸かせた。そして、客席に背を向け両手を上げた。

会場に張りつめた空気が流れた。

水上の頭上に伸びていた右手がすっと下がると、坂井美由紀のピアノが奏でられた。

青い空は青いままで　子どもらに伝えたい
燃える八月の朝　影まで燃え尽きた
父の母の兄弟たちの　命の重みを
肩に背負って　胸に抱いて

「青い空は」の母親たちの歌声は舞台の上に吊られたマイクに拾われ、雲一つない高く澄みきった青い空に吸い込まれていった。

一番が終わった。間奏が入り、二番の歌が始まると、会場から合唱団に合わせて歌声が起こった。殆どの参加者が愛唱している歌のようだった。


この歌を歌いたいと言い出したのは里美だった。百合子の意見陳述の日、なにげなく口ずさんだことがきっかけではあったが、それよりも、首相官邸前の抗議行動で「NO MORE HIROSHIMA」のゼッケンを付けていた女性が心に焼き付いていたことと、江藤勝也の「放射能汚染は最大の公害だ」と言った言葉が耳から離れなかったからだった。

歌い終わると水上が会場に向き直った。

「今度は少年たちに歌っていただきます。福島から東京に避難した子どもたちの歌です」

水上は公園の入り口を右手で指した。

公園の入り口とテントの間、お好み焼き店の真後ろに一際《ひときわ》大きな紅葉《もみじ》が鮮やかに色を付け秋の陽に輝いていた。

「燃えるように咲いている紅葉の下の、少年たちの美しい歌声をお聴き下さい。童謡『もみじ』です」

水上は反転すると一人ひとりの顔を見て、大丈夫だからねというような笑顔を見せ、子どもたちを抱くように大きく腕を回した。

秋の夕日に　照る山紅葉
濃いも薄いも　数ある中に

直太朗が大きく肩を上下に動かしていた。蝶ネクタイをしているため手術の痕は見えないはずだ。その横で、一歩も直太朗に合わせてリズムをとっていた。

五人の少年たちの歌唱に合わせて、百合子たちのグループは輪唱し、里美やオリエたちのパートはハミングで子どもたちを応援した。

歌い終わると大きな拍手に包まれ、少年たちは無事大役を果たした。

「天使の歌声でした」

水上が子どもたちをねぎらった。

会場から拍手とともに称賛の声が飛んできた。

「それでは、少年たちのお母さんに出て来ていただきます」

水上に促されて、百合子と里美が直太朗と一歩の後ろに立つと、三人の母親たちも自分たちの子どもの後ろに付いた。

「オリエさんも前に出て下さい」

オリエが里美の横に並んだ。

「ここでちょっと、今日の集会の企画をした三人の方にお話をしていただきます」

予定にはなかった、突然の水上の企《くわだ》てだった。

里美たちは顔を見合わせたが、百合子がスタンドのマイクを引き抜いた。こんなとき、百合子は頼りになった。

「私はこの子の母親です」

そう言うと百合子は、直太朗の肩を片腕で抱いた。

「飯舘村からいわきに避難しています。この子は一年一か月前、小児甲状腺がんの手術を受けました」

会場が静まった。

「原発事故との因果関係を証明することはできません。でも私は、無関係ではないと思っています。今日は、皆さんの前で、この子は力一杯歌いました。歌うことができました。私は嬉しくてたまりません。ありがとうございました」

百合子は直太朗とともに客席に深々と頭を下げた。

里美が二人に拍手をしている時、目の端に人影が動いた。その方向に視線を向けると、濃紺の作務衣《さむえ》を着た初老の男が公園の入り口からテントに向かって歩いていた。目立った服装に動きが重なって里美の目に入ったのだ。初老の男は住職の早田だった。

早田から少し離れた木立の前で一瞬何かが光った。目を凝らすと、背が高く黒いキャップを被った男が見えた。男のタブレットが里美を見つめているように見えた。おそらく舞台を撮影していたのだろう。光は、秋の陽光がタブレットに反射したに違いなかった。

里美はじっとその男を見つめた。

男は、タブレットを顔から胸元に移した。そして、じっと画面を眺めていた。

百合子と直太朗が顔を上げた。拍手は依然として続いていた。

男はハンカチで瞼を押さえた。

里美には涙を拭いているように見えた。なぜ?

男が顔を上げた。

洋平だった。

――やっぱり来てくれたんだ。

里美は込み上げてくる喜びを押さえ、洋平を見つめたまま百合子が差し出したマイクを受け取った。そして、片手でしっかりと一歩の肩を抱いた。

「わたしの夫は東邦電力の社員です」

会場の空気が微妙に硬くなったような気がした。しかし里美は動じなかった。里美は今、高校の文化祭で立ち往生した時や昨年の六月首相官邸前で絶句した時の自分とは違うと思えた。夏海を突然亡くした絶望から人の生命《いのち》の「大切」を知り、一歩からは強く生きることの「大事」を学んだ。江藤や早田美絵子のようには話せなくても、心から訴えたいことが今の里美にはあった。

「原発の事故後、この子は小児甲状腺がんの検査でA2と診断されました。わたしはこの子といわきから東京に避難しました。夫は、息子の加害者だと言って未だに自分を責めています。夫とは別居しています。この子は父親のいない寂しさにじっと耐えています」

　里美は洋平から広場に視線を移した。

「夫は、東邦電力の一労働者として廃炉作業に従事しながら責任を果たそうとしています。そして将来、東邦電力の中で再生可能エネルギーの仕事をしたいと勉強をしています」

　里美は団地の応援団の面々を眺めた。上原や天城、重吉に喜代枝、頭にスカーフを巻いた女性や避難者とのフェスティバルの実行委員会の人たちが里美を心配そうに見つめていた。

「この子と東京に避難した二年間、わたしはたくさんの避難者の方々の苦悩を見てきました。避難者同士の争いや、人間関係が壊れた方、生きる希望を失い絶望の中から這い上がろうとしている方も知っています。でもわたしたちは、どんなことがあっても生きていかなければならないのです」

　意外だった。言葉が自然と湧いてきた。気負いはなく、里美は話しながらも冷静でいられた。

「わたしは訴えます。小児甲状腺がんで苦しんでいる子どもたち全員に、完全な治療を受けさせて下さい。原因論争で終わってはいけないと思います。そして、避難者や被災者の方々が、元の生活が出来るようになるまで生活の保障をして下さい。最後に、七月三十一日、東邦電力の三人の元役員が起訴されることになりました。刑事責任が裁判で問われるのです。夫は、原発事故を起こした会社の社員に全く責任が無いとは言い切れないと、苦しんできました。わたしはそんな夫を誇りに思います。三万三千人の社員を抱える東邦電力の最高責任者だった三人の方に申し上げたいのです。裁判では責任を他に押し付けないで真実を語って下さい。たくさんの方が亡くなりました。そうすることが心からの謝罪になると思うからです」

　これらの訴えは事前に考えていたことではなかった。百合子の話に胸を打たれ、駆けつけてくれた洋平の気持ちを汲んだ、心からの想いが口を突いて出たのだ。

　喜代枝がタオルで涙を拭いていた。重吉は力の入った目で里美を見つめていた。

　会場の一部から拍手が起こった。応援団の人たちだった。だが、拍手は次第に広がっていった。

里美は一歩とともにお辞儀をした。そして、再び洋平を見た。洋平が里美に帽子を振った。

「パパだ」

一歩が叫んだ。

叫んだ一歩は、肩を抱いている里美の腕を払うと、舞台の階段に向かってトコトコと歩き出した。

里美はマイクをオリエに預け、一歩の後を追った。

「待って、一歩」

急勾配の十段ほどある階段の上に立った一歩は、両手を舞台の端に置き、尻を突きだし、片足をそっと階段に下ろした。

階下から真一が叫んだ。

「一歩、危ない」

しかし、一歩はかまわず降り始めた。

一歩が二段降りたところで里美が一歩の手をつかんだ。

「パパがいたんだ」

「そうだね。パパ、一歩に会いに来てくれたんだね」

「パパ、いなくなる」

「大丈夫、パパ、いなくなんかならない。ほら、あそこにいるよ」

里美は、お好み焼き屋の前で棒立ちになっている洋平を指さした。

無事を確かめたのか洋平は一歩に手を振った。

すぐ後ろでオリエの声がした。

「里美、一歩、大丈夫?」

舞台の端に立つオリエの後ろに水上の姿もあった。

「大丈夫、オリエ、舞台、頼むね」

「分かったわ」

里美は、一歩の手を取り階段を降りていった。

階下では洋平と真一、早苗、それに江藤らスピーチをした四人も安堵の表情を浮かべ里美と一歩を見上げていた。

階段を降りた一歩は、階下で待ち受けていた洋平の胸に飛び込んだ。

洋平は一歩を太い腕で抱きしめた。

「ぼく、ぼくね、ふえがふけるようになったんだよ」

「そうか、すごいね」

一歩が、洋平に胸に下げている笛を見せた。

「じいじが作ってくれたうぐいす笛かな」

「うん」

一歩は笛をくわえた。

「ちょっと待って、お姉ちゃんにも聞かせたいな」

洋平は一歩を下ろすと、江藤たちに心配をかけたことを詫び、大きな紅葉の木の下に一歩の手を引いた。

舞台を見るとオリエが百合子の隣で話していた。

「私は母親ではありません。まだ、独身ですが、家族っていいなと思いました。でも、もう少し独身でいようと思います」

会場のあちこちで小さな笑い声が起こった。

「提案があります。次は『ふるさと』の歌ですが、早田美絵子さんにも参加してほしいのです」

オリエは、「ふるさと」を奪われた早田美絵子を舞台に誘った。

舞台下手に立っていた司会の矢部伊津子が早田美絵子に舞台に上がるよう促すと、後ろにいた早苗が美絵子の背中を押した。押された拍子に美絵子は反転して早苗の手をつかんだ。が、勢い余って二人は階段下に歩み寄ってしまった。顔を見合わせた二人は笑みを交わし合い、階段に足をかけた。

突然の飛び入りに会場からは拍手と声援が飛び交った。早苗と美絵子の知人が多くいたのだ。

「ふるさと」の伴奏が奏でられると、一番から参加者たちも合唱に加わった。

洋平はバッグからタブレットを取り出し、一歩にも見えるように腰を落とし、夏海の写真をスライドした。

四歳の誕生日の時の写真で、夏海は生クリームをつけた口を大きく開き笑っていた。

「お姉ちゃんにも聴かせような」

一歩は洋平と里美、夏海の写真の前で笛を吹いた。

「ホー・ホケチョ」

洋平が噴き出した。

「昨日は上手く吹けたのにね」

里美が庇った。

エヘへ、と照れると一歩は夏海の写真に見入った。

「どうしたの？　その目、少し赤い」

ハンカチを出した里美に、洋平は苦笑した。

「一歩が歌ってるのを見てたら、夏海が横にいたらいいなって思えて、そうしたら涙が滲んだ」

「夏海、きっと、一歩と一緒に歌ってたと思う」

「そうだな」

一歩を肩に乗せ、洋平は里美と一緒に立ち上がった。

「次の合唱曲は、この日のために作られた曲です。どうぞお聴き下さい。作詞江藤勝也、作曲坂井美由紀、『何がおこったのか』」

水上のぶよの指先が風を切るように振り下ろされた。

家があり　田畑があり
山も　海も　穏やかにある
毎日　朝が来て夜が来る
風が吹き　ときには雨も降る
だが　そこには誰もいない
人のいない　人が住めない
ふるさとがある

一歩は、洋平の肩の上でじっと舞台を見つめていた。時々、体を揺らし、直太朗や三人組の友だちと一緒に歌っているようでもあった。

里美は、洋平と一歩の上に広がる真澄の空を見上げた。

集会に参加した人々の〈原発ゼロ〉の願いを乗せた歌声は、風に乗って大地を駆け抜け、大空に舞い上がり、阿武隈山系の山々も越えていくに違いない。

たなか　もとじ
1950年岡山県生まれ。日本民主主義文学会会員。劇団青年劇場で演劇を学び、その後、大澤豊監督の下で映画製作を学ぶ。「顔」で第9回民主文学新人賞を受賞（2011年）。
著書に『タイコンデロンガのいる海』（共著、1990年、岩崎書店）。

大地《だいち》の歌《うた》ごえ

2019年6月15日　初　版

著　者　たなかもとじ
発行者　田　所　稔

郵便番号　151-0051　東京都渋谷区千駄ヶ谷4-25-6
発行所　株式会社　新日本出版社
電話　03（3423）8402（営業）
03（3423）9323（編集）
info@shinnihon-net.co.jp
www.shinnihon-net.co.jp
振替番号　00130-0-13681

印刷　光陽メディア　　製本　小泉製本

落丁・乱丁がありましたらおとりかえいたします。

ISBN978-4-406-06361-6 C0093　Printed in Japan